和月光最近的距離

Love Behind You

漠星 著

我們就像月亮和地球，
儘管無法靠近，卻可以共享光芒與陰影。

第一章　只是想念那片天空

喀！

孟冰雨的鏡片撞上腕錶，脆響驚醒淺眠，她撐著手肘坐起，才意識到剛剛打了一場突如其來的瞌睡。只剩下咖啡漬的杯子斜放在桌上，再輕輕一碰就會掉下桌沿，像她殘存的神智一樣搖搖欲墜。

她呆呆地望向螢幕，耳機裡提神的音樂還在播放，高亢有力的嗓音穿透耳膜，總算把理智稍稍喚回。

幾秒後，孟冰雨手指按下倒退鍵，把文件裡一大段打瞌睡時敲下的、不知所云的文字刪除重寫。

週五晚上十點半，辦公室早就沒人了，只有把臨時任務丟給她後逕自下班的前輩在此時傳來訊息，「差不多了嗎？」

差不多個鬼。孟冰雨心裡汙言穢語流水似地刷過，手指回訊息的速度卻更快，「剩下一點收尾，今天下班前可以給您。」完全是滿分社畜的回答。

「動作要再加快啊，這種任務我大概一兩小時就能完成，妳是新人，要趁現在把效率練起來。等等完成後，先發到我的信箱就好，不用副本給主管。」

因爲一旦副本給主管，她就會發現交辦下去的工作，怎麼變成是由孟冰雨完成？

孟冰雨掃過訊息一眼，擺出作嘔的表情，手指還是乖乖按了個愛心符號回應。

與此同時，螢幕上跳出另一則通知，是她訂閱的頻道有新影片出爐。封面照中她最喜歡的女歌手，也是剛剛耳機裡聲音的主人，正捧著臉綻放微笑，圓圓甜美的眼睛周遭綴滿小花形狀的貼紙，眼底都是璀璨的光芒。

「啊，好可愛。」孟冰雨在說出口的瞬間跳起來，連忙摀住嘴，雖然只有嘈雜的空調聲回應她偶發的花癡症狀，她依然心虛地往兩旁看了一眼。

她抹一把臉，帶著上揚的心情回到電腦螢幕前，手指在鍵盤上舞動的速度快了一倍，誰也不能阻止她趕快下班看新影片！

儘管孟冰雨的小宇宙爆發，加快了工作速度，然而把檔案完成交給前輩時已臨近半夜。她盯著小小的信件匣畫面，遲遲等不到已讀的燈號亮起，便果斷放棄等待，收拾好包包準備回家。

離開前，孟冰雨在辦公室的玻璃門前回頭，辦公室裡逼仄的座位緊緊相依，凌亂的文件夾堆成高山，拆封後未及時整理的公關品紙箱隨意堆在角落。

她皺皺眉，按下燈光的總開關，把整個空間裡膨脹的疲憊一起關進黑暗裡。

半夜的捷運車廂空落落的，零星交談的音量也被刻意壓低，孟冰雨靠在窗邊沉沉睡去，捷運從地下攀到地面上時才恍惚醒來。

捷運途經舊兒童樂園，昔日興盛一時的樂園關閉後，只有寥寥幾樣遊樂設施留下來作紀念，從車廂裡望下去，只能看見漆黑中靜靜佇立的摩天輪。因爲時間太晚，車廂的裝飾燈已經熄滅，靜默得像龐大的影子。

孟冰雨覺得那座摩天輪好孤單，曾經帶給無數人的童年這麼多快樂，現在卻只能成爲一道紀念的風景，安安靜靜回憶昔日的笑語——但這想法實在太矯情，她不好意思跟人說，只是每一次通勤經過時，都會往窗外看一眼。

總有人還記得那些快樂，例如她。

終於把沉重的身軀搬回套房時，時間已近凌晨一點，匆匆沖一遍身體後，孟冰雨把自己砸進浴缸，泡在水裡懶洋洋地點開偶像的影片。

這是一場「回歸」的打歌舞台。

這個用詞盛行於韓國，意思是藝人發布新作品，重新回到大眾視線裡活動，一次「回歸打歌」通常會持續兩週左右，歌手幾乎天天都會在各大電視台表演新曲。

廢棄工業風的舞台上突兀盛綻著一片花海，歌手半邊臉蛋甜美夢幻，花朵貼紙圍繞眼周，另外半邊卻是強烈的煙燻妝，小小的粉色骷髏頭耳墜隨舞蹈動作旋轉飛起。

她的歌聲嘹亮極具穿透力，嬌小的身體裡似乎蘊含無限力量，最後歌曲結束時，鏡頭聚焦在她的臉龐。

歌手嫻熟地咬著唇定格，表情又魅惑又純眞，如同這次專輯的概念，以截然不同的兩種造型風格，表達人都有無數張面具對應不同場合。

孟冰雨聽著台下不曾停歇的叫喚，不自覺笑得嘴角發痠。

「茉莉！茉莉！茉莉！」

她最喜歡的歌手茉莉，粉絲團的名稱就是茉莉的花語——唯一。

溫暖的放鬆感隨茉莉的笑臉湧入心底，孟冰雨像一顆被生活壓扁的氣球，即將沉入深淵時又被悄悄打進氣，輕飄飄地浮了起來。

泡完澡出來已是兩點，她回到電腦前，一邊吹頭髮一邊打開YouTube頻道後台和影像剪輯軟體。

孟冰雨有個不為人知的身分，她是某偶像在台灣最大的中文字幕翻譯組「和月光最近的距離」的負責人。她的粉絲專頁和YouTube頻道被簡稱「月近」，專門把各種韓文影片翻譯、後製供粉絲觀看，偶爾也會和各大粉絲團聯合舉辦活動。

然而，那偶像並不是茉莉。

她揉揉眼睛，嘴裡輕輕哼著茉莉的新歌，打開了另一組藝人的影片。

那是一個四人韓國偶像團體的粉絲見面會影片，開始前全團一起向粉絲們打招呼。她撐著下巴看了兩遍都沒能專注，不自覺把進度條拉回到前面，盯著第一個拿起麥克風說話的人。

大男孩韓語流暢，幾乎聽不出口音，「大家來的時候有淋到雨嗎？昨天看到氣象預報後我擔心了一晚。啊，忘了自我介紹，不過你們都知道我是誰，對吧？」

儘管她迅速按下暫停鍵，仍聽見他作勢把麥克風遞給台下時，粉絲瘋了一般叫出他的藝名——炎。

定格的那一幕青年恰好瞇著眼笑，嘴角舒展上揚，露出一點俏皮的虎牙，妝容下濃黑的眉眼銳利迫人，沁出和藝名十分相襯的意氣風發。

她把這段字幕打完，加上趣味的雙語特效小字後，又繼續看下去。

主持人隨機抽出粉絲的問題提問，有人問四人裡耳洞打得最多的炎：「打耳骨時很痛嗎？」

「不會痛，一下子就打好了。」炎沒有任由平淡的回答停在這裡，而是挑起半邊眉，壓低嗓音，直直望進鏡頭，「如果妳怕痛就想我，我來當妳的止痛藥。」

出道四年的偶像說起這些遊走曖昧邊緣，甚至有些油膩的台詞駕輕就熟，輕而易舉掀起台下粉絲的一片尖叫。

孟冰雨哼了一聲，裝帥的騙子，姜炎溪第一次打耳洞才不是那副淡定的模樣。

國三時有一天他吵著要她陪著去打耳洞，她翹掉晚自習，和他鑽進小巷子裡一間不起眼的店家。打的時候他嘴上說著不怕，桌子底下的手卻用力攢得她發疼，長長的眼睫毛眨呀眨，只差沒有落淚。

那是她第一次，也是最後一次知道他手心的溫度。

他的兩對耳洞是對稱的，單側一個打在耳骨一個打在耳垂。此後他便時常戴著耳骨釘與耳環，在豔陽天時遠遠看到，陽光落在耳環上的反射總會棲息在他臉側，閃閃發亮。

孟冰雨繼續看著影片裡侃侃而談的姜炎溪……或許他是真的記不得了，畢竟他們這輩子最要好的時間，全集中在什麼都不懂、莽莽撞撞的國中時期。

還沒等到長大，他們之間已經多了別的影子，影影綽綽籠罩，輕而易舉讓這段脆弱的關係再無未來。

確實過去太久了，久到只有懷舊帶來的濾鏡可以讓那段時間不顯得太蒼白，但仔細想想，他們之間現在僅有的連結只有月近頻道。

關上螢幕後，就什麼也不剩下，也不敢剩下。

死去的回憶硬要重溫，就像逼自己吃下冷掉的隔夜菜，菜還是同一道，只是味道早就回不去了。

孟冰雨有些恍惚地想起，她初次見到孫霏霏，是在升上高中不久之後。

孫霏霏和姜炎溪一樣就讀藝校，來找她時簇擁在身邊的人，比她所有朋友加起來的數量還要多。

她對孟冰雨笑，說出來的話卻讓人冷徹入骨，「姜炎溪最討厭妳死纏著他，妳不知道嗎？」

孟冰雨不敢向姜炎溪求證，在那個自尊比天還高的年紀，固執地覺得求證就是認輸了。

可在那之後，說不上是不是她的錯覺，兩人確實漸行漸遠，直到懷抱著遠大夢想的姜炎溪去了韓國，他們再也沒有見過面。

她才終於學會，想念是情深，不想念是灑脫，但想念不會想念自己的人，那叫自作多情。

孟冰雨用力拍了拍臉，把自己從陳舊的回憶洪流裡拉回，繼續剪片。

她一路剪到凌晨三點半，才完成一支三分鐘的簡單見面會開場小短片，將它放上排程，設定週五下午六點的下班時間發布，陪伴粉絲們迎接週末。

完成設定的那一刻，孟冰雨長長吐了口氣，往旁邊的床一歪，眼鏡都沒摘就睡著了，再次醒來時，房間的燈都還開著。

她本能地心疼電費，支起身把燈關了，又躺回床上，望向窗外天際那抹魚肚白。

生活裡沒有太讓她焦慮煩心的事情，也沒有刻骨銘心的悲傷或挫折，起床了，仍只是迎接另一個重複而疲倦的白天，感受不到什麼期待……緊接著她又想到茉莉，至少今天還有新的打歌舞台可以看。

胡思亂想好一會，孟冰雨才意識到喚醒她的不是燈光，是粉絲群組裡連綿不斷的訊息提示音，她睡眼惺忪，摸索著滑開手機。

「命運們快起來！我們的奇蹟寶第一次來台灣開演唱會啊啊啊！」

「誰在線！我需要有人跟我一起吶喊宣洩我的興奮！」

「那天我已經準備好去網咖搶票了，有誰要加一？」

孟冰雨重複看了好幾遍這幾則訊息。

「奇蹟」是炎所在的四人團體名稱，他們的粉絲和其他韓國偶像一樣，有個專屬的名稱叫作「命運」，這名字來自於炎在出道記者會上的一段話。

當時團體還乏人問津，專輯預購量是同時期榜單的墊底，他凝望著鏡頭目光堅定，青澀的眼眨也不眨，一字一字擲地有聲。

「我們可以在無盡宇宙洪流的此時此刻相遇，是一種奇蹟，而我們會愛上彼此，是命運。」

當然，這肉麻的發言讓他在上許多節目時，常常都被主持人笑話。

奇蹟出道四年首次來台灣，的確是會讓粉絲瘋狂的消息。孟冰雨看著群組裡瀑布般刷過的訊息，心頭宛若生了隻小螞蟻，細細綿綿啃著她心底藏起的一塊過期的糖。

姜炎溪要回來了，從沒沒無聞，到如今算是衣錦還鄉。

其實不能完全說是回來，奇蹟只開一天的演唱會，想必是匆匆來了又匆匆離去。即使他有閒暇時間可以看一眼家人和朋友，人選名單裡頭也不會有她……更多的時間可能得去陪孫霏霏吧。

那塊糖早就壞了，不能吃了。

孟冰雨毅然決然關掉訊息提醒，抹一把臉，爬起來準備上班。

週五事情依然多得讓人煩躁，孟冰雨在一連串的電話與電子郵件裡暈頭轉向，擅長把事情丟給別人的前輩又晃過來，笑道：「昨天那份做得還行，等等我傳給妳一個檔案，再麻煩妳下班前完成，可以嗎？妳要多學習，現在是剛進公司的蜜月期，再久妳就沒時間學這些基本功了。」

孟冰雨嘴唇一動，前輩卻已經轉身離開。

午休時間，隔壁座位的同事馮千羽滑著椅子過來，確認前輩不在聲音傳遞範圍後，小聲問她：「要不要告訴主管？她這樣做不只一次了吧？老是把分內的事情丟給別人。」

「算了，她也是爲我好。」

「這樣叫作爲妳好？」馮千羽搖搖頭，「雖然不想說妳活該，但允許別人這樣對妳，就是妳的問題囉。」

孟冰雨尷尬地微笑，回答不出來。

不反抗是罪，沒有底線也是罪，她任由生活把她熨燙得沒有稜角，或許眞的是自己的問題。

「對了，妳追星嗎？前陣子爆紅的韓國男團奇蹟要來了，我想找人一起去看。」

孟冰雨猛然抬頭，捏緊手指，口不擇言：「我……我不知道他們。」

馮千羽訝異地上下打量她，而後驚呼：「孟冰雨，虧妳還是在走在潮流前端的公關業工作，妳怎麼不知道他們？」

她故作鎮靜，重新組織語言，「我口誤，我的意思是，我沒有在追他們。」

「那就現在開始追，保證入坑不虧，反正他們那麼紅，又剛好來台灣，偶爾去看看帥哥也不錯。就這麼說定囉，到時候我跟妳各自搶兩人份的票，誰搶到誰先付款。」

馮千羽滑回自己的位子，孟冰雨還在原位，臉上支著不變的微笑，心裡卻爲無法拒絕而懊惱。

她知道馮千羽沒惡意，只是單純想拉她一起，是她不會拒絕。

算了，過幾天想好說詞，她再婉拒馮千羽就好。

下午她們去客戶處拜訪，出來時時間已經超過六點，主管大發慈悲，直接就地解散，讓孟冰雨搭附近的捷運回家。

自從高中畢業後開始打工自給自足，孟冰雨已經許久沒有在天尚亮的時候下班。

她出了捷運站，忽然有些猶豫，磨蹭半晌，又看看還算明亮的黃昏天空，最終選擇坐上公車。

山坡上的學校已經過了放學時間，大門口靜悄悄的，有警衛正在掃地，看到她四處張望，友善地詢問：「妳是這裡的學生嗎？想回來找老師？」

孟冰雨蠕動著唇，小聲回答：「只是來看看。」

「要不要進來？不過現在大多數的老師都回家了喔。」

她有些承受不住警衛大叔的熱情，換了證件，走進國中校園。

孟冰雨走到靠近大門的舊樓前，看到小小的告示牌，宣告再過幾個月，這棟樓因爲歷史悠久、擔心有安全疑慮，即將被拆除。

那一瞬間她又想到了那個摩天輪，那座廢棄了的樂園。

孟冰雨推開最高層樓梯盡頭的鐵門，緩緩走進開闊的水泥空地，不可思議的是，這裡看上去一切如舊，連角落鏽紅色的水桶也還在。

她靠在欄杆上往西邊望去，是整片欲燃的壯麗雲景。

其實她不是爲了找誰而來，也沒有多懷念領著清寒補助、咬著牙度日的國中生活，只是突然有點想念這片曾和姜炎溪一起在頂樓上看過的天空。

那天日光暖融融的，被太陽曬過的毛衣很好聞，水彩顏料淡淡的化學氣味暈抹在紙上。少年指尖沾了點夕陽的紅，抬起來塗到孟冰雨臉上，換來她的怒目後，他大笑著露出虎牙。

出了名的淡水夕照，是姜炎溪送她的第一幅畫。

和姜炎溪的回憶像玻璃碎片，遠看閃閃發亮，小心翼翼捧起時才發覺會割手。

孟冰雨已經忘了太多細節，但那寥寥幾次姜炎溪爲她作畫的場景，她都還記得——如果連那都記不清楚，可以好好懷念的回憶就太少了。

國二時孟冰雨轉到新學校，來之前就聽說過這所學校龍蛇雜處。不得已收留她的阿嬤板著臉，警告她如果學壞，以後一定會把她扔回去，讓在監獄裡蹲的流氓爸爸撫養。

第一天到校孟冰雨惴惴不安，徘徊好一會才鼓起勇氣走進校門。一旁圍牆角落裡突兀地蹲著個人，低頭不曉得在做什麼，注意到她不經意停留的視線，遽然轉過來。

「妳看什麼？」對方口氣很差。

原本被擋住的橘貓喵了一聲，小小的頭顱跟著轉向這位新來的不速之客。

她瞥見那隻正在餵流浪貓貓條的手，分明的骨節上有斑斑傷痕。她知道那是什麼，因爲她爸爸的手上也有——經常用拳頭毆打東西，指節蹭破皮，經年累月疊加的傷口。

孟冰雨下意識地退縮。手的主人冷冷掃她一眼，打量似地挑眉，飛揚的眉鋒向上飄入白金色瀏海裡，他手指施力，把空了的包裝紙揉扁，倏然站起，大步朝她走來。

孟冰雨先是愣在原地，反應過來想要後退時——

「她認人，想被抓傷的話就盡量亂摸沒關係。」男孩平靜地張口，與她擦身而過，走向校舍的方向。

她凝視對方的背影好幾秒後，才反應過來他是好意提醒她，只是言語像淬了毒，毫不客氣。

貓咪冷傲地看她一眼，昂首慢慢走開了。

在上課時間跑出來餵貓，無論如何都不會是多規矩的好學生，所以當孟冰雨被學務主任帶到教室，發現教室唯一的空位旁趴著一顆白金色腦袋時，深感平靜的國中生活正離她而去。

班導是細膩的人，注意到孟冰雨極度害羞後，沒有讓她做自我介紹，而是簡單和同學們介紹新同學，讓班上的人多多關照。

班導說話的時候，孟冰雨偷偷瞄一眼身邊的人。少年睡著的臉半埋在臂彎裡，從縫隙中可以窺見他濃黑的眉與睫，淡到接近銀色的金髮和純白制服一起融在陽光裡，彷彿下秒就會消散湮滅。

他對她毫無關注，這樣很好。

班導給她幾張待填寫的資料，其中一個是社團申請單，同時語帶歉意地補充道：「因爲妳比較晚來，還有名額的社團不多。」

孟冰雨看著紙上寥寥幾個社團名稱——

排球社，不行，她的體育細胞注定她與多數球類運動都無緣。

辯論社，也不行，她笨拙的口才完全派不上用場。

畫畫社……

孟冰雨從小就喜歡畫畫，小學時每年都擔任負責教室布置的學藝股長。只有在畫畫的時候她可以名正言順地安靜，也只有筆下的世界紛展開來時，她能忘記現實世界裡的沉重。

雖然她毫無自信自己的繪畫技巧足以進入畫畫社團，不過總比其他社團更有希望吧？

自動筆筆尖頓住好幾秒，孟冰雨最後還是勾選了第三個選項。

下課時，幾個熱情的同學主動來找她，免除她不知道該做些什麼的尷尬。其中一個人探頭看見她的社團申請單，忽然神神祕祕壓低聲音，「我勸妳最好不要選畫畫社。」

「為什麼？」

幾個女孩探頭確定鄰座的姜炎溪還在熟睡後，低聲道：「因為我們班就只有姜炎溪是畫畫社的。他超怪，除了畫畫什麼都不感興趣，也幾乎都不說話，所以旁邊才沒有安排坐人。」

「連老師都擔心他鬧事，跟他說只要不影響同學，來學校後去別的地方也沒關係，不一定要待在教室。」

孟冰雨維持禮貌的微笑，直到上課鐘響，此時窗外的風更大了些，裹著秋初的涼意緩緩滲進皮膚。

她轉頭看看鄰桌同學身上單薄的制服，怕他著涼，探身過去想要把窗戶合攏一點。

少年忽然毫無預警地坐起，孟冰雨的臉重重撞上他的肩膀，痛得她輕呼一聲。

她摀著鼻抬眼，在那雙側過來的眼裡看到自己的倒影，才意識到他們之間的距離有點太近。

這是孟冰雨第一次有超過一秒的時間能好好注視這張臉。她下意識在短短幾秒內把對方立體的五官拆解成心裡的圖稿，臉部對稱、鼻樑線條很俐落、眉骨到眼窩間的陰影流暢起伏，盡顯這張臉的優勢——很適合練習素描。

孟冰雨面紅耳赤地退後，想要解釋為什麼靠那麼近，卻又覺得這件事太過瑣碎，姜炎溪大概也不在意。

反倒是姜炎溪凶神惡煞地先說話了：「會怕我的話，就離我遠一點，少他媽來煩我。」

孟冰雨一愣，馬上意會到剛剛下課時趴著假寐的他其實根本沒有睡著，把同學對他的評語一字不漏都聽了進去。

她們說他很怪……孟冰雨慶幸當時沒有跟著附和，也沒有多問什麼不禮貌的問題。如女孩們所說的那樣惜字如金，姜炎溪沉默地用力幫她關窗，站起身從她椅子後側身通過，當著全班的面與走進來的老師擦身而去，光明正大翹了課。

接下來幾天姜炎溪仍舊把學校當自家，愛來不來，來了就是趴著睡覺，話也不多說一句。

孟冰雨漸漸從其他同學口中知道，姜炎溪一直都獨來獨往，久了也沒有人會自找麻煩和他說話。可是，她有點無法把他和提醒她小心貓的少年連結在一起。

禮拜五有社團課，上課地點在另一個校區，孟冰雨繞了兩圈都沒有找到正確的教室地點，正手足無措時，一顆金髮腦袋慢悠悠從長廊底端進入視線。

「同學！」

姜炎溪太少與人交流，完全沒意會到是在叫他，直到孟冰雨追上去拍了下他的肩膀，他才猛然一抖，回過頭。

他眼睛生得大，卻又是鋒利上挑的單眼皮，直視時即使沒有惡意也顯得咄咄逼人，孟冰雨微微被這生人勿近的凶煞表情嚇到了，問話的聲音很沒出息地顫抖，「抱歉，我迷路了，請問美術教室在哪裡呢？」

他面無表情，「妳還是選了畫畫社？不是叫妳離我遠點嗎？」

孟冰雨只能厚著臉皮，「……對，我想可能只有這個社團比較適合我。」

姜炎溪轉身就走，孟冰雨以爲他不想理她，但他走沒兩步就回頭，眉頭微微蹙起，「站那裡發呆幹麼，不是要去美術教室？」

她趕緊跟上，美術教室裡已經八成滿，所有學生都成群結隊，只有姜炎溪頭也不回走到最後面落坐。

孟冰雨像害怕落單的小動物，感受到同學們對於陌生臉孔的打量，不自在地縮起肩膀，快步跟到最後排，在姜炎溪身邊坐下。

他看她一眼，「不要老是跟著我。」

孟冰雨抿嘴，她明明只跟了這一次！

少年別過臉沒再看她，孟冰雨莫名有些委屈，老師進來後也聽不進他說的任何話，等到同學紛紛站起時，才回過神。

陸續走出去的同學都領了白紙、帶上畫具，顯然準備去校園裡寫生。她望向黑板，社課的作業要求寫在上頭——水彩畫一張。

孟冰雨心一沉，昨晚和阿嬤索要零用錢購買美術用品時，阿嬤劈頭喝斥她一頓：「畫畫這種沒有用的事情，爲什麼要花錢？我幫妳爸養妳，妳爸給過我錢嗎？」

她沒有拿到錢買水彩顏料，只拿來一支筆尖分岔的老舊水彩筆，本來還心存僥倖希望不會這麼快用到，老師偏偏一眼望見她空蕩蕩的桌面，嗓門很大，「綁馬尾戴眼鏡的那位同學，妳是不是沒帶顏料？」

還沒走出去的同學紛紛回頭看她，孟冰雨漲紅著臉。

老師沉著臉數落：「我說過要加入社團的學生都要自備畫具，妳爲什麼沒帶？」

「……對不起，我忘了。」

老師回得陰陽怪氣：「忘了？那腦袋會不會也忘記帶？忘了就別畫，課也不用上了，先回家吧。」

孟冰雨的臉簡直要燒起來了，姜炎溪忽然起身，把手邊的顏料盒推過去，冷冷張口：「囉嗦死了，我借她。」

老師氣極反笑，「好，但你們不准畫同一個景，不准用同一個色系，我就看你那個小調色盤怎麼共用顏料！」

「你高興就好。」

孟冰雨發現姜炎溪話雖少，殺傷力卻不小。

她看老師額角青筋直跳，然而姜炎溪只輕輕扯一下她的外套領口，逼她起身，「快點，不要耽誤我時間。」

她跟著姜炎溪出去，對著他冷峻的側臉結結巴巴道歉。

「幹麼道歉，不是妳的錯。」姜炎溪沒有領情，頓了下又補充道：「應該說，即使妳有錯，他也不該這樣對妳，妳不要習以爲常。」

孟冰雨眨眨眼睛，原本高高懸著的心驟然被接住，好好地放回原處。

姜炎溪帶她到學校裡地勢偏高的一幢老建物，爬到頂樓，鐵門上的鎖早已被撬開，形同虛設，他輕而易舉就推開門。

「這邊可以看到海。」他隨手把畫具和白紙扔在地上，趴上圍牆，涼爽的風鑽進制服領口，襯衣鼓脹得像被充飽的翅膀，即將展翅飛翔。

孟冰雨覷著他臉色，鼓起勇氣問：「你平常翹課都是來這裡嗎？」

「告訴妳幹麼？妳要一起來嗎？」

見他面無表情地開玩笑，她稍稍放下一點懼怕，跟著趴在牆上往海的方向看，「這邊很安靜、很漂亮，很適合一個人待著。」

「本來很適合，可惜現在多了妳。」

「你說話一直都這麼毒舌嗎？」

「受不了的話可以走。」

姜炎溪拿了畫具去角落的水龍頭裝水，又把一只被棄置在牆角邊的鏽紅色水桶提來，方便他們同時使用。

孟冰雨眼睛跟隨著他的腳步，望見地上大片大片乾涸的顏料痕跡，忽然有了個猜想，「你是不是常常在這邊畫畫？」

姜炎溪沒有回答，只是把多的畫筆遞給她，指尖輕輕擦過她的手，蹭出一點熱度，「那隻分岔的筆給我，我可以用。」

她沒有好好學過怎麼畫水彩，只先用鉛筆快速在紙上打了底稿，望著調色盤出神。

姜炎溪的動作則快很多，他把顏料直接倒到地面，用手指俐落抹開，調出一汪汪色澤不一的藍白色水窪。他修長的指夾著那隻尖端分岔的畫筆，像魔杖在紙上輕輕一點，唯妙唯肖畫出了雲朵邊緣的棉絮感。

孟冰雨看得太入神，姜炎溪抬手推開她的頭，「不要擋住我的光。」

她尷尬地往後退了一點，又乾巴巴地把心底的話說出來：「以後的社團課，我可以都和你一起畫嗎？」

「意思是妳都要用我的顏料？」

這次孟冰雨沒有被他的話嚇走，不過語氣仍有些倉促急切，「我會想辦法買。我想看你畫水彩，也想學會怎麼畫。」

姜炎溪轉過頭，「爲什麼買顏料還要『想辦法買』？」

她一時語塞，姜炎溪的大眼睛藏在瀏海下，乾淨得像他筆下的天空。

半晌，他沒等她回答，逕自把注意力轉回畫上，「我家裡有多的，再帶來給妳，放著也是會乾掉。」

孟冰雨眨了眨眼，有些摸清姜炎溪的脾氣了，表面上銳利又毫不留情，背地裡卻有著無人窺見的溫柔，這就是屬於他的色調，冷得不張揚，又暖得不溫和。那色調太有感染力，以至於這麼多年之後，還能讓她每次憶起都想要流淚。

之後每一堂社課，他們都會一起躲到頂樓畫畫。

漸漸熟起來後孟冰雨終於敢流露出一點無傷大雅的小任性，比如她怕曬，只要當天陽光大些，都會吵著要躲太陽，拖著共用顏料的姜炎溪一起坐到背光的陰影裡。

這些幼稚的小脾氣，是她在其他地方都不能展現的。

對於轉學生來說，在學校裡不要惹任何麻煩，還要讓原本就已經形成社交圈的同學接納自己，保持低調、隨和的個性是第一法則；對於寄人籬下的孩子來說，在阿嬤家也最好不要有任何存在感，不要有多餘的情緒或需求，把自己當成透明人，才能躲開那些毫無緣由的謾罵。

所以那些屬於十四、十五歲孩子的敏感與無理取鬧，孟冰雨只會在姜炎溪面前表現，也只有姜炎溪能接得住。少年不會因爲她的脾氣而疏遠，卻也不會因爲她鬧就隨便妥協，這點讓她更加安心。

就像今天他沒有理睬孟冰雨，懶洋洋靠牆坐著不動。

「曬一下不會死，妳需要陽光。」初冬的日照幾乎沒有溫度，孟冰雨嘟囔著會曬黑，姜炎溪不懷好意把袖子捲起，伸到她手旁，誇張地張大嘴，「怎麼辦，妳眞的比我黑呢。」

姜炎溪根本也不是一開始她以爲的沉默寡言，而是把力氣都花在了殺傷力強大的諷刺上。

孟冰雨面無表情提起畫筆，把顏料塗到那片凝脂般的白皙上。

姜炎溪馬上抽回手，兩人打鬧間，沒有拉好的制服毛衣下襬往上捲，攀爬在削瘦腰腹間的青紫痕跡落入孟冰雨眼裡，一閃而過。

他們同時愣住，姜炎溪很快拉好外套，挑起單邊的眉，「別這樣盯著我看，我會害羞。」

但孟冰雨笑不出來，她伸手過去。

姜炎溪強硬地一把按住她的手腕，加重語氣，「孟冰雨，我沒事。」

「怎麼會沒事？那些傷……」

她也曾經有過類似的傷，她知道那是什麼，只有一種暴力會刻意挑選不起眼的地方下手——單方面的欺凌，例如家庭暴力。

和許多鄰里揣測的不同，當初對她施以暴力、動輒拿衣架或棍棒體罰她的是媽媽，而不是被稱做流氓的爸爸。父母離婚之後，爸爸帶她搬到臨海小鎮，可是又因故犯罪入獄，只能把她託給久未來往的祖母照料。

媽媽當初打她的時候，總是會避開容易被看見的地方，專挑腰背的部位動手。

姜炎溪往後退了些，無意間牽扯到傷處，面色微微一僵，「跟我爸吵架而已，這都是小傷，妳不用這麼大驚小怪。」

孟冰雨痛楚的表情融在黃昏幽微的光裡，姜炎溪撇開視線，終究沒再揮開她伸來的手。

她小心翼翼拉開衣服下襬，只望一眼便死死咬住唇，那些傷痕腫起約一指高，周遭青紫近乎發黑，縱橫落在潔白的膚上，像被塗汙了的廢紙。傷痕之下，更多的是淡去的舊疤橫亙，歷歷分明——絕對不是吵架能造成的傷。

孟冰雨還沒開口，就聽姜炎溪難得和緩的聲音，「別哭，畫紙都弄髒了。」她這才注意到自己流淚了，哽咽地抗議：「這種時候還管什麼紙啊！」

冬日夕陽下山很快，粉橘餘暉搖搖欲墜攀在遠方的海平線上，大片的黑暗逐漸浸染天空，姜炎溪的臉落在陰影裡，彷彿下一秒也要被夜色掩埋。

孟冰雨驟然恐慌起來，眼前似乎又浮現母親向自己舉起藤條時的畫面，「如果你真的出事怎麼辦？這些傷根本不是一天兩天造成的……」

姜炎溪舉起拳頭給她看，那是她之前就注意到的、拳頭擊打東西後造成的傷痕，「我也不會只挨打呀，我會反擊。只不過每次這麼做，他就會更加失控而已。」

「你不報警嗎？或者跟你其他家人說？」孟冰雨越說越遏止不住想像，「哪天要是打出意外，你就這樣消失了的話——」

姜炎溪虛虛扣著她手腕，答非所問，「妳想太多了，我不會消失，會好好長大成人，也會一直跟妳保持聯絡，我跟妳約定好了。」

「我要怎麼知道你不會食言？」等到他們都各自出社會，誰會記得這種兒戲般的承諾？

就像她又愛又恨的母親離開她時，說的是等她長大後就會再相見。姑且不管她到底想不想再見到母親，她也聽得出這不過是搪塞的敷衍。

無心再見的告別，實際上就等同於永別。

姜炎溪失笑，暖陽把他精緻的笑容染得柔和，稍稍露出的小小虎牙讓他看上去像慵懶的大貓，「我如果食言的話，就罰我一輩子不能幸福好了。」

「不要說這種不吉利的話！」孟冰雨的淚腺莫名停不下來，索性把眼淚都蹭到姜炎溪的毛衣上。

姜炎溪指尖點了些夕陽色的橘紅，報復性地抹在孟冰雨臉上，害她看上去像古時候塗紅臉的媒婆，「我畫一幅畫送妳。妳眞的有夠愛哭，哭完才准看。」

那天他們在樓頂待到很晚，晚到夕陽早已下山，他們開著手機的手電筒，在入夜後的寒冷裡緊緊相依。

姜炎溪專心的時候嘴會無意識地微微嘟起來，凝視畫紙的目光專注到近似繾綣，手腕俐落地揮動。

碎裂的傷痕躲到了火紅的顏料下，被少年的畫筆變成滿天燦爛。

孟冰雨有些出神地望著，突然想起很多封存在記憶裡不願回想的畫面，例如面露凶狠揮動藤條的媽媽、在入獄前哭著和她告別的爸爸，還有阿嬤看見她時，掩飾不了的嫌惡神情……

那些畫面漸漸被少年的側臉蓋過去。她好喜歡姜炎溪在她身邊畫畫的樣子，好喜歡有他在的冬天，連她一向害怕的陽光都顯得那麼溫柔。

所以她忘記了許多難過，天眞地以爲自己不喜歡的陽光裡總有姜炎溪可以畫出她喜歡的溫柔夕照，四季無休，一直照耀在她眼前。

歲月如梭，轉眼離那天已經過去八年。

甚至還不到長大，只是到了高中，那些陽光就不再只屬於她了。

眼前依然是夕照，依然是人去樓空後寂寥的校園，獨獨那個人離她千里之外。

最後他們的分別如此不愉快，孟冰雨知道，姜炎溪一定不願意再見她。

她打開手機，螢幕裡少年知道她在偷拍，原本專注作畫的側臉微微勾起了嘴角。

孟冰雨伸直手，把日暮的天空當背景，手機照片當主角。螢幕的內與外，八年時光的前與後，記憶交錯分明得殘忍。

姜炎溪現在是屬於百萬人的星光，再也不是她一個人的風景了。

她明白她該做的是隱回她原本歸屬的黑夜裡，不去打擾那耀眼發光的星體，可是飲過甘泉的旅人，在千里跋涉後要重新容忍乾渴，談何容易。

她想再遠遠看他一眼，就再一眼。

然後，她就能好好地跟那永遠不可能重溫的年少時光告別。

第二章　必須勇敢的理由

下週一一到中午時間，馮千羽就氣勢洶洶把孟冰雨拉進茶水間，雙手按住她肩膀。

孟冰雨猶疑地盯著對方，心跳猛然亂了步調，腦中冒出諸多可能性……難道上週的工作哪裡出問題了嗎？還是有什麼新的案子又要她去支援——

「孟冰雨，我們要來擬定搶票策略。」

她眨眨眼，對上馮千羽眞誠的大眼睛，鬆了口氣。

搶票對於追星族來說，是天下最重要的大事，粉絲們不只要比網速、手速，更要比最不可捉摸的人品……

「我仔細查過了，這次搶票爲了防黃牛，要回答特定問題才能進入搶票頁面。我們都是新粉絲，所以從現在開始，我們要好好複習奇蹟從出道到現在的所有資料！」馮千羽眼裡熊熊燃燒起鬥志。

還要比誰對偶像的理解最全面。

孟冰雨正想回答沒問題，又想起自己在馮千羽眼裡應該是完全不了解奇蹟的新粉絲，連忙問：「要從哪邊開始看呢？」

「我爬文發現一個頻道，裡面按照時間軸整理過他們出道的大小事、各種專輯或舞台名稱，還有只有粉絲才會知道的TMI。我們先把這些影片看完，應該就能安全過關。」

TMI是粉絲圈流傳的新造語，源於英文「Too Much Information」的縮寫，常常使用在對於並不關心的人事物，接收到過於私密、瑣碎的情報時。不過演變至今，許多粉絲反而喜歡要求偶像分享自己的TMI，希冀可以參與更多偶像在螢幕之外的生活。

孟冰雨點開馮千羽傳來的訊息，看到熟悉的縮圖時，手指一顫——是她每日每夜爆肝經營的粉絲頻道，和月光最近的距離。

打從奇蹟出道第一天開始，她就頻繁更新影片，累積到現在竟已經達到千部，訂閱數也隨奇蹟的大紅大紫蒸蒸日上。

「話說回來，粉絲之間流傳這頻道的經營者是上班族，而且還是個人經營，那要有多大的愛才能更新這麼頻繁啊。」馮千羽沒有注意到孟冰雨黯淡下來的臉色，將影片合輯點開，「妳看，這個播放清單整理了奇蹟的各種歷史和只有粉絲知道的梗。現在離搶票剩兩週，我們在那之前看完就好。」

不等孟冰雨回答，馮千羽鄭重地握緊拳頭吶喊：「加油！我們一定可以做到！」

……她都不知道搶票可以變成如此熱血的事。

馮千羽離開茶水間後，孟冰雨依然站在原地，凝視日光沿著窗框爬進，融入辦公室裡慘白的冷光中。

孟冰雨討厭自己優柔寡斷的個性，即使到了這一刻，她還是再次猶豫，是不是眞的要去看演唱會。

老實說，看了也不會怎麼樣，隔著幾萬人的目光，姜炎溪不可能知道她就在現場；不看也不會怎麼樣，她能忍得了這些年不敢承認的思念，沒有理由不能繼續忍下去。

她害怕的是，乾渴的旅人不會因爲一兩滴久久降臨的雨水而滿足，只會被驟然品嘗到的甜美深深吸引，變得越來越貪婪，越來越難以忍受如焚的焦渴。

他們之間隔了一片太遠的天空，她看得見彼端的陽光，可是沒有勇氣飛去尋他。

終歸是她先拋下姜炎溪的，她活該，沒有資格抱怨。

辦公室裡傳來主管呼喚的聲音，孟冰雨深吸一口氣，不顧現在是午休時間，匆忙趕回位子。

「冰雨，客戶舉行活動的時間訂下來了，我把窗口轉給妳，讓妳接下來擔任對接執行細節的主責人。記得啊，這是大客戶，皮繃緊點。」

她在主管的電腦螢幕上望見和演唱會一樣的活動日期，心臟猛然一沉，失望悄無聲息漫進心底，卻又隱密地覺得鬆了口氣。

入職以來她從來不會對主管說「不」字，何況是對於新人來說頗爲重要的表現機會，她必然得把握。

如此一來，她就不需要對不能去看演唱會的決定負責了，爲工作犧牲點小娛樂，合情合理。

然而馮千羽顯然不這樣想，得知她不去後氣得在辦公室大喊：「妳！居然！背叛我！」

晚上十點的辦公室裡只剩下兩人還在加班，孟冰雨懶得摀住她的嘴，任由她一臉哀怨，「沒這麼誇張啦，客戶活動時間撞期，我哪有辦法？」

馮千羽一把抓起放在她桌上的細流表，劈哩啪啦說道：「活動四點結束，妳收拾一下場地，頂多到五點吧，再搭個計程車趕過來，為什麼不能參加六點的演唱會！」

「妳又不是不知道，那些客戶會這麼乾脆五點結束嗎？一定還要應酬一下，約個晚餐，還要即時回報媒體的曝光狀況，趕結案報告——」

「孟冰雨，妳到底有多想去看？」孟冰雨一愣，馮千羽藏不住事的圓眼盯著她，因為太過乾淨，幾乎映出她的手足無措，「雖然是我邀妳的，但如果妳也想去看，這些問題都可以克服，重點是妳到底多想看啊。」

她有多想要看？

馮千羽見她呆愣的神情，無奈抿嘴，「我是真的很想要人陪我一起去，可是如果妳對奇蹟沒興趣，那就算了，我找別人一起去。妳想一想，至少搶票日前要讓我知道。」

語畢，她回自己的位子，留下孟冰雨獨自捏緊手指。

回家路上又是一段疲憊的通勤車程，孟冰雨靠在車窗邊，漫無目的滑著IG頁面，直到茉莉的一支簽售會影片吸引了她的視線。

指尖輕點，標誌性的活潑嗓音蹦進耳機，茉莉正和粉絲開玩笑：「要準備找工作了？準備求職還來什麼簽售會，快回去寫履歷！」

「好辛苦啊，姐姐給我一點勇氣吧。」

「勇氣不能由我給唷，但我會以身作則。我每一次上綜藝節目都非常緊張害怕，不過我總是告訴自己，我要爲自己勇敢這一次。」茉莉凝視著鏡頭，溫柔地彎起眼角，「親愛的『唯一』們，你們也要爲了自己，再勇敢一次喔。」

影片結束，茉莉明豔的笑臉隨畫面暗下去，螢幕反射出她臉龐的那一秒，孟冰雨被其中的倦怠嚇了一大跳。

這種情形發生好多次了，她看完影片後或者剪輯完作品時，螢幕暗去那一瞬，通往夢想的引路燈也隨之熄滅，橫亙眼前的是直白到冷酷的現實。

她可以爲自己再勇敢一次嗎？

勇敢不是那麼容易就有的習慣，尤其對一個膽小慣了的人。

姜炎溪就曾經冷淡地對她說——

「我不喜歡膽小鬼。」

那時捷運轟隆隆的進站聲把那句話切得七零八落，她低著頭，看少年邁步上車，火紅的球鞋停在門邊，始終沒有往車廂裡走，卻也沒有往外走回她身邊。

他在等她，但直到警示聲挑動神經，她仍沒有勇氣追上去。

孟冰雨眼睜睜看車門關上，把球鞋完全遮住，裹進另一條截然不同的旅途，直到捷運再次往前移動，她才終於抬頭。

姜炎溪已經逐漸褪去國中的青澀，五官變得更加稜角分明，然而從車窗望出來的那一眼，依然像昔年被全班排擠、老師也冷漠以對的孩子，目光壓抑而冰涼，控訴著她的膽小懦弱。

孟冰雨討厭膽小的自己，就像茉莉說的，勇氣不該是別人給的，如果她都不願意放手一搏，沒有人有義務拖著她前行。

不行放棄，茉莉都這樣鼓勵她了！就當作試試看，只是試試，不會有什麼損失……

懷著心事整晚都睡不好，孟冰雨隔天去公司時頂著對大黑眼圈，嚇得馮千羽連連問：「不去看就不去看，幹麼把自己搞成這樣？」

她一把按住馮千羽的手，儘管因爲睡眠不足精神有些恍惚，語調卻仍鏗鏘有力，「我會去！」

「妳吃錯什麼藥，爲什麼突然態度變那麼多？」

孟冰雨含糊地應了聲，沒有說眞話。追星的生活對她來說是相對隱私的興趣，尤其不想讓任何職場上的人知道。何況，如果她說是因爲茉莉鼓勵才做的，外人聽起來也會覺得莫名其妙吧。

幸好馮千羽沒有追問，悲壯地說：「無論如何，先搶到票吧！奇蹟在台灣紅得要命，眞的要奇蹟發生，我們兩個搶票小白才能搶到！」

兩人在搶票當日一起前往網咖，好確定有最快的網速。一到目的地，放眼望去竟都是嘰嘰喳喳的女孩們，一群一群聚集在一起，馮千羽面如土色，「她們該不會都是要來搶票的吧？」

孟冰雨倒沒有很意外，推著馮千羽坐下，「他們畢竟是現象級的偶像，這很正常。」

一旁正在打遊戲的男生看著她們，忽然轉過頭對朋友說：「你看，又是一堆無腦迷妹。」

孟冰雨驚訝地看過去，還以爲聽錯了，但他朋友回應的音量更大，像是故意想讓她們聽見，「對啊，整天看整型的韓國人，那些男的根本長得一模一樣啊，超有病的。」

馮千羽原本就因爲要搶票而精神緊張，這幾句亂七八糟的話落入她耳中，更是絞斷了理智線。她先確認好搶票頁面已經登入成功，才陰森森地回頭，「你們說什麼？」

「千羽，算了——」

「只有迷妹可以稱呼自己爲迷妹。你們這些路人，不要因爲自己臉盲就說他們長得一樣！」

男子們嬉鬧地轉過來，哄笑道：「幹麼，惱羞成怒？迷妹就是迷妹啦，還不讓人說喔？」

馮千羽是和客戶都能脣槍舌戰的人，此時戰鬥力點滿，一掌拍桌，「像你們這樣故意看不起迷妹的人，就是不爽讓你們說！迷妹怎麼了？追星不也是正當興趣嗎？你們打電玩也是興趣，莫名其妙被人侮辱電玩也會不高興吧？」

一席話說得男子們啞口無言，孟冰雨讓她發洩完才拉住她衣襬，小聲說：「千羽，時間快到了，我們先來準備啦。」

馮千羽氣鼓鼓坐下，把包包摔在她和那群男生之間，眼不見爲淨，「我最討厭那種對別人興趣指指點點的人，不懂還裝懂，有夠煩。」

孟冰雨安撫地揉揉她肩頭，把專注力轉回網頁上，不時重新刷新頁面，看著倒數的時間逐漸削減，心臟快要跳到喉口。

「三——二——一——快！」

如同在玩手眼協調的遊戲，孟冰雨對準按鈕按下去，防止黃牛的考題闖入眼中。

請問，讓奇蹟翻紅並且創下千萬點閱的影片來自哪個頻道？請寫出完整的頻道名稱。注意，所有字都需要符合，不得使用縮寫。

馮千羽忘情地喊出聲：「冰雨，是『和月光最近的距離』，我們一直看的那個頻道！」

她一邊喊一邊飛速打字，這一嗓子把愣住的孟冰雨及時勾回來，但那一秒的愣神已經讓她失去先機，手忙腳亂打完字送出後，畫面陷入漫長的轉圈讀取畫面。

馮千羽卻突然撲過去抓住孟冰雨的手，興奮地大叫：「搶到了！兩張票，搖滾區二十三與二十五號。孟冰雨，我們做到了！天啊，叫我搶票神手！」

孟冰雨不敢相信，湊過去看她的螢幕，確實停留在搶票成功的頁面……可以搶到這麼前面的序號，簡直是奇蹟發生。

整間網咖有不少和馮千羽一樣開始歡呼的人，也有女孩垂頭喪氣開始等下一波清票的時間。

孟冰雨一面開心，一面又忍不住心底的惴惴不安。

和馮千羽分別後，她點開討論奇蹟的社群和論壇，果然看到不少有關這次考題的討論，心驚膽跳地一行行讀下去……幸好，多半都是正面的評論。

「月近的管理員一定很開心吧。」

「他們家的影片是眞的很完整，入坑必看！」

不過也難免有些酸言酸語。

「一個粉絲的頻道而已，憑什麼當題目啊？」

「就是說啊，該不會售票系統跟他有什麼利益掛鉤吧。」

孟冰雨滑到幾則後就不敢再看下去了。

是啊，她的頻道憑什麼可以當決定誰能搶到票的題目的答案？

她萬般慶幸，現實生活裡沒有任何人知道她就是月近的管理員。她最不希望的就是四個大男孩的光芒被自己的黯淡沾染，他們該是純粹的、幸福的，這些紛擾都該被埋葬在網友匆匆刷過的留言裡，不要被看見。

尤其是姜炎溪，她永遠不能讓他知道。

有了演唱會的日子，時間的流逝似乎也變得值得期待，孟冰雨連上班都多了些活力。

終於等到演唱會當天，工作一結束，她鼓起全身勇氣婉拒甲方共進晚餐的邀約，承諾明早就會交出結案報告後，終於脫身。

雖然時間很趕，但孟冰雨捨不得花錢坐計程車，硬著頭皮衝去搭捷運，在車廂裡匆匆脫下西裝外套和高跟鞋，把嚴謹紮著的襯衫從褲腰裡拽出，抓鬆頭髮。她透過捷運車窗審視自己的倒影，看上去總算沒有這麼與演唱會氛圍格格不入。

爲了省錢坐捷運的代價是她錯過進場時間，小跑步進會場時搖滾區已經萬頭攢動。她在人群裡艱辛前進，才剛找到馮千羽，燈光突然暗了，暖場音樂也漸漸止息。現場的人都知道這代表奇蹟即將出現，尖叫聲一波勝過一波，孟冰雨的心跳和音響敲出的鼓點都震耳欲聾，節奏漸漸融爲一體。

「要看到眞人好感動，我都哭了啦！」她左手邊的陌生女孩哽咽地對朋友說。

也許是被周遭的氛圍感染，孟冰雨望出去的畫面漸漸柔了焦，波紋瀲灩。

搖滾區的音響效果強烈震撼，她全身的血彷彿都隨著拍子波動，大螢幕上猛然閃出開場VCR。

隊長溫文爾雅，端起桌上豔紅的玫瑰細看，冷不防手指被尖刺扎了一下，血滴墜落。

落地時血滴倒映出另一張臉，是主唱正將一捧滿天星花束當作麥克風，唱到一半時，忽然臉色一冷，將花束擲向鏡頭。

花束落下後，出現的是面對鏡子練舞的主舞，一樣在跳到一半時，目光透過鏡子和觀眾對上眼，接著猛然抬手捶向鏡子。

碎片散落後，重新出現的人影正是壓軸的姜炎溪。漆黑皮衣草草披在肩上，裡頭沒有內襯，裸露出結實的腰腹，他將手中握著的手槍對準鏡頭扣下扳機，逼真的子彈直直撞上螢幕。

裂紋擴散的瞬間，萬人仰望的存在在尖叫聲中走出大螢幕，大步奔上舞台。四道影子跑得意氣風發，隨著歌曲重重落下拍子，姜炎溪低音刻意壓得粗獷，標誌性的喊麥將沸騰的粉絲徹底引爆，「Hands up, Taipei！」

孟冰雨頓時忘了呼吸。

姜炎溪吼出粉絲的名稱，揮手要大家全部起身，「Destiny, Let's go！」

炫目的舞台燈光打在他起伏鋒利的臉蛋上，光影錯落間，他似乎朝她的方向投來視線，那眼神很燙，一秒就勾得她戰慄入骨。

孟冰雨明明知道搖滾區人數眾多、光線昏暗，他不可能看到她。但那一刻宛若電影裡誇張的慢鏡頭，周遭都褪去顏色，氣勢磅礡的舞群、尖叫舞動的上萬觀眾，甚至是台上肆意歌唱的其他成員，全部都消失了，只剩下姜炎溪在她眼前。

少年榮耀歸來，比全世界都耀眼。

孟冰雨摀著唇，終於任由淚水帶著積年的思念從頰邊滑落，墜入這一池狂歡裡。

她平日很少有時間放任自己去想念，然而現在身處演唱會中，眾人都放縱地投入一場虛幻的夢境，所有美好的幻想都能實現，連她這點奢侈的想念似乎也可以被允許。只有隔著舞台和萬人的熱情，她才能光明正大看著姜炎溪。

從最一開始的動情漸漸回神後，孟冰雨開始感受到搖滾區的威力，女孩們推來擠去，馮千羽和她早就在開場不久後就被擠往不同方向分散開來。

她乾脆往外退開，孤身站在離人群稍遠、不會被一直推擠的地方，遠遠看向舞台。搖滾區又被稱爲魚池，引頸期盼偶像目光的粉絲們就像一尾尾魚，密密麻麻推擠著爭取更靠近偶像的空間。偶像的每一個眨眼、每一次伸手都像是餌，引得她們這群毫無抵抗能力的魚瘋狂爭食，狂熱得令人心驚。

孤身站在外圍的她，在蜂擁的人群裡顯得格外不合群。

和粉絲們相比，她對姜炎溪的想念能值多少重量呢？

孟冰雨深深看向台上的姜炎溪，沒有費心擦淨未乾的淚痕。如果能眞正和他對上視線，或許就可以釐清現在她紛亂的心緒，到底想要接近，還是想要遠離？

但姜炎溪遲遲沒有靠近她所在的位置，也很少再看向她的方向。

熱烈的氛圍牽引著孟冰雨不得不專心欣賞表演。奇蹟以舞台上必定開麥著稱，每一首都能聽見清晰的歌聲，甚至是首飾在舞蹈動作中的碰撞聲，偶爾的氣息不穩或走音也顯得眞實。

即使爲了剪影片已經看過無數次表演，孟冰雨依然被這樣的歌舞表演所懾服。看演唱會就像掉進一場夢，時間流逝得很不眞實，眨眼之間，演唱會就即將邁入尾聲。

「下一首歌，對我們來說意義特別不同。」

隊長微笑地走到延伸舞台最前端逕自坐下，引來新一波尖叫聲。

「大家知道吧，我們是眞的熱愛舞台，雖然我們的職業性質，老實說就像剛剛的舞台煙火一樣，看上去很燦爛，卻沒有多久的保鮮期。所以和大家在一起的每一次緣分，我們都非常珍惜，畢竟誰知道會不會再有下一次呢？」

演員等其他演藝人員尚有機會隨年齡挑戰不同戲路、綜藝節目，然而販賣美貌與夢想、耗費極大體能唱跳的偶像們，一旦體力衰退、容顏老去，鮮少能繼續偶像職業。

團員們紛紛在隊長身邊坐下，姜炎溪轉過頭，視線在人群裡逡巡什麼，但最終並沒有找到著陸點，又收了回去。

「這首歌讓我們原本即將結束的偶像生涯可以延續，眞的非常感謝大家和那支讓我們翻紅的影片。我們與公司討論後，很想要親自感謝做出影片的人，可是因爲送去該頻道的聯繫信函都沒有收到回音，所以藉演唱會的場合希望頻道的擁有人能夠看到，我們眞的很期待有機會面對面感謝妳。」

等候翻譯說完，姜炎溪誠懇地用中文接口道：「不過我要請求大家，我們想尊重頻道主的意願，除非這位小姐……或者先生主動公開身分、聯繫我們，不然請大家別打擾對方，也不用告訴我們他的眞實身分。」

奇蹟隊員們一起鞠躬，齊聲道：「謝謝大家，接下來，我們要帶來最後一首歌曲。」

音樂前奏砸落下來，幾人笑著碰拳，紛紛調整成表演的站位。

那支意外爆紅的影片就是這首特別難的歌曲，裡面有困難的雜技動作，官方釋出的練習過程影片裡四人摔了無數次，可是那首歌沒有引起大眾注目。

他們的經紀公司規模小、收入無以爲繼，奇蹟處境艱難，幾乎面臨解散。

孟冰雨當時只是單純地想著，姜炎溪的夢想不能就這樣結束。

她找來這首歌的所有素材，包含電視台表演與商演演出片段，將歌曲剪成混合輯，加上詳細的中韓雙語分析與註解後，上傳到頻道上。

出乎所有人意料，高難度歌曲下呈現出的歌聲與舞蹈完整度，配上逗趣的細節分析，吸引了廣大網友注目。

後續他們谷底翻身的戲劇化過程，完全呼應了團名，是個難以複製的奇蹟。

眼前舞台上滿場奔跑的男孩們笑容滿溢，孟冰雨站在人群外，胸口的熱度翻湧得快要潰堤，最終化作眼角一滴滴滾燙的淚珠。

幸好他們仍能繼續閃耀，幸好她仍能為這份耀眼獻上一點哪怕微不足道的光芒。

最後安可時，姜炎溪終於走到靠近她這一區。他拿高水瓶，這是粉絲戲稱「灑聖水」的環節，漫天水珠紛飛如閃閃發亮的鑽石，撒在極力伸出手的粉絲身上，也綴在他漆黑的眉間，在燈光下流淌著璀璨光影。

他笑得張揚，「都過來，讓我看清楚一點。」

他的靠近掀起粉絲幾乎刺破耳膜的尖叫，他視線一路延伸，掃過伸直手想要碰觸他的粉絲們，然後看向了距離人群更遠且沒有做出任何吸睛舉動的她。

孟冰雨的心跳忽然靜了下來。她和前方打扮精緻的女孩們不同，下班趕過來的樣子狼狽不堪，淚流滿面的臉更不會好看到哪裡去，在黑壓壓的人群裡毫不起眼。

沒有任何情緒的一眼在熾熱燈光下幾乎不被察覺，姜炎溪轉過身，回到隊友身邊進行謝幕。

落幕的那一刻，所有人的夢都醒了。

孟冰雨和一樣失魂落魄的馮千羽告別，回到家時已經接近半夜。

演唱會結束後，粉絲往往會得到一種叫作「廢人症」的病，意即從夢境回到現實，會有一段時間還沉浸在回憶裡，對眼前的眞實提不起勁。

孟冰雨是重度患者，洗完澡後趴在電腦前渾渾噩噩地寫結案報告，滿腦子都是剛才演唱會的場景。

姜炎溪到底有沒有看到她？看到之後又到底有沒有認出她？但是……看到了又如

何？

雖然心思紛亂，她還是撐著精神把數據整理完貼到報告上，先傳了今日份的最新進度給甲方窗口後，用力伸了個懶腰。

凌晨兩點鐘，累過了頭，反而不再有睡意，孟冰雨愣愣地蜷縮在懶骨頭旁邊，腦中又浮現舞台上那張遙遠又耀眼的臉。

其實就算看到她，姜炎溪大概也不會有什麼反應。

她厚著臉皮一廂情願做夢，可他們早就背道而馳，那些淩亂又眷戀的回憶只是因爲童年濾鏡才顯得美好。現在他們隔著四年的斷層，隔著台灣與韓國間的那片海，隔著台上與台下的距離，還有……隔著孫霏霏。

姜炎溪不會想再見她了，在台上雲淡風輕的一眼，或許已經是他最後的溫柔。

乍然響起的門鈴聲把孟冰雨嚇了一大跳，這麼晚有人來訪是從未有過的事，她謹慎地輕手輕腳走到門邊，湊近貓眼，頓時定格在原地。

來者全身裹成一團漆黑，可帽沿下透出來的一點淡金色瀏海依然顯眼，微斂的銳利眼瞳像掠食者般緊緊鎖定前方，彷彿早知道她會透過貓眼往外看。

她肯定是加班加到頭昏了吧，才會做夢以爲自己看到了姜炎溪。

孟冰雨恍惚地想，手指像被蠱惑般打開門，門外的人並未如幻影一樣消失，反倒居高臨下朝她挑眉。

她吞了口口水，下一秒就當著那張臉用力關上大門，心臟砰然亂撞，快要把胸口都震疼了。

「喂。」門外的聲音聽上去有些沙啞，語音浸著不悅，「開門。」

難道不是幻覺？孟冰雨狠狠掐一下自己的手，痛覺鞭打著神經，她才恍然醒悟過來。

不是她瘋了，是姜炎溪瘋了，當紅男團的成員三更半夜跑到單身女生家門口，若是被發現，可以寫出多少穿鑿附會的報導？

姜炎溪不耐地又敲了兩下，「外面很熱，快點開門。」

孟冰雨背靠著門與他對峙，有點結巴，「你、你怎麼會在這裡？」

「經紀人給我們一晚的自由活動時間，加上公司知道這是我家鄉，我花點時間看看家人朋友也很合理。」

「如果被別人看到怎麼辦？」

他的笑聲漫不經心，「那就快讓我進去，我在外面每多一秒，被發現的風險就更高一些。」

「當然不行！」孟冰雨快哭了，「你別鬧了，趕快回去！」

短暫停頓後，低低的嗓音突然拔高，「糟糕，有狗仔追過來了！」

孟冰雨一驚，連忙打開門探頭出去，然而走廊外除了姜炎溪，沒有其他人。

她睜大眼時，戴著黑鴨舌帽和黑口罩的男人在她了悟過來之前摀住她的嘴，將她推進房間鎖上門，動作一氣呵成。

她被推得重心不穩，姜炎溪一把扶住她的腰穩住她的平衡，掌心的溫度透過薄衣料傳來，燙得嚇人。

他隨即放手，退開距離後俯下身，啞聲道：「四年不見，妳還是這麼膽小。」

孟冰雨啞口無言。

姜炎溪摘下鴨舌帽後，蓬鬆的髮立刻炸成一顆狂野的蒲公英，又一把扯下口罩，「賭對了，妳果然還住在這裡。」

孟冰雨知道他在說什麼。他只有來過那麼一次，沒想到居然還記得地址。

高中畢業那一刻她就獨自搬出家裡，寧願扛著房租的巨大壓力也要脫離不斷對她施以言語暴力的阿嬤。

搬家那天一樣是深夜，當時她其實已經有段時間沒有聯絡姜炎溪，但走投無路之下，還是打了電話給他。

姜炎溪沒有多問一個字，凌晨趕來她家裡幫她把少得可憐的行李搬去新家。期間難免發出聲響，驚醒淺眠的阿嬤，老人家怒不可遏，劈頭就要打孟冰雨。

「跟妳老爸一樣，有夠沒用，有夠不肖！要走可以，錢呢？我養大妳的錢呢！」

孟冰雨垂頭不語。

少年已經比國中抽高不少，卻總不長肉，單薄的身體擋在她之前，眉目冰冷。

阿嬤一時氣怯，緊接著又提高聲調，「怎樣！妳去哪裡找來這種流氓，是要打我嗎？你打呀，我一定去告你！」

望著姜炎溪的表情，當下她是真的害怕他動手，攀著他的手臂要他冷靜。

最終他只是深吸一口氣，讓她把行李都整理好。

阿嬤見去勢已定，更加瘋狂想要靠近阻止，姜炎溪接過孟冰雨的行李扛在背上，回頭擋開撲過來捶打的阿嬤，「以後不要再找孟冰雨，她如果真的欠妳什麼，也早就還清了。」

阿嬤愣住時，他帶著她走出破敗的屋門，再不回頭。

走在冬夜寒冷的街道上，她頰邊的淚水不斷流淌，姜炎溪脫下外套，披在孟冰雨發抖的肩上。

屬於姜炎溪的體溫與淡淡的沐浴乳味道充斥在鼻腔裡，孟冰雨總算冷靜了些，腳下有些遲疑，回頭望了剛剛走出的公寓一眼。

常常讀到想要正常穩定的生活，就要盡量遠離有毒的原生家庭關係，然而真的做起來談何容易，那如同把內心最柔軟的一塊割捨拔除，從此成爲無根的人。

姜炎溪一言不發，沒有勸慰也沒有催促，只是默默等她轉回頭，陪著她走過杳無人煙的長街，直到安頓好新家。

少年寬闊的背影像座城堡，給她慘澹如廢墟的青春撐起一片淨土，除他之外，遍地唯有荒蕪。

時間回到現在，一樣是凌晨，窗外的夜色很沉，都市裡星月無輝。房裡只開了工作用的桌燈，光影隱隱綽綽勾勒在姜炎溪五官分明的臉龐，好看得不像真人。

孟冰雨退了一步，又一步。太過漂亮的事物無法帶來喜悅，反而讓人心生畏懼，既擔心美好易碎，同時更會讓人自慚形穢、不敢親近。

她想起自己現在一點打扮都沒有，不只早已卸盡妝容，鼻樑架著粗框眼鏡，身上穿的還是洗到起皺的高中班服。

反觀眼前的姜炎溪，雖然歷經演唱會神色略倦，妝容依然維持一定品質，被黑色眼線框起的深瞳帶著常人不敢對視的銳利氣場。更別說衣服，因爲工作關係，孟冰雨需要在一堆服裝和飾品裡打滾，一瞬間就認出對方從墨鏡到襪子的品牌。

前幾小時還在台上揮灑魅力逼得全場失控的偶像，此刻突兀地出現在她房裡。

「發什麼呆，我吵醒妳睡覺了嗎？」偶像皺著眉看她，而後越過她的肩膀看見書桌上的一片凌亂，開著的電腦桌面還停留在寄出檔案的畫面，了然地繼續說下去：「看樣子還沒有。那妳嘴巴可以閉起來了，看到我有這麼難以接受嗎？」

對，很難接受，超級難接受。孟冰雨艱難地回神，尷尬得快要把指甲摳下來。

他難道忘記他們上一次見面的場景了嗎……怎麼可能。

她都還記得那些把彼此傷到鮮血淋漓的話，還記得那是她第一次見到向來高傲的人紅了眼眶，瞪著她的眼神像負隅頑抗的猛獸，最終仍不肯退讓半步。

這樣驕傲強硬的人，怎麼會回到她面前？

姜炎溪見她不回應，疲憊地長長吐出一口氣，「這麼久沒見，好歹可以讓我坐下來喝杯水吧，我好不容易過來這邊，很累。」

孟冰雨的租屋處不過就是個小套房，一眼就能看盡。她瞥見隨手扔在地上的內衣，不動聲色移過去裝作要倒水，趁姜炎溪轉開視線，一腳把衣服踢到床底下。

姜炎溪盤腿坐在鋪著地毯的小角落，一雙長腿侷促地蜷著。

孟冰雨遞水給他，小心翼翼地沒有碰到他的手指。

他一口氣喝了一半，水光潤在紅唇上，輕輕抿了下，「妳要站在那邊多久？」

「那你要在這裡待多久？」

「孟冰雨。」他把剩下的水一飲而盡，舔著唇角冷笑，「膽小歸膽小，妳在我面前還是挺伶牙俐齒的。」

孟冰雨戒慎恐懼地靠著櫃子，彷彿那是她唯一的依靠，可以用來抵擋姜炎溪隱隱推進的強勢，「你到底來做什麼？」

「來見老朋友一面而已。妳不用緊張，我早上就得趕去搭飛機，不會停留太久。」

孟冰雨話還沒經過大腦就衝口而出：「你還要去找孫霏霏嗎？」

她問完就後悔了，她幹麼提孫霏霏？

從高中開始，孟冰雨就一直懷疑孫霏霏是他女朋友。當時各種社群帳號上充斥他們的親密互動、合照，可她從來不敢問，自欺欺人地以爲裝作不知道，就永遠不需要面對姜炎溪早就喜歡上別人的事實。

這麼久沒見，她在他面前依然無法從容，姜炎溪反倒游刃有餘，頂著那張惹眼的臉，連氣勢都比她足。

她好討厭、好討厭此時此刻不敢抬頭的自己。

她眼角餘光只敢快速掃過去一下，姜炎溪瞇起眼，豔麗的眼妝微微暈染斑駁，反而帶出破碎美感，「她，我自然也會見到。」

孟冰雨垂著眼，她到底期待什麼答案？姜炎溪難得回台灣，怎麼可能不去找孫霏霏。

坐在地上的人向她舉起空杯，「老闆，可以再一杯嗎？」

孟冰雨依言接過杯子，轉身時忍不住想，姜炎溪果然還是變了。

從前的他像火，雖然內斂、不主動招惹人，但對於會不會燒傷身邊的人毫不在意。現在或許是歷經偶像生涯的磨練，姜炎溪表面的性格平穩許多，至少不會像以前那樣，遇到什麼事情都張牙舞爪到底。

他已經展翅飛到好遠的地方，而她還在原地，忘記了理想，隨波逐流地接受所有命運。

等候她裝水的時候姜炎溪沒有說話，房間裡沉默不斷膨脹，孟冰雨只好乾巴巴開口：「對了，演唱會很棒。」

她一出口就意識到說錯話，她怎麼會知道演唱會好不好，這麼一來姜炎溪不就知道她去看演唱會了？

孟冰雨繞到他面前坐下，依然不敢直視對方，把水杯放到桌上推過去。

姜炎溪伸手去接，她心猿意馬想著，那雙橫過桌面的手，從陽剛的骨骼線條到妖豔的美甲指尖，居然都能那麼好看。

下一秒，原本該伸向水杯的手突然圈住她手腕，長指上層層疊疊的戒環碰出脆響。

孟冰雨嚇了一大跳。

「和我說話時，爲什麼不看著我？」

她倏地抬頭，撞進他遼闊悠遠的雙眼，瞳底裡頭悠轉著暖色的光芒，是她書桌邊的小燈投射。

在更深處的眼底裡，她不敢細究的情緒隱隱燃燒，和手腕的熱度一樣貼著肌膚延燒，以燎原之姿侵入毛孔，淌進血脈，最後在胸口沉沉種下一株小苗。綠苗隨風搖曳，似乎只要一不注意，就會瘋長成氾濫的情意。

但她不能。回憶漫漶，她好不容易割捨下的情感不能、也不該再復燃，否則這四年的堅持又算什麼呢？

更令她難以忍受的是，這雙漂亮到耀眼的眼裡，倒映出的自己如此慘澹無光。

孟冰雨猛然一掙抽回手，站了起來，姜炎溪跟著站起，她才意識到他們的身高如今有了多大的差距。

隔著矮桌，兩人四目相交，孟冰雨口乾舌燥，克制著再次轉頭的衝動，「把水喝完，你就可以走了。」

姜炎溪眼珠一轉，忽地越過她走向書桌。

孟冰雨怕電腦上未關閉的粉絲頻道分頁被看見，連忙追過去，「你做什麼？亂翻別人東西很沒禮貌——」

姜炎溪根本用不著翻，孟冰雨順著他目光望去，心臟驟然亂了幾拍，他的長指一把抓起放在桌上、隱隱反射金色流光的彩帶，轉頭遞到她眼前。

那是演唱會氣氛到達頂點時，場館上方灑下的彩帶，彩帶上印著這次演唱會的名稱。當時人人都伸直了手去撈彩帶，孟冰雨沒忍住誘惑，也伸手搶了一條下來。

她想當作一次紀念，好讓今晚這虛幻的一切留下實質的東西，以證明她眞的曾經參與過演唱會。

但現在紀念還當不成，先成爲了她還在意眼前人的呈堂證供。

孟冰雨將緞帶從他手上搶回，顫抖的手指沒有逃過姜炎溪的注目，他聲音很冷，逼視的目光不容她藏躲，「妳爲什麼去看我們的演唱會？」

孟冰雨又想逃避了，低著頭，將彩帶死死捏在指間，急匆匆想結束話題，「我沒有想去看，是同事硬找我去的。」

「我換個問法好了。」姜炎溪俯身，動作帶動周身冷冽苦澀的香水氣息，像狩獵的豹步步收網圍困獵物，「妳既然都來看演唱會了，爲什麼這些年來都不回我訊息？我不是妳的朋友嗎？」

孟冰雨臉色慘白，這句直白的問語突兀打破人際間避而不談的默契，直接將沉澱四年不敢碰觸的傷疤血淋淋揭開——底下膿液縱橫，從未癒合。

她不知道這句話讓她更痛的是問她爲什麼不回訊息，還是「朋友」二字。

姜炎溪等著她回答，她花了好幾秒把剛剛驚慌失措的破綻一一補起，重新揚起強裝鎮定的笑容，「不為什麼，老同學各自忙碌漸漸不聯絡，不是很正常嗎？你沒有必要追根究柢。」

姜炎溪藏在偶像面具底下的面容有一瞬失控，昔日暴戾的影子一竄即過，他咬緊唇，冷冷爆了粗口，「少他媽說謊，孟冰雨，我從國中認識妳到現在，妳是那種會突然間不回訊息的人？」

沒錯，她不是。

姜炎溪永遠不會知道，在最辛苦的那些時期，孟冰雨是怎麼樣忍著不傳任何訊息給他，背離心底的渴望，親手把他們之間原本就少得可憐的連結一一切斷。

「你要我說得這麼明白嗎，姜炎溪？」

孟冰雨仰起頭，曉得今天如果不把話說得難聽，姜炎溪不會輕易放過她，「你根本不懂我，姜炎溪。我想要好好做一個平凡人，不想再跟你的世界有什麼交集，從你說你要去韓國的那一刻，我就已經不想再跟你有任何來往了。」

她逼自己直視姜炎溪的雙眼，那裡頭有著被他死死壓抑住的沸騰怒意，以及緩緩蔓延而出的失望。

半晌，他冷冷啓唇，提出毫不相關的問題，「妳現在還會畫畫嗎？」

孟冰雨一愣，本能地搖搖頭。

姜炎溪眼裡的失望更盛，嘴角的弧度也更犀利，「看樣子妳放棄了很多東西，我也只是其中一個被捨去的而已，對吧，孟冰雨。」

這句話狠狠刺到了她，但她站在原地不動，把湧起的情緒死死扣住。既然要痛，乾脆一次痛得乾脆俐落些，她經不起再一次面對了。

「更何況，姜炎溪，你現在的工作不應該和我有多餘的來往。你是販賣夢想的人，只要偶像還是你的主業，只要你還在所謂的事業上升期，就不能毀了少女們的夢想。」

「偶像就不能有自己的交友圈，這是妳的想法嗎？」

孟冰雨語氣冷靜卻哀傷，「這是大眾的想法，你比我更清楚。你應該比誰都還要熱愛你的工作，自然不會讓任何莫須有的事情變成危害你團體的風險。我就算了，你和孫霏霏一定要小心。」

出乎意料地，姜炎溪冷笑道：「不要把孫霏霏扯進來。而且，妳又知道我熱愛我的工作了？」

失落與震驚同時無聲擴散，她失落的是，姜炎溪依然護衛著孫霏霏；震驚的是，她從沒想過一直以出道爲夢想的他，爲什麼聽上去對工作的熱忱不高？

凝滯的冰冷氣氛僵持在兩人之間，良久，姜炎溪終於後退一步，索然地移開雙眼。

孟冰雨有些喘不過氣，姜炎溪重新戴上鴨舌帽與口罩，看向站在原地的她——雙手不自覺交握，反覆揉弄手掌的姿勢顯示出她的不安，還有那持續迴避的視線。

四年過去，她依然沒有找到屬於自己的光芒，反而更加黯淡了。

「孟冰雨。」他抬手，遞給她一個紙袋，「禮物，等我走了再看。」

孟冰雨猶豫著沒有馬上接過，姜炎溪的手懸空好幾秒，最終將袋子放到矮桌上。

相對無言，姜炎溪壓低鴨舌帽，轉過身，「好好保重自己。」

孟冰雨目送他開門離去，幾分鐘後，忽然開門奔出，沿著大樓走廊飛奔到盡頭。

那一處有個小小的天台可以俯瞰社區的出入口，姜炎溪全身漆黑的背影融在夜色裡。社區底下種了許多樹，樹影搖晃，和人影混在一起很難分辨，但她的目光穿過細碎的樹枝脈絡，精準地追隨到他身上。

他獨自前行，拐了一個彎後就再也看不見了，彷彿從未來過。

曾經為她撐起世界的背影，早就不該是她的了。

孟冰雨失魂落魄回到房間，過了好一會才想起姜炎溪給的紙袋。

她拿出裡頭的紙捲時，莫名地，已經猜到了裡面是什麼。

紙張展開後露出一幅草草勾勒的素描畫，寥寥的顏色是用彩色鉛筆快速塗上去的，畫中舞台下人群漆黑一片、萬頭攢動，唯有一道光不偏不倚打在角落的一位女孩上。

女孩穿著襯衫、髮絲凌亂，眼角淚光凝著無限悲傷，卻又飽含嚮往，和台上遠眺的歌手眼神相望。

畫作下方，鉛筆寫成的字跡字如其人，俐落張揚。

總有人能在茫茫人海裡看見妳，勇敢一點。

孟冰雨握著紙的手抖得不成樣。她可以想見姜炎溪結束演唱會後，是如何在少得可憐的時間裡匆匆完成這幅畫，再趁夜趕來送她——他早就知道她去看演唱會了。

他為她畫的的第二幅畫，只是想讓她知道，他看到了她在喧囂人群裡無聲哭著，畫裡的女孩凝望舞台時，滿眼都是隱忍的感傷。

那些被她壓抑的痛意，他看出來了多少？

孟冰雨抱著畫，想起久遠的那一日，他也是這般在人潮裡找到自己。

國三那一年的十二月三十一日，她先是翹課陪姜炎溪打耳洞，而後他們不知是誰先一時興起，提議一起去一〇一大樓跨年。

兩人都沒去過台北，更不曉得原來跨年人潮會多到如此誇張的地步。散場時人群一擠，他們都淹沒在人海中，呼喊的聲音也被無情湮滅。

那時他們還沒有手機，落單的孟冰雨怕得手足無措，茫然地被群眾往前擠，因為身形過於瘦弱，一時站不穩跌倒在地，腳踝一陣劇痛。

無盡的人牆像海浪陣陣推進，孟冰雨腳踝無法施力、爬不起身，肺部的空氣急遽耗盡，恐慌開始渲染，她忍不住低低尖叫出聲。

眼前黑暗襲來，沒有人來幫她，她獨自陷在絕望之中，即將被恐懼滅頂……

「孟冰雨！」強硬的力道撥開人群，姜炎溪一臉焦急地出現，及時把跌落的她從地上扶起，支撐著她走到人少些的地方。

孟冰雨靠在他懷裡，空氣爭先恐後湧入喉管，好一會才驚魂未定地哭喘起來。

她顫抖的手指揪著姜炎溪的肩頭，少年單薄的臂膀撐開空隙，笨拙地拍撫著她的背脊，「沒事了，沒事了。」

她望著他難得焦急的眼瞳一眨不眨地直視著自己，裡頭滿滿的都是她的影子。

但她並不知道，這雙眼裡並不會總是只有她。當時他會留在她身邊或許只是因爲無從選擇，上高中之後，一個孫霏霏就可以把他們微弱的連結幾乎破壞殆盡。

從孫霏霏第一次突兀地領著一堆人出現在她眼前後，這個女生的存在就像卡在她喉頭最痛的那一根刺。

退一萬步說，即使姜炎溪沒有和孫霏霏在一起，他現在身處美女如雲的演藝圈，身邊更是不乏各種選擇。

她不再是他的唯一了。

當他在人群裡看到她的眼淚，心裡會想著什麼呢？很大機率會覺得她落淚的原因與其他激動的粉絲無異吧。

孟冰雨在回憶裡沉溺輾轉，不知道自己什麼時候睡著，驚醒時已是九點多，幸好今天是週日不需上班。

她狼狽地起身，發現紙捲躺在身側，連忙摸索著把畫拿起來檢查——幸好沒有壓壞。

孟冰雨正小心翼翼把紙捲收起來時，手機響了。她低頭望去，看到來電名稱時，彷彿被兜頭砸了一盆冷水，原本還沉浸在昨晚餘韻的隱密喜悅，瞬間消失殆盡。

她猶豫片刻，還是伸手接起，「有什麼事嗎？」

那一頭的聲音甜美如歌，親切得像在與朋友說話，「沒有事情就不能打給妳嗎？孟冰雨，妳好冷淡喔。」

孟冰雨無意識地捏緊手機，「沒事的話，我要掛了。」

「昨天晚上炎溪有去找妳嗎？」

「他有沒有找我，和妳有什麼關係？」

「不錯嘛，懂得頂嘴了，變成上班族後果然不一樣。不過妳那點薪水可以做什麼呢？連我的一個包都買不起吧。」對方銀鈴似的輕笑高亢到一定程度，反而有種不協調的恐怖感，她的聲音突然一沉，柔和地重複一遍問題，「再給妳一次機會喔，昨天晚上炎溪有去找妳嗎？」

孟冰雨本來不想回答，但又想盡快結束和孫霏霏的對話，再三思忖後，咬牙說了謊，「沒有，妳滿意了嗎，孫霏霏？」

那頭沉默了下，原本還是愉悅的笑語陰涼地壓低，「這就對了呀，他怎麼可能想再見到妳？即使他去找妳，謹守界線也是妳原本就該做到的。我說過，妳以後都不准出現在姜炎溪身邊。」

「我現在和他隔了整片的海，妳擔心得太多了。」

「如果讓我抓到妳說謊，妳知道我會怎麼做吧。」女子輕聲細語。

孟冰雨全身微微顫抖，冷冷反問：「我知道，高中那些手段還不夠嗎？」

「妳還記得啊。」孫霏霏心滿意足地大笑，「記得就好，為了妳自己，也為了姜炎溪，妳最好乖乖聽話。」

沒有等孟冰雨回應，電話就掛斷了。

在重新恢復寂靜的房裡，孟冰雨越抖越厲害，終於忍不住扶著書桌蹲坐下來。

她剛剛對孫霏霏說謊了。

也許是姜炎溪突然的出現，讓她自不量力生起一絲反抗之心。然而黑暗從未離去，她依然感到自己無比渺小，只有手中的畫、牆上茉莉的海報能夠陪伴她忍受。

她想起茉莉說的話，又想起姜炎溪寫在畫上的文字。

總有人能在茫茫人海裡看見妳，勇敢一點。

顫抖終於慢慢停止，孟冰雨把頭埋進掌心。在一片無光的陰暗裡，她想著，也許除了去看演唱會外，她也需要爲自己再試著勇敢這一次。

桃園機場貴賓休息室。

兩個隊友在姜炎溪身後活力十足地打鬧，隊長在一旁文文靜靜看書，唯有他懨懨地趴在椅背上，腦子裡都是演唱會上孟冰雨遠遠望著他的樣子。

手機畫面停留在與孟冰雨聊天的視窗，上線時間顯示是十二小時前，上面滿滿橫亙四年的訊息，全都沒有被讀過。他望著一排單方面傳出的藍底訊息，吞下一聲喟嘆，準備關掉頁面時，代表使用者上線的綠燈突然亮了。

他猛然直起身，嚇到了一旁的隊長。

未讀的訊息忽然全部轉爲已讀，訊息欄出現對方正在輸入訊息的提示，姜炎溪瞪大眼，連忙把應用程式關掉，免得被對方發現自己一直等在另一端。

新的訊息傳來，簡單一句話禮貌又清淡，很有孟冰雨的風格：「謝謝你的畫，一路順飛。」

姜炎溪從通知預覽看到訊息內容，數了一數，這則訊息不到十個字，但字字都是溫熱，被他摀在心裡反反覆覆地看。

從完全不回訊息的決絕，到現在接上了一度斷裂的話題，重新建立起連繫，於他已經是前所未有的驚喜了。

隊長用手肘撞了撞他，「誰的訊息？笑得這麼開心。」

姜炎溪茫然地抬頭，這才意識到自己的嘴角正在上揚，想要收一收，卻又忍不住微微笑起來。

隊長探詢著他臉色，探身過來，用氣音道：「不會是女孩子吧？你是我們的人氣團員，現在可得忍著別談戀愛啊，炎。」

經紀人過來提醒他們準備登機，隊長轉頭招呼團員們起身。

走沒兩步，團員們忽然興奮地舉起手，指向對面放著他們照片的廣告看板。

姜炎溪跟著仰頭望去，廣告燈箱炫目的白光映在眼底，看久了微微有點眩暈。無論看幾次，他都還是很不習慣螢幕上那個光鮮亮麗的自己。

奇蹟好不容易才走到這裡，這不只是他的事業，還是四個人的事業，他不能任性。

「我知道。」姜炎溪掐滅手機螢幕，走到隊長身邊，聲音很低，「我不會的。」

第三章　獨一無二的答案

大漠裡快要渴死的旅人好不容易嘗了一口清釀，雖然續了命，然而再也喝不到時，痛苦便會呈倍數放大，變成另一種更爲漫長的折磨。

孟冰雨現在終於懂網路上那句早已變成老梗的話——得到後又失去，或許比不曾得到還要加倍痛苦。

姜炎溪的香水味道厚重濃烈，陰魂不散徘徊在房裡，害她想忘都忘不掉。還有握住她手腕時的體溫，和他的藝名一樣強悍又炙熱，蠻不講理地烙進她的身體記憶。

孟冰雨頹廢地蜷在房間角落，有兩道聲音在腦海裡各執一詞。

善良的天使一遍一遍提醒自己，對方已經回去韓國，離開前又聽她說了那些難聽話，肯定不會再聯繫她了。

自私的惡魔則是告訴她，她心底不敢承認的期盼早已不受控地滋長，如果錯過現在，就再也無法連結上彼此了。

姜炎溪留在畫上面的鼓勵給惡魔添了一把火，燒盡她的自制，讓她用感謝他的禮物當作開場白的藉口，久違地點開聊天室。

發完那句祝福的話已用盡孟冰雨的力氣，一傳出去她就連忙關閉畫面，把手機遠遠扔開。扔完才想起她沒關靜音，又爬回去撿，訊息的提示音突然就響了。

孟冰雨做了好幾次深呼吸才把手機打開。

來自姜炎溪的訊息出現在螢幕上，和她的一樣簡潔，「到韓國落地再和妳說。」……看樣子是打算聊下去了。她原本微微激動的心情又瞬間低落下去，甚至開始後悔剛才的舉動。

公務以外，孟冰雨最怕和人傳訊息。要怎麼傳可以把話說得周全、要一來一往到什麼時候才能停下、對方會不會覺得煩等等雜七雜八的問題，在她發送訊息前可以在她腦裡轉個十圈，和越在乎的人傳訊息，花費的心力越多。

以前她偶然和馮千羽聊到這個小小煩惱時，馮千羽說她就是想太多，敏感不只會傷己，還會把身邊的人越推越遠。

面對姜炎溪，孟冰雨全身的小心翼翼再次被調動，怕他生氣、怕他遠離，既要把對方遠遠推開，偏偏又怕推得太重傷到他。

孟冰雨難得上班不在狀態，馮千羽打量她好幾眼，終於忍不住伸手在她面前揮一揮，「小姐，魂魄歸來。奇蹟都回韓國了，我們也要好好賺錢才能去看下一場演唱會啊。」

「我又沒有怎麼樣。」孟冰雨一頓，若無其事地把話題牽引到工作上。

上週的活動成效出乎意料地好，媒體曝光次數很快超過當初承諾客戶的目標數字，以一個新進人員的表現來說幾乎無可挑剔，不過仍然有人不高興。

前輩將文件夾摔在她桌上的聲音雖然不至於大到誇張，但也不是尋常的力道。

孟冰雨抬起頭，前輩臉上那抹陰冷優雅、笑意未達眼底的笑容，讓她想起昨天剛打電話給她的女孩。

「主管說之後我的這位客戶就交給妳主責了，這些是過往我們來往的活動資料和他們今年剩下的專案預算表。恭喜妳啊，孟冰雨。」

馮千羽沒有心機，在一旁用力鼓掌。

孟冰雨拾起文件夾，逼自己對視那雙不懷好意的寒涼眼瞳，「謝謝前輩教了我很多。」

「舉手之勞而已。」前輩一甩長髮，慢悠悠走開，「希望妳能做得長久啊。」

馮千羽在她身後做個鬼臉，確認人已走遠後，小聲道：「別理她，她只是嫉妒。」

孟冰雨笑一笑，她從來不覺得自己有什麼值得被嫉妒的地方，可馮千羽老是說，被人嫉妒等於收到另類的稱讚，值得驕傲。

然而她好希望自己可以放下對別人的嫉妒，比如，嫉妒可以那麼靠近姜炎溪的孫霏霏……

回家梳洗完後，孟冰雨靠在床頭邊，悄無聲息用IG的小帳點開孫霏霏的公開帳號。

十來萬追蹤的網紅帳號裡，色調是如人一樣輕盈夢幻的粉紫，每張照片色澤都飽滿甜美。最新一組照片裡，孫霏霏在演唱會後台挽著姜炎溪的手對鏡頭比愛心，兩人單獨的合照被放到一眾藝校同學合照的最前面……她很少看到姜炎溪那樣開懷的表情。

姜炎溪並沒有像他承諾的那樣，飛機落地後就傳訊息來，直到週一都快要結束，手機仍一片安靜。

孟冰雨遏止不住自己翻飛的想像，也許姜炎溪只是太忙忘了回訊息，這很正常，她不該爲這點瑣碎至極的小事產生任何情緒波動。

但這樣故作平穩的思緒，在她看見奇蹟的IG直播後，又面臨嚴峻挑戰。

現在似乎是練舞的中場休息，活潑的主唱蹦蹦跳跳把鏡頭輪流對準其他隊友。孟冰雨看見姜炎溪靠在沙發上用手機打字，神情專注，漆黑的眉頭緊緊鎖在一起。

他明明在用手機，卻連回她訊息的時間都沒有。

姜炎溪猛然抬眼直面鏡頭，微微挑起單邊眉，從孟冰雨的視角來看，就像突然對上她的眼一樣。

她迅速退出直播介面，心跳亂騰騰的，思緒交雜無邊，忍不住唾棄自己。她當面把話說得那麼絕，結果還是這麼在意對方有沒有回訊息這種雞毛蒜皮的小事。

心亂歸亂，基於一個頻道管理者的責任心，孟冰雨還是重新點開直播，用力伸了個懶腰，泡了杯咖啡準備熬夜翻譯剪片。

電腦上剪輯軟體裡密密麻麻的畫面和聲音軌道孟冰雨已經無比熟悉，她熟練地拉動滑鼠，突然有些恍惚。

她的韓文和剪輯影片的技能都是高三那一年開始學的，也是同一年她喜歡上茉莉。因爲沒錢上補習班，她全憑一股對茉莉的熱愛自學，摸索跌撞間，竟然也達到了可以獨立翻譯、製作一支影片的程度。

後來，也才會有那支挽回奇蹟頹勢的千萬點擊影片。

孟冰雨沉浸在思緒之中時，手機響了，是陌生來電。她原本不想理，可手機響了三遍都是同個號碼，她微微困惑，在第四次響起時終於接起來。

「孟冰雨嗎？」

她原本低垂的眼驀然放大。隔了這麼多年，從稚齡到成年，這個缺席已久的嗓音仍輕而易舉挑動她心底最易斷的弦，彷彿有隻隱形的手狠狠掐住胸口，逼得她無語靜默——讓她又恨又懷念。

孟冰雨木然開口：「是我。」

電話那頭的人似乎有些哽咽，「妳還記得我嗎？」

孟冰雨很想問她，無論記得或忘記，又有什麼意義呢？當初她走得那麼乾脆，把她丟給年邁凶煞的祖母照顧，有曾經想過她是她唯一的女兒嗎？

幾秒的沉默裡，電話那端隱隱傳來低泣聲，孟冰雨閉上眼，抱著心底最後一絲殘留的孺慕之情，輕輕啓唇：「……當然記得，媽媽。」

從國小闊別至今的母親突然出現，孟冰雨不確定自己該有什麼心情。

她常常想，她對一個人眞的完全失望時會是什麼樣子呢？大概不會像現在這樣動搖，而是麻木至極，連一絲一毫的情緒起伏都不會再有了吧。

而她現在還會對母親有所期待，期待對方是不是很對不起小時候被打的自己……

「妳還聽得出來媽媽的聲音，我好高興。最近有空約出來吃頓飯嗎？」母親似乎很開心。

畢竟是久別母親的邀約，孟冰雨不忍心直接拒絕，兩人約定週末見面，掛斷電話後她上網查了母親提供的地址，是間昂貴的法式餐廳。

印象中母親再嫁後新丈夫家境富裕，約在這種地點並不奇怪，她不解的是，她爲什麼突然找自己呢？難道是多年後突然間良心發現？

孟冰雨邊思索邊重新切換手機頁面，此時直播已經結束，瞧見熟悉的頭貼浮出，她心跳驟然一滯。

姜炎溪傳來長長一串訊息：「抱歉，昨天下飛機後遇到點事情，今天又整天練舞，現在才回覆妳。之後在忙之前會先和妳說一聲。」

這是在向她解釋嗎？孟冰雨字斟句酌，緩緩打字：「我知道你在忙，不需要特別和我說。」

姜炎溪的回覆一貫簡潔俐落，「沒關係，我只是怕妳多想。」

孟冰雨的手指頓在螢幕上方。

好幾分鐘後，那邊見她沒有再回應，又回了句：「我要繼續練舞了，幫我加油吧。」

她回了個加油的貼圖，對方很快已讀，不過沒有再傳訊息來。

孟冰雨放下手機，把臉埋在掌心中。她到底在做什麼啊？先把他推開的是自己，現在又因爲這一點點溫柔就患得患失，實在太丟臉了。

可是姜炎溪總能看透她彆扭的小脾氣，還有她的口是心非、言不由衷。

即使是以朋友的身分相處，這樣的細膩也彌足珍貴，她該知足了。

接下來幾天姜炎溪抓著工作空檔回覆訊息，不過時間點都非常離奇，比如最常發訊的時間是凌晨三四點這種一般人都還在熟睡的時候。

姜炎溪告訴她，奇蹟們通常得在那時起床做妝髮，或準備移動到工作地點，和她聊天算是另類的提神方式。

要從無到有養成與一個人聊天的習慣並不簡單，但姜炎溪用異常強勢的節奏，悄無聲息沁入孟冰雨的日常生活。到了週日，儘管心態依然猶豫，孟冰雨已經漸漸習慣每天回覆姜炎溪了。

從前姜炎溪就知道她媽媽小六時離開她的事情，所以在兩人約見面的時間快要到時，孟冰雨忍不住向他宣洩焦慮，「我等等要去見我媽。」

姜炎溪大概在忙，沒有讀訊息。孟冰雨關掉聊天介面，在衣櫃前躊躇許久，而後直接挑出上班用的服裝，那是她最正式、體面的衣服了。

赴約時她才想起來沒有和母親要手機號碼，只好忐忑地詢問看上去十分高冷的櫃檯小姐，「請問有夏小姐的預約嗎？下午三點，兩位。」

孟冰雨的母親有個美麗的名字——夏日雪，代表夏天裡雪花融化消失的意境，淒美卻不符合現實，很像夏日雪本人的性格。

服務生引孟冰雨入座，她沒心思翻菜單，一直低著頭，直到一名珠光寶氣的婦人在她面前坐下。

孟冰雨嚇了一跳，辨認好幾秒才看出昔年夏日雪的容貌。她身上華麗的衣著明明應該為容顏增色，然而過度濃豔的妝容與僵硬的整形痕跡像塗抹不勻的油漆，落在她蒼白的臉蛋上，有種說不出的斑駁詭譎。

夏日雪即使在過去拮据的日子裡也總打扮得精緻，但孟冰雨的父親收入不穩，無法負擔她大手大腳的花費。夏日雪想要過好日子的願望處處受挫，日積月累醞釀成憤怒，最後變成落在孟冰雨身上的拳腳。

夏日雪招來服務生點餐，孟冰雨思緒混亂，沒有聽清她點了什麼。

點好後夏日雪轉向她，微笑的唇角似乎放不下來，僵硬地撐在臉上，「好久不見，妳已經大學畢業了吧，在哪裡上班呢？」

孟冰雨握著玻璃杯的指尖微微發白，沒有直接回答，「妳怎麼會有我的電話號碼？」

「我向妳爸爸要的。」

孟冰雨的父親在她高中快要畢業時出獄，雖然他們不住在一起，兩人仍時常聯絡，父女關係沒有和祖母或媽媽那樣僵硬。

只是孟冰雨沒有想過，夏日雪居然還有臉去找爸爸。

夏日雪離婚後第一次出現，和爸爸借了一筆他入獄前做工存下來要給女兒讀大學的儲備金，之後便傳出再嫁的消息，她卻沒有償還那些錢。

孟冰雨沒有問過原因，也不想再提起，可是眼前女人若無其事的模樣，還是隱隱挑動她心底不曾承認的怨懟，「妳今天找我做什麼？」

夏日雪對孟冰雨疏遠的態度有些意外，不過很快就重新調整成誠懇的表情，只是被肉毒桿菌影響的微笑十分僵硬，看上去只令人覺得害怕。

「我想要彌補妳。小時候的事情是媽媽錯了，現在媽媽終於有好歸宿，我也希望妳可以獲得幸福，妳畢竟是我唯一的孩子。」

「小時候妳那樣對我，我都可以裝作忘記。但是妳沒有在我最需要人陪伴、最無助痛苦的時候出現，現在才說要想要彌補我……」孟冰雨小聲地說，甚至不敢再抬頭直視她，「還有什麼意義呢，媽媽？」

夏日雪伸手過去握住她，冰涼的掌心沁著汗意，黏黏膩膩覆在她手上，「冰雨，媽媽現在有能力給妳更好的補償了，怎麼會沒有意義呢？我知道突然找妳，妳需要一點時間消化，沒關係，我們約下次，我再好好和妳說。」

服務生正好過來送上餐點，孟冰雨終究說不出拒絕的話，和夏日雪交換手機號碼，又約了下一次下午茶。

夏日雪看出她低落的情緒，主動提出自己先走，讓她好好享用餐點，便提著名牌包款款離去，留下一桌精緻到宛如藝術品的點心。

孟冰雨沒有胃口，卻也捨不得漂亮到可以入畫的點心，拿起手機拍照時，姜炎溪回訊息了。

「是她主動找妳嗎？她要幹麼？妳還好嗎？」

一連串的問語昭示發話者的焦急，孟冰雨看著訊息，原本沉到谷底即將窒息的心微微一震，緩緩被注入了新鮮空氣。

孟冰雨沒有急著回覆，瞥見桌上還未結帳的帳單，差點咬到自己舌頭。

雙人下午茶套餐總共兩千塊？她一天的三餐預算也才兩百元，這頓茶點夠她活十天了。

似乎是看她已讀後遲遲沒有回應，姜炎溪忽然打來視訊電話，孟冰雨嚇了一大跳，手忙腳亂按掉，「你瘋了嗎，我人在外面餐廳，萬一你視訊被認出來怎麼辦？」

「小姐，誰的眼力和聽力好到可以從別人的手機認出我？妳媽媽離開了？」

孟冰雨心如死灰，「先離開了，留下兩千元帳單還有一桌甜點給我。」

姜炎溪傳了張開懷大笑的貼圖，「都這樣了就好好享用啊，偶爾犒賞一下自己，有何不可？」

孟冰雨嘆口氣，爲了存錢的目標，她對自己苛刻異常，每一餐的預算都錙銖必較，更不可能主動去吃這種昂貴的餐點。可是就像姜炎溪說的一樣，有何不可？她已經不是當時那個什麼也沒有、只能朝人搖尾乞憐的少女，一餐的奢侈其實不會造成任何影響。

想了想，她發訊息給馮千羽，「高級下午茶，我請客，來嗎？」

馮千羽是甜點控，接到訊息時一口答應，趕過來看到滿桌精緻點心，雙眼都在發光，「妳竟然會跑來吃這種豪華下午茶！天啊，我一定要拍照！」

孟冰雨看到她誇張的表情，不自覺勾起嘴角。

馮千羽咬了一口馬卡龍，抬眼看到她，眼疾手快拿起手機喀擦拍下。

「妳幹麼？」

馮千羽把照片傳給她後，繼續大嗑滿桌甜點，「難得看到妳眞的在笑的樣子，千年一遇，發給妳作紀念。」

孟冰雨微微抿唇，點開照片，看見自己臉上面露微笑，連她都覺得有些陌生，可以盡情微笑的日子已過去太久，都留在那片小小的國中屋頂上，再也不回來了。

孟冰雨沒有回應姜炎溪對夏日雪的詢問，只傳給他滿桌甜點的照片，把這一頁淡淡揭過去。

暑氣隨八月降臨逐漸熱烈，這也代表孟冰雨生活裡的一件大事情要到了——偶像茉莉的三十歲生日。

對粉絲來說，偶像的生日有時甚至比自己的生日還重要。粉絲們會把握機會對偶像表達愛意，慶祝他在無數的可能性裡降生到世界，成長成這麼美好的模樣來到他們身邊。

孟冰雨苦思著可以做些什麼來幫茉莉慶生，前幾年都是參加其他粉絲應援站的管理者組織的慶生活動，這次她想要親手做點什麼，哪怕茉莉其實並不會知道。

如果眞的有什麼是她喜歡也稍微擅長的，大概就是畫畫了。

又是一天加班後返家的深夜，梳洗後孟冰雨戴上眼鏡，把頭髮紮成高高的丸子頭。她坐在書桌前，難得沒有開啓電腦剪片，而是鑽到桌下的櫃子裡，翻出塵封已久的素描本。

最後一次放進去還是姜炎溪過來幫她安頓新家時，事隔幾年本子表面早就蒙了一層灰，指尖滑過時可以摸到沙沙的觸感。

那天姜炎溪來到她家裡時，盛怒之下脫口的那句「看樣子妳放棄了很多東西」梗在她心口，悶得發疼。

他說得沒錯，國中天天作畫的熱情早就在高中時被繁重課業消磨殆盡，在和姜炎溪分開之後，她已經多年沒有動筆，甚至快要忘記畫畫的感覺了。

姜炎溪忽然傳訊息過來，「我回宿舍了，妳睡了嗎？」

孟冰雨一面翻開本子，一面簡單回道：「還沒，想要來畫畫。」

下一秒，姜炎溪打來視訊電話。

孟冰雨手指一抖，差點按成接聽，連忙掛斷，「你打來幹麼！」

「想看妳畫畫。」

「那不需要視訊，我拍給你看就好。」

「我想看妳畫畫的過程，不想只看成品。」

「絕不，我現在素顏！超級邋遢！」

「又不是沒看過，上次我去妳家妳就是素顏，學生時期妳也沒有化妝。」

這些天姜炎溪可能還多少有點久別重逢的客氣，孟冰雨都快忘了，除卻對粉絲遊刃有餘的柔情，他本來就是鋒利強勢的人，溫柔的內核藏得很深，從不輕易嶄露。

但她依然難以自在地展現素顏，尤其在姜炎溪面前……

高中時，孫霏霏第一次背著姜炎溪來校門口堵她，陽光在她純白的制服上鑲了一層金邊，將她襯托得像個可愛的瓷娃娃。

孟冰雨有幾次和姜炎溪一起放學時，在姜炎溪身邊遠遠看過她一兩次，卻從來沒有和她說過話，也不知道孫霏霏認不認得她。所以當孫霏霏出現時，孟冰雨根本沒有意識到孫霏霏是來找她的。

當她逕自越過孫霏霏往前走時，對方伸出手一把攔住她。

孟冰雨微微嚇了一跳，禮貌地問：「請問有什麼事情嗎？」

孫霏霏微笑，「我有話想和妳說，這裡人太多了，方便跟我過來一下嗎？」孟冰雨困惑地看著她和她身後那群朋友，「你們是不是認錯人了呢？」

「沒有認錯，妳是孟冰雨沒錯吧？我聽姜炎溪提過妳。」

聽到姜炎溪的名字，孟冰雨少了幾分懷疑，跟著孫霏霏走到僻靜的街角。

孫霏霏望一眼四周，確定沒有人經過後，忽然一把揪住孟冰雨的頭髮。

頭皮撕裂的痛楚讓孟冰雨失聲喊了出來，她毫無防備，被扯得失去平衡，差點摔倒在地。

孫霏霏往前湊近，狠狠搖晃抓著頭髮的那隻手，連帶孟冰雨的頭也跟著晃動，「長這麼醜，怎麼還敢纏著姜炎溪？」

孟冰雨瞪大眼睛，臉上忽然一涼，剛剛站在孫霏霏旁邊的一個男生握著寶特瓶從她頭上倒下礦泉水，水流浸入仰起的口鼻，嗆得她連連咳嗽掙扎。

「幫妳洗一洗，看臉上的痘痘會不會好一點，哈哈哈哈！」

孫霏霏和朋友們一起哄堂大笑，放開抓住頭髮的手，孟冰雨跌坐在地，上身的制服都被水浸透，濕答答黏在身上，冷得她直發抖。

「這只是見面禮，之後我會常常來找妳。」孫霏霏彎下腰，拍拍她的臉，最後帶著一群人揚長而去。

孟冰雨一直到確定他們的身影消失在街尾後，才顫巍巍地站起來。大腦一直處在震驚和恐懼之中，來不及做出任何反應，直到回家後，她才後知後覺地哭了出來。

阿嬤聽見她的哭聲，從房裡不耐煩地罵了一聲，「吵什麼吵！」

孟冰雨摀住嘴不敢再發出聲音，沉默地躲回房間，沒有試圖和阿嬤說剛剛經歷了什麼。

她上網搜尋孫霏霏，在那個社群媒體剛興起的年代，孫霏霏的IG追蹤數就已經有近萬人，儼然是半個小網紅了。如此亮眼的女孩子站在姜炎溪身邊，的確很般配。

接下來的日子裡，孟冰雨每天都很害怕放學。

孫霏霏每次對她做的事情都不一樣，端看她當天的心情。有時會澆她水，有時只是圍著嘲笑，有時則會搶走她書包裡的東西丟掉。

有一次，孫霏霏沒有對她動手，只是雙手抱胸站在她面前，笑咪咪地用隨身攜帶的小鏡子照她。

陽光的反射刺痛了她的眼睛，孟冰雨本能地別過頭，腦中轟隆隆的，什麼思緒都無法凝聚。

「妳自己照看看，長這麼醜配得上姜炎溪嗎？還纏著他一起搭車上學，要不要臉。」孫霏霏又問身邊簇擁的男生：「不過我是女生，可能看不准，你們來給她打分好了，一到十分，覺得她有及格嗎？」

在男孩們的哄堂大笑裡，孟冰雨瑟縮地試著從包圍圈裡逃脫，卻次次被孫霏霏的那群藝校同學推回來，只能硬生生聽每一句評論嬉鬧著挑剔她的外貌，像被一把把利刃刺透心臟。

孟冰雨清晰地知道以大眾的審美觀，她絕對沒有孫霏霏漂亮。她長得頂多算清秀，高中時因為壓力大臉上長滿青春痘，身上套著阿嬤為了省錢買的二手制服，單薄的身子晃蕩在空落落的衣服裡，像一片無人聞問的落葉。

在孫霏霏或姜炎溪那樣生來耀眼的人身邊，她總覺得自己渺小得不值一提。面對孫霏霏的步步進逼，孟冰雨過去不是沒有試著求助。

她先找上了班導，但老師知道孫霏霏是別校學生，也沒有對她的身體做出任何實質傷害後，便直接回絕她的請求，告訴她自己無能為力。

她也試著告訴過姜炎溪孫霏霏的行為，因為各自在不同高中，孟冰雨又沒錢買手機，兩人僅有的交集只有一起搭捷運去台北上學，那極其有限的通勤時間。

孟冰雨在心裡演練無數遍後，在等捷運時鼓起勇氣告訴他，「你有一個叫孫霏霏的同學一直來找我，你知道這件事嗎？」

當時姜炎溪已經開始在放學後也繼續練習歌舞、為試鏡做準備，常常睡眠不足，他面色疲憊地搖搖頭。孟冰雨望著那出脫得越來越俊美的側臉，吞了吞口水，頓時沒有繼續說下去的勇氣。

一旁一起等車的高中生們嬉鬧地聊天，分貝高得快要湮沒聽覺，姜炎溪忽然轉過頭，神色不耐地衝他們揚聲道：「吵什麼吵，安靜點。」

那頭張揚的金髮加上他不笑時顯得凌厲的臉，立刻讓那群高中生閉上了嘴。

姜炎溪轉回來，打了個大呵欠，「說下去啊，她為什麼找妳？」

孟冰雨在心裡掙扎著，如果說她覺得孫霏霏是因爲嫉妒她太靠近姜炎溪才找她麻煩，是不是太自以爲是了？

「她好像不太喜歡我，跟我說了一些話，希望我離你遠一點。」

「孫霏霏說話有時候比較直，妳不喜歡的話別理她就好。」姜炎溪沉默一下才回答：「她叫妳離我遠一點，妳是怎麼想的？」

捷運即將進站的警示燈閃爍起來，孟冰雨摸不透姜炎溪的心思，只是沉默而無措地站在原地。

通常這種對話只會出現在曖昧對象之間，她一個局外人，能有什麼想法？

姜炎溪的表情一點一點冷下來，「我不喜歡膽小鬼。」

拋下一句話後，姜炎溪率先踏進捷運車廂裡，回過身看她。

孟冰雨不知道能再說什麼，也沒有追上，眼睜睜看著車裡的他，直到車門關閉。

在那之後，她絕口不提孫霏霏去找她的事情，也沒有再和他像以前一樣約好一起搭車上學。

彷彿有種無聲的默契，長大了，自然而然會走散。

高中期間被孫霏霏百般折磨之後，孟冰雨有深深的容貌焦慮，自信心也被打擊殆盡。多年過去，儘管她的相貌也比高中時更加長開，但那天姜炎溪闖進家裡時，她依然手足無措到很想馬上逃跑。

她無法站在那樣的光芒身邊。

長久的沉默後，姜炎溪重新打來，這次改成音訊通話。

孟冰雨緩緩按下接聽，招牌的低沉嗓子在整天的工作後微微沙啞，「別擔心了，妳不會因爲我素顏不看我，我也不會因爲妳素顏就覺得怎麼樣。」

孟冰雨眨了眨眼。

手機那端單方面開了視訊鏡頭，背景是沒有開燈的宿舍房間，光線極暗。姜炎溪只套了件簡單的黑背心，臉上妝容已卸盡，乾淨的五官上可以看見微小的瑕疵和細紋。

孟冰雨終於隱隱約約窺見從前姜炎溪的影子。

即使神情裡有工作整天後淡淡的疲倦與低落，姜炎溪依然對著鏡頭另端看不見的孟冰雨，做了個極度誇張的鬼臉，「醜就一起醜，不用怕。」

姜炎溪一連做了好幾個鬼臉，靈活的臉部肌肉擠出各種難以想像的表情。孟冰雨忍不住笑出聲，又連忙摀住嘴，不想被姜炎溪聽到。

這樣一鬧，方才爲了要不要開鏡頭引來的沉重氛圍也煙消雲散，孟冰雨把手機架在旁邊，一邊聽姜炎溪東南西北分享日常瑣事，一邊拿起色鉛筆隨意在紙上塗抹。

手感慢慢回歸，孟冰雨最喜歡畫畫的地方就是沒有任何限制，她可以自由自在在圖紙上創造一個小小的世界，那是專屬於她的領地。

畫畫的同時，姜炎溪的聲音從耳機傳進她的耳中，恍惚間彷彿回到國中時並肩作畫的時光。

以前國中時姜炎溪雖然人物也畫得好，但更擅長風景刻劃，孟冰雨則相反，更擅長捕捉人物神韻與氛圍的人像畫。兩人會彼此欣賞作品，偶爾也會針對自己擅長的領域給予幾句想法或修改的建議，雖然更多時候，因爲姜炎溪的畫技基本上碾壓孟冰雨，都會變成他單方面的指點。

孟冰雨隨手塗著塗著，茉莉燦笑的臉龐慢慢浮現紙上，她拍了一張，傳給姜炎溪。

他訝然，「這是茉莉前輩？」

孟冰雨鬆一口氣，「我還擔心畫得不像，看得出來的話就太好了。」

「怎麼可能看不出來。妳是她的粉絲？」

「我超級愛她。」

「從什麼時候開始？」

孟冰雨眼神一暗，畫畫速度也慢下來，「高中的時候她在台灣很紅，我是從那時候開始斷斷續續追的。」

那是她人生裡最晦暗無明的時刻，是茉莉成爲那一點熹微的火光，引她循著燈火掙扎前行，終於走出沒有姜炎溪的永夜。

這些細節，姜炎溪不需要知道。

「妳爲什麼喜歡她？我還以爲妳不追星。」

「不追星啊，只追她。」

姜炎溪頓了下，「那我呢。」

孟冰雨手一停，看向他籠在陰影裡的臉龐。是她多想了，還是這句話眞的帶著醋意？

「我出道後發給妳我們的舞台，妳看都不看。妳是不是從來沒有聽過我們的歌？」

怎麼會呢？經營和月光最近的距離後，孟冰雨幾乎看遍所有舞台、採訪、幕後花絮，她遠遠比他想像中更了解奇蹟步步走來的每滴血淚。

孟冰雨的筆尖沒有停，也沒有回答他連串的質疑，「怎麼樣，我把茉莉畫得好看嗎？」

姜炎溪認眞地在鏡頭那端低頭看了半天，語氣自信又欠揍，「很好看，不過還差我一點。」

孟冰雨翻了個白眼，想起沒開鏡頭，姜炎溪看不見，沒好氣地張口道：「大明星，有什麼建議就說啊。」

姜炎溪自顧自笑了半天，好不容易才正經起來，「背景架構不對，妳要多練練遠近的透視呈現，用色也可以再大膽一點。人物的部分我沒什麼意見，那是妳的專長。」

孟冰雨思忖著他的提醒，又聽他放緩語調。

「還有，不要這麼害怕。」他手指滑過鏡頭，像是隔著螢幕輕輕拍她的頭，「我喜歡妳的畫。妳知道我國文很爛，想不到什麼漂亮的形容詞，但我覺得妳的畫很有靈魂，要對自己有自信一點，孟冰雨。」

孟冰雨很久沒有被稱讚，這幾句話突然沉進心底，她有些措手不及。

僅僅是一句讚美卻堵住她心臟底層破了的大洞，停下無止無盡的耗損。

然而，他對她越好，她越覺得沒有資格再靠近。

姜炎溪還願意這樣對待她，肯定是還不知道四年前她離開的眞正原因。

孟冰雨一時分神，色鉛筆的筆尖應聲折斷，一路滾到桌邊，撒了一紙的色塊碎屑。

姜炎溪毫不知情，把手中的小熊軟糖遞向鏡頭，故意鬧她，「吃嗎？可以提神。」

她望著手機，就像之前無數次的直播一樣，他們在螢幕的兩端望著彼此，看似觸手可及的距離，其實永遠也跨不過去。

姜炎溪永遠不會知道，她是用什麼樣的心情看著小小螢幕裡的他。同樣的，姜炎溪看不見她的臉，只能從她的聲音裡猜測她的心情，卻也無從得知她眞正的表情。

她是不是該在陷得太深、在這份不可言說的友情正式變質前，先趕緊抽身呢？

「對了，這幅畫妳打算怎麼給茉莉？要不要乾脆寄來韓國，我直接幫妳給她？」

姜炎溪一下子吃掉整包軟糖，孟冰雨聞言打起精神，調整了下聲線，確定他聽不出自己一瞬的哽咽，「不行，偶像和粉絲的關係最忌公私不分，何況我畫這幅畫也不是一定要讓她看到不可。」

姜炎溪扔掉包裝，意猶未盡舔了下指尖。她的視線很沒出息地追著多看一眼，才勒令自己移開。

「爲什麼？粉絲不是都會希望偶像看到自己嗎？」

「每個人追星的方式不同。」孟冰雨畫筆飛快移動，補上一個繁花盛開的背景，

「我的話，比起我被看見，我更希望我對她的支持能夠眞正帶給她快樂。我如果請你拿給她，或許對你和她反而是種打擾，所以我會把它放到網路上，和其他粉絲一起慶祝，或是讓更多人知道茉莉有多美好，對我來說意義更大。」

姜炎溪哼了聲，不置可否，繼續懶洋洋支著手，有一搭沒一搭和她聊天。

夜越來越深，孟冰雨的體力逐漸耗盡，姜炎溪直到她好久都沒回話時，才忽然出聲提醒她，「茉莉如果知道妳畫她畫到睡著，一定會很感動。」

她驟然驚醒，懊惱地咬唇。

姜炎溪低低的笑聲像是惡龍低哮，「晚安，我也差不多該出門了。」

「你要出門？現在是凌晨兩點耶？」

孟冰雨想起網路上曾討論過韓國人的作息，許多人都感到驚奇，戲稱他們血液裡流的都是韓國十分流行的冰美式咖啡，才能夠把人類的睡眠也進化掉了。

「得去健身，粉絲最愛看我的肌肉了。」

姜炎溪原本已經起身去拿外出的帽子，猛地又湊回鏡頭前，那張俊臉一下子貼得太近，孟冰雨不由自主往後退開。

「妳剛剛沒有回答，爲什麼妳追的是茉莉不是我。我問妳，粉絲到底都是怎麼選擇要追誰的？」

孟冰雨聲音依然平穩，實際上伸直了手把手機拿遠好幾公分，太帥的臉這麼近看，簡直是一種對心臟的攻擊，「始於顏値，陷於才華，忠於人品。」

「那我哪裡少了?」姜炎溪自信的語氣認眞得好笑。

孟冰雨順應本心，終於任由笑聲溢出摀著唇的指縫，「可能是顏値吧。」

「我可是官方定下來的門面！」

門面是指一個團裡負責代表團體形象的成員，往往是相貌最符合大眾審美觀的人擔任。孟冰雨很少看到姜炎溪氣急敗壞的樣子，乘勝追擊，「說眞的，奇蹟裡面一字排開，我最喜歡你們家隊長那種溫文爾雅的感覺。」

「他哪裡溫文?他根本是超級大腹黑好不好！」

「我知道……好了，我要去睡了，你健身加油。」

差點說溜嘴她常常看他們節目，對成員個性瞭如指掌。她匆忙找了個理由，不等姜炎溪抗議便切斷通訊。

躺到床上，孟冰雨都還在想姜炎溪的問題。

從被丟到冷酷祖母家的國中，到被孫霏霏萬般欺壓的高中，甚至是爲了糊口汲汲營營的現在，每次被問起最好的朋友是誰，或者被問到地球毀滅之前想要待在誰身邊之類的問題，她唯一想得到的人，依舊是姜炎溪。

儘管姜炎溪不是她的偶像，可是在孟冰雨闔上眼睛，沉入難得安穩的夢境前，她知道怎麼回答姜炎溪的問題了。

無論是偶像或是愛人，最重要的人從來不是在茫茫臉龐中，拿著一條條標準對照挑選。他們的相遇往往更像命運、像緣分，不可抵擋，萬中選一。

姜炎溪永遠不會是選項之一，他不需要被選擇，打從一開始，他就是她獨一無二的答案。

第四章　無人知曉的祕密

隨著新人的甜蜜期過去，工作開始越來越繁重，孟冰雨回到家的時間也越來越晚。不過現在等待她回來的，除了空落落的小套房外，還有姜炎溪的訊息。

幾乎每天晚上或凌晨，姜炎溪會問她是不是睡了，如果還沒，他就會打電話來，掛著視訊畫面做自己的事情。

孟冰雨直到現在，仍覺得宛如中樂透般不可思議。

她每晚打開螢幕都會看到奇蹟出現在各種節目與舞台上，介面一切換，前一秒還在台上閃閃發光的人就出現在視訊鏡頭前，收斂起藝人萬眾矚目的張揚光芒，靜靜在另一端變回一般人的模樣。

有時他只是低頭寫歌詞，有時是在房間做簡單的健身動作，還有很少數的時候，他什麼也不做，就只是撐著下巴發呆。

屬於他們的時間只存在於深夜。

孟冰雨下班本來就晚，回家時往往都逼近半夜，連續熬了好幾個凌晨，照姜炎溪的建議改了幾次背景後，終於把茉莉的肖像畫收尾。

完成的作品裡，茉莉的造型是上次回歸舞台的打扮，穿著一半甜美一半暗黑的服飾，背後春意爛漫。她一手拿著麥克風，一手拿著一枝粉紅玫瑰，轉頭粲然一笑。

孟冰雨想了很久，在畫上寫下韓文的寄語，寥寥幾字，卻是她對茉莉最深切的盼望——願妳永遠走花路。

「走花路」這個用詞大多是追星族在使用的，意思是祝福對方往後一切順利、可以遇到好的事情，如同走在花朵鋪成的大道上一樣。

姜炎溪看了她拍的完成品照片，忽然注意到那秀麗的韓文字跡，「妳什麼時候學會韓文的？」

孟冰雨已經睏得快要閉上眼睛，含含糊糊答：「高中快上大學的時候，剛好有時間就去學了。」

姜炎溪不知想到什麼，繼續問了下去，「到現在都還會用韓文嗎？」

鉛筆從指間掉落，孟冰雨頭砰的一聲砸到桌面，差點撞扁鼻樑，又驚醒過來。

「剛剛那是什麼聲音？」姜炎溪錯愕道。

孟冰雨揉揉鼻子，痛得眼淚直掉，話聲帶著濃濃鼻音，「不小心睡著而已。」

「妳加班到太晚了，從以前妳體力就很差，長期晚睡對身體很不好。」

孟冰雨打了個大呵欠，「每天都睡不到三小時的人才沒有資格教訓我。」

她眞心覺得偶像是極限職業，和姜炎溪開始恢復聊天後，隱隱可以從他回訊息的時間窺見對方恐怖的作息。往往忙起來時，一兩天通宵是家常便飯，他只能在移動的交通工具上或待機室裡稍微補眠。

姜炎溪語氣一沉，「偶像是青春飯，我們沒得選擇，但妳幹麼把自己弄這麼累？工作是為了好好生活，不是為了賺錢把自己累成那樣。」

孟冰雨用剩餘的神智把畫放在一邊後，摸索著把自己砸到床上，呢喃著回了句，「是為了你啊。」

五個字輕飄飄說出口，姜炎溪瞪大眼睛，然而這一端的孟冰雨已經把臉埋進枕頭裡，墜入深沉的睡眠。

因為沒有開鏡頭，姜炎溪不知道她已經睡熟，連連追問：「孟冰雨，妳剛剛說什麼？」

自然沒有人回答。

靜默裡，姜炎溪慢慢斂起一瞬的驚詫，在心裡反覆想著孟冰雨那幾個音節，有沒有任何誤會的可能……但是那句迷迷糊糊的回應如此清晰，沒有一點誤解空間。

為什麼她會那樣說？

猜想孟冰雨是睡著了，他沒再出聲，也沒有掛斷通話，只是打開今晚剛拿到且明天上節目就要演出的短劇腳本，繼續背台詞。

雖然奇蹟兩年前驟然爆紅，現在也隱隱有走向大勢男團的趨勢，但那幾年無人問津的經歷依然像無法驅散的夢魘。奇蹟的每個成員都深深恐懼，一朝醒來又會回到那樣淒涼黯淡的景況。

所以他得更努力，更加透支分秒必爭的青春，去爲團體爭取多一點曝光與機會。

直到太陽初昇，姜炎溪才終於從台本裡抬頭，揉一揉酸澀的眼睛，望向窗外。

宿舍的樓層是七樓，在大樓遍布的首爾不算高。爲了不讓私生飯——也就是擅自侵入藝人私生活的不良粉絲——有任何機會窺探，厚重窗簾關得嚴嚴實實，他已經很久沒有在陽光裡醒來了。

電話裡傳來細碎聲響，而後孟冰雨驚訝的聲音試探地喊道：「姜炎溪，你該不會還在？」

他忍不住開玩笑，「昨天都聽到妳打呼的聲音了。」

靜寂須臾，孟冰雨哀號：「你昨天是不是有問我什麼？我該不會聽到一半就睡著了吧？眞抱歉，你應該叫醒我的——」

「不用道歉，妳會睡著就是因爲妳很累，我叫醒妳幹麼。」

無聲的笑牽動唇角，姜炎溪將桌上的台本收拾好，對鏡頭拂開瀏海，露出飽滿端正的五官。這動作他已經對鏡子練習過許多次，無比熟練，很知道自己哪個角度最能勾動人心。

可他看不見對面的孟冰雨有什麼反應，她總是疏遠自持，他自以爲熟悉的所有規則放在她身上都不管用。

「我去上班了，今天也好好加油吧，命運們都很期待你的短劇。」這句話猶帶濃濃睡意，孟冰雨實在太累了，幾個小時的睡眠於事無補。

掛斷通話後，她又撐著沉重的身子去洗漱，渾然不知剛才這句話又洩出了什麼漏洞——照理說，她不該對奇蹟的公開行程有任何關注。

這個漏洞一直到中午時分，才在腦中越來越明晰，孟冰雨終於發現自己做了什麼蠢事，忍不住低低慘叫一聲。

坐旁邊的馮千羽嚇一跳，「幹麼，被客戶罵了嗎？」

她隨便找了個藉口糊弄馮千羽，只暗暗祈禱姜炎溪千萬不要發現。

演唱會過後，許多粉絲私下聯繫頻道，轉述演唱會上奇蹟想見月近管理人的請求，她的信箱裡也躺著經紀公司誠懇的會面邀約。但孟冰雨早已鐵了心，絕對不會承認眞實身分。

先前去網咖搶票，那對追星族群不友善的一幕，其實只是一個小小的縮影，仍有部分人認爲追星是不理智的舉動，孟冰雨並不想承受這樣的目光。

最重要的是，她說著自己毫不在意，卻又背地裡成立頻道，甚至因緣際會成爲讓他們一夕成名的推手之一。這些行爲落在姜炎溪或者落在孫霏霏眼裡，他們會怎麼想她呢？

她情願管理員的眞實身分永不見天日，在未來姜炎溪不再當偶像的那天，就可以成爲無人知曉的祕密。

孟冰雨週末又迎來和母親的另一次約定，赴約前，夏日雪傳來訊息，「這次的餐廳要穿正裝才能進去，記得打扮好再來。」

她並不喜歡這種突兀的告知方式，手邊也沒有禮服類的服飾，然而夏日雪沒給她抗議的機會，傳來地址後就再也沒有上線過。

孟冰雨不得已只好臨時向馮千羽借了一件簡單的平口及膝黑洋裝。馮千羽看不過去，又慷慨地出借一串珍珠項鍊，好讓她纖細的鎖骨上不要一片空白。

稍微化好淡妝後，孟冰雨準時來到餐廳。腳下的高跟鞋不常穿，十分磨腳，她走上高高的階梯時頗微吃力，一時重心不穩，慌亂地想伸手去抓扶手，一陣力道輕輕在她腰後撐了一把。

孟冰雨回頭，身後的青年沒有冒昧把整個手掌撫上她的身體，而是用手背在腰上扶了一下，確定她穩住重心便馬上抽開。那人微微點頭致意，越過她繼續朝階梯上走去。

孟冰雨隱隱覺得他有些面善，但又不記得曾經在哪裡看過，只好先壓下困惑，走進餐廳。

在櫃檯報上夏日雪的訂位後，服務生卻把她引到已有人落坐的位置。

方才的青年閒適地望著窗外啜飲紅酒，聽見她的腳步聲，回過頭，恰好見到夏日雪從孟冰雨背後挽住她，親親熱熱地說：「小柯，怎麼來得這麼早，等很久了嗎？」

「不會，剛到而已。」

座位上的人赫然是方才在階梯上與她打過照面的青年，對方眉目清秀，渾身透著一點矜持的貴氣。

孟冰雨錯愕地望著他，又轉頭看向夏日雪，一個不願面對的猜測迅速成型。

夏日雪笑容可掬，「這是我的女兒孟冰雨，快滿二十三歲，和你同年，是做公關業的。這是柯老闆的兒子，娛樂公司的少東家，柯慕謙。」

孟冰雨腦中轟鳴陣陣，情感上不願相信，理智上卻知道這一切都是夏日雪織成的網。從主動提出要見面開始，到上次風平浪靜、讓她放鬆警戒的會面，一步步引她掉進陷阱。

爲什麼要爲她安排相親？夏日雪到底想要什麼？

「阿姨，我不打擾了，你們慢慢聊啊。」

夏日雪把孟冰雨強行按著坐下，正要離開，手腕被孟冰雨垂死掙扎般扣住，「這是什麼意思？」

夏日雪俯瞰她的那一眼銳利又不耐，再次勾動她心底難言的夢魘，一絲一縷，勒得她幾乎快要窒息。

好像她仍是當年手無寸鐵的孩子，因爲一點事情不如夏日雪的意，就被施以毒打。

「不要丟自己的臉，孟冰雨。」她扳開孟冰雨無力的手指，對柯慕謙笑一笑，款款地走開了。

柯慕謙態度依然從容，並沒有因爲目睹鬧劇而改變，甚至還冷靜地爲孟冰雨倒了一杯酒，「都來了，不如還是和我喝一杯？」

孟冰雨的怒火隱隱延燒，更多是胃裡洶湧的作嘔感，交織著委屈與怨憎。她本想起身直接離去，但方才夏日雪那一眼將她釘在座位上，只能機械地接過酒杯，一飲而盡。

柯慕謙微微一笑，拿起桌上的餐巾，在她驚疑的目光裡抬手在她唇上點了下，拭去酒液，「我剛剛就覺得妳有些面熟，聽到妳的名字就想起來了。妳還記得孫霏霏嗎？」

孟冰雨望著他的臉，這三個字攪動她最想遺忘的記憶，看著柯慕謙的微笑，久遠模糊的畫面緩緩復甦。

高中時，孫霏霏把孟冰雨當作有趣的玩具，每天都會想出新的手法來折磨她。她還記得有一天寒流來襲，一走出校門，她就被孫霏霏一把抓住手腕。對方心情似乎格外惡劣，指甲深深陷入她的肉裡，痛得她連連抽氣。

孫霏霏拖著孟冰雨往她不熟的方向走，孟冰雨被拉得跌跌撞撞，好不容易停下來，發現自己身處在一條骯髒凌亂的街道，大概是店家的後巷。碩大的垃圾袋堆滿兩旁，無數蒼蠅環繞，還有幾隻肥碩的蟑螂朝孟冰雨爬來。

孟冰雨嚇得往後退，孫霏霏卻揮手示意朋友把她死死按住，不讓她逃離。

孫霏霏慢條斯理掐住她的臉頰，「今天姜炎溪跟我聊到，你們國中時會一起在屋頂上畫畫。」

孟冰雨驚恐地望著孫霏霏，她的眼神十分陰鬱，像在忍受著什麼痛楚，聲音卻還是甜滋滋的，「看起來你們以前感情真的不錯呢，我好羨慕。」

孫霏霏拉下她的外套拉鍊，在她嚇壞了的懇求中，把她的保暖衣物層層剝下，扔到垃圾堆裡，直到她只穿著貼身的薄衣服，在寒風裡抖得像一片枯葉。

最後，孫霏霏一把摘下孟冰雨的眼鏡，丟到地上狠狠踩了幾下，鏡片不堪重踩，很快裂成幾片。

「孟冰雨，妳不戴眼鏡好看多了耶，以後也都不要戴了。」

孟冰雨垂著頭，小小聲地懇求：「你們不要再這樣了好不好？我和姜炎溪並沒有什麼關係。」

「我沒說你們有什麼關係啊，而且我們又沒怎樣，沒有打妳也沒有罵妳，幹麼一副楚楚可憐的樣子啊？」

孫霏霏笑嘻嘻地踢了旁邊的垃圾袋一腳，被驚動的蟑螂四處爬竄，一個調皮的男生拎起一隻，在孟冰雨眼前晃了兩下後，放到孟冰雨肩膀上。

孟冰雨的尖叫聲劃破冬日早早就暗下去的天空，孫霏霏和朋友們哄堂大笑，看著孟冰雨拚命想甩開蟲子，一縷縷髮絲被淚水黏在臉上，狼狽不堪。

終於玩夠之後，孫霏霏笑道：「孟冰雨，妳這個樣子醜死了。妳就先待在這邊，等不哭了再走吧。」

孫霏霏領著朋友們準備離去，孟冰雨正想跟著離開，孫霏霏卻回過頭，用力推了她一把，讓她跌坐在布滿廚餘汙漬的地上。

「我說了，等妳不哭再走。」

他們大搖大擺離去，只剩下孟冰雨孤身待在原地，刺骨寒風慢慢風乾淚痕，只留下臉上緊繃的觸感。

近視的雙眼因爲失去眼鏡，望出去的世界模糊不清，孟冰雨只看見街道盡頭忽然又出現了一道身影，快步朝她走來。

孟冰雨怕得想躲，來人卻解開自己的圍巾，披在她顫抖的肩上，「妳沒事吧？」

她瞇著眼睛，在這麼近的距離下，終於依稀辨認出眼前的少年是剛剛孫霏霏朋友群裡的一員，便怕得瑟縮起來。

孟冰雨低下頭沒有說話，那人站了一會，見她遲遲沒有回應，又開口道：「沿著這條路出去後，第一個路口右轉就有公車站。他們都走了，妳趕快回家吧。」

語畢，少年轉身離去，孟冰雨在刺鼻的餿水氣味裡慢慢回過神，一件件撿起自己被脫下的衣服……上面都已沾染髒汙，穿不了了。

最後，孟冰雨拾起斷裂的鏡片和眼鏡支架，收進口袋，抹去臉上殘餘的淚痕，忽然用力把少年留下的圍巾扔在地上。

她不想要加害者的施捨。

孟冰雨慢慢走向巷口，眼前又浮現那個男生的臉，那種毫無意義的憐憫神情，更讓她堅定了不想原諒的心情。

記憶中的臉漸漸和眼前柯慕謙的臉重合在一起，孟冰雨喃喃地開口，全身不由自主發抖，「你是當時拿圍巾給我的人。」

「小時候的事，我向妳道歉，雖然我並沒有對妳做過什麼，可是我不該袖手旁觀。」

孟冰雨猛然站起，動作太急，椅子被撞出巨大聲響，引來客人與服務生的側目與皺眉。她幾欲作嘔，不可置信地望著眼前端莊的臉，「沒有對我做過什麼？你們站在孫霏霏那邊對我做的事還不夠嗎？」

晦暗的記憶蜂擁著竄入腦中，她眼底發熱，死撐著不肯落淚，不想再把狼狽的樣子曝露在敵人面前。

她不願再說下去，也無法再面對他，轉身慌不擇路就跑，卻又在外頭遇到從容滑著手機的夏日雪。

一看到她跑出來，夏日雪僵硬的眉頭用力蹙起，「妳這是在做什麼？」

柯慕謙也在此時追上來，意外的是，他並沒有再強迫她回去，「孟小姐，妳的包包。」

孟冰雨伸手想要接過時，柯慕謙猛地一拽，讓已經抓緊包包的她一陣踉蹌。咫尺之間，柯慕謙的香水味柔和綿密，和姜炎溪的強悍全然不同，他附耳輕聲道：「我知道孟小姐並不是自願來的，我也不是。但如果妳只是想要一個安穩歸宿的話，我保證能夠給妳。孟小姐可以考慮一下，等我們繼續來往一段時間後，再判斷我們適不適合。」

孟冰雨喉嚨發緊，柯慕謙放開包包，彬彬有禮對她微微欠身，轉身離開。

目送他離去後，孟冰雨也想走出餐廳，卻再次被夏日雪一把抓住。

「放手！」

「小聲點，服務生都在看，丟臉死了。」

孟冰雨深深呼吸，即使到這種情景，她依然不願意相信眼前的一切。夏日雪對她其實並沒有任何愧悔之意，無論她嘴上說得多麼好聽。

「妳重新連絡我，就只是爲了讓我來相親？」

「妳也到了該結婚的年紀，柯慕謙也是好對象，我介紹給自己的女兒哪裡不對了？」

孟冰雨閉了閉眼，在這種絕望蔓延的時刻，不曉得爲什麼想到了姜炎溪。

如果是姜炎溪，一定會直率地表達出自己的想法，如果被傷害了，絕對也會讓傷害自己的人付出代價，不會束手就擒。

重整呼吸後，她轉身直面夏日雪，發現她們如今的身高已經拉開差距，即使對方穿著高跟鞋，自己也稍稍高過她一些，「我問妳最後一次，妳找我到底是要我幫什麼忙？」

話都說得這樣明白了，夏日雪微微抿唇，終於說出口：「我老公生意出了點問題，我需要周轉的資金。我眞的好好挑過了，這些幫得上忙的家族裡，柯慕謙是個好男生，也沒有那些富二代亂七八糟的壞習慣。他爸爸手頭的機會足夠我老公翻身了，這麼多年媽媽從來沒麻煩過妳什麼，就當幫我一次，好嗎？」

孟冰雨似哭似笑，臉上卻一滴淚也流不下來，「我在妳心裡就這麼廉價嗎？」

夏日雪扶著她肩膀，像個眞正的好媽媽般推心置腹，「怎麼會廉價？女孩子看事情要有遠見，嫁得好比什麼都重要。我問過妳爸爸妳一個月的月薪，那點錢可以幹麼呢？嫁給柯慕謙不只可以解我老公的燃眉之急，妳自己的未來也可以一帆風順啊。」

言下之意，這筆交易値錢得很，哪怕天秤另一端放的是她的整個人生，在她親生母親眼前都不値一提。

孟冰雨恍惚地後退，拂開夏日雪的手。

她好不甘心，辛辛苦苦重新建立了十幾年的自己，只要母親一個眼神、一次背叛，就再次崩潰四散。

痛意濤濤洶湧，她轉身前，又聽到夏日雪稍微軟化的語氣，在身後殷殷懇求，「妳眞的不幫媽媽嗎？妳是不是還記恨我？我當初也是因爲妳沒寫功課或不乖才會打妳，我對妳嚴格也是因爲我愛妳啊！」

孟冰雨加快腳步不願再多聽一秒，走下餐廳的階梯時摔了一跤，不顧腳踝鑽心的痛楚，面無表情地撐著扶手爬起，跌跌撞撞回到家。

摸索鑰匙時，她同時摸到一張紙條，上面寫著柯慕謙的名字與社群帳號ID。

孟冰雨把紙條直接丟進垃圾桶。她筋疲力竭，癱坐在地上，心底最脆弱的角落似被野獸利爪狠狠撓過，心臟肺腑都疼得抽搐成一團，宛如小時候被打的痛楚。

母親打她的理由總是千奇百怪，最多的時候甚至根本沒有理由，才不是她口中說的沒寫功課或表現不乖。

小時候的孟冰雨如履薄冰，每天都在擔心前一秒還和藹可親的媽媽突然變臉，所以她學會了小心翼翼看臉色，學會不把需求說出，而是默默隱忍。

然而夏日雪現在居然有臉說，這一切都是爲了她好。

骨縫裡寒意漫漫，凍得孟冰雨幾乎無法動彈。她滿心期待的重逢不過是另一場算計，親生媽媽也不過如此！

她還是不値得人愛，才會在這二十年來裡如此孤獨，重要的人在身邊來來去去，無人能夠眞正逗留。

她整天都沒有回覆姜炎溪，無視他詢問和媽媽會面是否平安的話，任由自己沉浸在深深的失望中。

姜炎溪一連傳了幾則訊息都沒有收到回音，最後打出一句，「妳沒事的話，讓我知道一下。」

孟冰雨有股衝動想要打給姜炎溪，但理智及時制止了她，打了又能說什麼？讓已經足夠疲憊的他聽自己抱怨嗎？

她把手機反扣下去，把頭埋進雙膝間。她寧可姜炎溪沒有那些不曾宣之於口的溫柔，好降低一點自己忽視他時的罪惡感——連這樣的想法，都自私至極。

一連幾天她都無視夏日雪連串的訊息，也沒有聯繫姜炎溪。

茉莉的生日轉瞬即到，可孟冰雨忽然沒有了上傳素描圖的勇氣。她看著花好幾天心血鑄成的圖畫，頓時覺得難看至極，根本不配給茉莉慶生。

正想揉成一團丟了，卻又想到陪她一點一點修改到現在的姜炎溪。他比她還重視自己的作品，如果就這麼丟了，姜炎溪問起時她要怎麼回答呢？

告訴他自己就是個膽小鬼，過了這麼多年仍然沒有長進嗎？

孟冰雨盯著畫作許久，仍是沒狠下心丟掉，只是將它收進櫃子深處，默默在心裡給茉莉唱完一首生日快樂歌。然後她打開電腦，用最後一絲力氣發了個公告，讓月近的觀眾知道自己狀態不好，暫時要停更一陣子。

狹小的房間裡只有書桌的燈依然倔強發著光，她蜷縮在角落，把各種破碎的記憶一遍遍回想反芻，也沒有理睬姜炎溪的來電。

明知不該拿來相比，但如今看到夏日雪的醜態，讓她想到世間所有情感的終點，是不是大多都只能走向分崩離析？她雙親的婚姻、她和夏日雪的母女之情，還有從前和姜炎溪一點一點走向陌生的過程……

從原本天天聊天、每週一起做畫的親密，到考上不同學校，靠著通勤時間艱難維持情誼的時刻，再到最後分道揚鑣的決然。分離的瞬間，所有昔日的甜都會轉成最澀的苦。

國中時，她以爲姜炎溪是廣袤無邊的天空，而她是裡頭唯一展翅的飛鳥。然而高中時，孫霏霏的出現就徹底讓她明白，即使姜炎溪是天空，她也只是眾多鳥獸裡最渺小不起眼的存在。

如今姜炎溪遠在韓國，大明星和普通上班族中間隔了重重歲月與現實，他有成千上萬個她之外的可能。她不敢再依賴他，如果總有一天他會遠遠離開到她無法觸及的世界，不如從一開始就別開啓任何可能。

她經不起再一次失意，不要有任何期待，就不會再有失望。

姜炎溪望著車窗外快速後退的風景，車內太暗，街上的都市光影流動在俊麗的五官上，像戴了一張斑駁的面具。

茉莉的生日已經過去，孟冰雨沒有在社群軟體上上傳那幅畫，也依然沒回覆他的訊息。往日只要她下班後有空，哪怕可能已是半夜，都一定會至少回覆一兩句話。

雖然孟冰雨不肯說原因，但他隱隱可以猜到八成和這一次與夏日雪的會面有關係。

「炎，等等去錄音室一趟，上次的廣告曲有個片段需要重新錄製。」隊長低聲和經紀人核對完行程，回身對他說。

此時已是凌晨一點，姜炎溪抬眼，語氣是累到極致的冰冷無波，「一定要今晚嗎？我很累了。」

車內氣氛一時凝滯，隊長緩聲道：「炎，你最近狀態很不穩，發生什麼事了？」

隊長溫和的眼眸如此眞摯，姜炎溪深深吸一口氣，勉強壓下心底翻湧的煩躁，「抱歉，我不是故意要和哥發脾氣。」

「我知道你不是故意的，不過這陣子已經好幾次了。要不要和我說說看，是什麼讓你覺得煩？」

姜炎溪關掉手機螢幕，整張臉完全沉進黑暗裡，「……我有點快要忘記了。」

「忘記什麼？」

「初衷。」姜炎溪把臉埋進掌中，連帶聲音也變得含糊，「我們即使這麼累也想要站在舞台上的初衷。偶像是造夢的職業，如果連我們都忘記夢想的初衷，是不是很可笑？」

隊長猶疑著向他伸手，卻只撫摸到姜炎溪爲了呈現最佳體態拚命減肥後，格外突出分明的脊骨。

「節食、過勞都是日常，每次漂髮都痛得要死，練舞又練出一堆傷，如果每個偶像都需要走過這一趟，到底值不值得？」

隊長輕輕拍撫著他，「只要可以讓粉絲幸福，就值得了呀。」

「可是粉絲也不會一直在那裡。」姜炎溪淡淡一笑。

他轉頭望向窗外一幅巨大的廣告看板，奇蹟成員的臉龐在上頭耀眼生輝，然而又有誰能保證他們會一直待在那個位置呢？說不定下次廠商就轉而找更年輕活力的男團了。

「我每天都會夢見有粉絲離開。最難過的是，如果粉絲眞的不喜歡我們了，可以脫粉、再也不看我們的訊息。我們卻依然會在大家看得到的地方，永遠不曉得粉絲再也不來的原因，不知道他們去了哪裡。」

偶像是因爲粉絲的存在而存在，握有選擇權的一直都是粉絲才對，他們可以單方面地決定追隨，也可以單方面地強制結束。

就像孟冰雨對他，說不聯絡就不聯絡，他只能被迫接受。即使斷了聯繫，她還是可以從各種媒體上得知他的動態，他卻永遠無法知道她現在在哪裡，是因爲什麼原因而遠離他。

隊長正想繼續勸慰，姜炎溪的手機猛地跳出新訊息通知，他只看了一眼，心跳驟然凍結。

第五章　她一個人的少年

沒有剪影片當作早點下班的誘因後，孟冰雨又開始沒日沒夜的加班生活，瘋狂的態勢反應在工作上，除了吸引主管的注目以外，也再次惹怒眼紅的前輩。

下班時刻，前輩逕自過來，臉上依然是假惺惺的笑容，「冰雨，我有個案子有點忙不過來，結案報告可以麻煩妳幫忙做嗎？」

孟冰雨抬眼看她，前輩眼底閃爍的惡意令她想起夏日雪，她們踐踏著別人的善意，只顧滿足自己欲念。

她吞了口口水，心裡暗暗幫自己打氣，努力維持平靜的語調，「因爲我最近工作也排得比較滿，有需要協調人力的話再麻煩妳和主管確認。主管可以把我手邊的事情延後的話，我幫妳做沒問題。」

孟冰雨向來對任務來者不拒，這種超乎尋常的態度馬上讓前輩的臉垮下來，「幫個忙而已，不要這麼小氣，多做一些妳也可以學到更多東西啊。」

孟冰雨把心底剩下的勇氣榨出來，「結案報告我已經幫前輩寫了好幾份，即使是練習，也已經足夠了。」

「一定要這麼計較嗎——」

「親愛的前輩。」馮千羽清脆的聲音打斷對話，把辦公椅滑過來，半靠在孟冰雨肩上，單手俏皮舉起發誓的動作，「我可以作證，妳丟給我們的『練習』早就多到我們已經熟得不得了，不需要再多做了，謝謝前輩的關照。」

見到馮千羽助陣，孟冰雨心頭一暖，靜了幾秒重新累積勇氣，又鄭重開口道：「平常的幫忙當然沒問題，但是，前輩不希望別人如此對待妳，就請也不要這樣對我們。」

前輩一時語塞，紅著臉憤然離去。

孟冰雨長吁一口氣，回頭對上馮千羽激賞的目光，「不錯喔，終於有點主見了。」

孟冰雨虛弱地回以微笑，用力伸一伸懶腰，正要趴回電腦前工作時，一旁已經呈現下班狀態、滑起手機的馮千羽喊道：「奇蹟官方剛剛發公告，姜炎溪又要回台灣了。」

孟冰雨豎起耳朵，表面上卻裝得淡定，「這麼快？他最近有什麼個人活動嗎？

「不是，是姜炎溪暫停活動，暫時回台灣休養。」馮千羽一字一字讀出。

她手指一時用力過猛，滑鼠一歪，簡報投影片裡的色塊隨之移位。她顧不上修改，連忙跟著拿出手機。

他怎麼了，受傷了還是生病了？這幾天沒有聯繫的時候發生什麼狀況了嗎？

馮千羽看她倉促的動作，有些不解，「妳什麼時候對姜炎溪這麼上心了？看妳緊張成那樣。」

孟冰雨無暇掩飾，終於找到那則官方聲明，裡頭說姜炎溪是因為媽媽過世，需要趕回台灣處理喪事，所以這週的公開活動都無法出席。

姜炎溪從未和她提過自己的媽媽，不過看他國中時被爸爸打的傷痕、一直以來刻意避而不談家人的樣子，他家多半和她的家一樣，好不到哪裡去。

她打開訊息欄，想要發出點關心的話語，卻又愧於上週自己整排的未回覆訊息。現在傳訊息，姜炎溪會不會覺得被打擾呢？

可是在姜炎溪最脆弱的時候完全不表達關心，反而更顯得冷漠無情，她無法在這種時候還裝作什麼也不知道。

她經歷過黑暗，知道人在低潮時，微小的惡意可能是最後一根稻草，同樣的，小小的善意也總能把防墜的大網織得更密一些。

她沒資格當拉姜炎溪一把的人，不過在下面支撐著，不讓他就此觸底或許是她唯一能做的事情。

何況，這週其實是他的生日，在生日遭逢母喪，他的心情可想而知。

孟冰雨斟酌許久後，在訊息欄打下，「這段時間一定會很難熬，好好休息。」傳出前，她讀了兩遍，心一軟，最後又添了兩句。

被說自作多情也沒關係，她想讓姜炎溪明白，他並不孤單。

「有什麼我可以為你做的，隨時讓我知道。」

姜炎溪遲遲沒有回覆，直到幾天後的晚上，孟冰雨已經準備就寢，姜炎溪才突然傳來殯儀館的地址與禮廳號碼。

訊息裡沒有任何前後文，但孟冰雨知道他的意思。

孟冰雨按滅手機，關了燈的臥房恍如深海海底寂寂無聲，她幾乎能聽見自己綿長而沉重的呼吸聲。

很久以前她和姜炎溪之間的關係就被劃下邊界，透過螢幕互動已經是飲鴆止渴的最後底線，她不能主動去找姜炎溪。

即使去，頂多只能遠遠看一眼，自然也不能讓姜炎溪曉得她去過。

孟冰雨慢慢爬起來拿外出的包包，手指摸索著握住鑰匙，金屬碰撞聲平添心頭凌亂，她慢慢握緊拳頭，長嘆一口氣……其實，有什麼好猶豫的呢，姜炎溪永遠是她的破例。

孟冰雨換上黑衣出門，趕到殯儀館時已經快要到關門時間。她來到禮廳，遠遠駐足觀望，在寥寥人群裡一眼找到那個筆直的身影，還有在他身邊，緊緊挽著他手臂的孫霏霏。

孟冰雨心上像被無數寒冷的長針透胸而過，凝視的目光卻捨不得移開。

姜炎溪照例戴著鴨舌帽與口罩全副武裝，短短幾天似乎瘦了不少，黑眼圈極深，襯得那雙眼睛格外大，甚至大得有些空洞。

孫霏霏站在他身邊，臉上竟也有點點淚光，姜炎溪一手輕輕拍撫她。

即使這麼狼狽的時刻，兩人站在一起依然很般配。

姜炎溪並不需要她，他有孫霏霏的安慰，何況孫霏霏現在如此傷心，她和他的家人肯定交情匪淺。

儘管姜炎溪從不承認，但他和孫霏霏的關係一定比朋友還要親密。意識到遠遠窺看的自己實在又狼狽又好笑，孟冰雨便打定主意最好在姜炎溪發現之前趕緊悄無聲息離開。

她輕輕挪開腳，正要轉身時，手機訊息的提示音忽然響起，在安靜的禮廳裡格外清晰。她反射性地抬眼，如同當時演唱會的情景，遠遠對上姜炎溪那雙即使悲傷也依然凜利的眼瞳。

心下一慌，孟冰雨竟本能地轉身就跑，飛也似的穿過陌生人的家屬群，奔進戶外悶熱的夏夜。

她一邊跑一邊隱隱約約聽見有人在後面喊她。

孟冰雨不敢回頭，跑得急了，攏在耳後的長髮散開，隨跑動一下一下紛飛著遮住視線，悶熱的雨腥氣一直嗆進胸腔，麻木的鈍痛蒙住越來越吃力的呼吸。她惶然間不曉得到底要跑向何方，只知道不能停，好像後頭有洪水猛獸，逼得她必須遠遠逃開——然而姜炎溪還是追上了她。

手腕被扣住的力道不容掙脫，姜炎溪說話間幾乎聽不出喘息，「妳跑什麼？」

孟冰雨被抓住後的第一反應是四下張望。

見狀，姜炎溪冷冷道：「放心，這個樣子沒人會認得我是誰。」

他說得沒錯，這一帶人跡荒涼，他全身幾乎都裹在偽裝之下，加上形容憔悴，的確不會有人能認出。

孟冰雨努力讓語氣冷靜自持，可惜紛亂的喘息早已洩漏慌張，「我只是想過來看一眼，確定你沒事就好，我現在就走。」

逆著路燈飄渺的光，青年眼裡的痛意轉瞬即逝，快得她幾乎覺得自己看錯了。他怎麼會痛呢？姜炎溪是最堅強鋒利的人，渾身覆蓋厚厚的盔甲隔開愛與恨，即使受傷了，也能無視傷口。

抓著她手腕的手無聲鬆開，姜炎溪出口的話冷而平淡，突兀地說起往事，「四年前，妳指著我說我太沒用，不想再與我當朋友，轉身就走。我四年裡跟妳說了很多話，但妳一連四年都沒有再回過我訊息。」

孟冰雨渾身一顫，想逃離的欲望越來越高，然而姜炎溪步步進逼，高大的身影籠住她，而後居高臨下審視她。

「重新連繫上後，妳還是突然之間說不回訊息就不回訊息，也沒有給我任何解釋。我只能在這一端，一、天、一、天、地、等。」

「不要說了……」

姜炎溪一把扯下口罩，俯下身，諷刺地挑起一邊唇角，像一頭即將捕獵的雄鷹歪頭打量獵物。

「就算到了現在，即使是這種狀況，妳也連一點多餘的溫度都不肯給我。」

她明明最沒有資格哭，望出去的世界還是泛起波浪，水紋瀲灩裡，她幾乎看不清姜炎溪那執拗又破碎的冷笑。

「孟冰雨，妳是不是以爲我是偶像，所以永遠都不會痛？」

因爲是偶像，所以永遠得微笑面對世界，沒有悲喜之分。時間久了，人們彷彿也會疑惑，披著偶像光鮮外衣下的那些青春男女，是不是也有如常人般起伏的情緒與傷痛。

她張開嘴，卻說不出隻字片語。

那麼驕傲的人此刻雙眼一如當年，眼尾分明暈開淺紅，眼淚依舊倔強地不肯落下。

孟冰雨不由自主想起，四年前她不得不離開他時，也是在一個燠熱難耐的暑夜。

十八歲的姜炎溪站在她家樓下等待，雨後未乾的水窪在柏油路上閃閃發亮，映著他一身的漆黑。一看到她走來，少年稚氣未脫的臉轉向她，語氣和神情都是銳利的不耐，「來看完我街演後就開始玩失蹤，現在又突然說有話要和我說，妳到底想要怎樣？」

孟冰雨緊抿著唇由他發洩，姜炎溪見她不說話，又往前逼近一步，忽然注意到她手掌上的繃帶。

「妳的手怎麼了？」

孟冰雨感受著掌上鑽心的痛楚，淡淡回答：「沒事。」

當時少年身上還沒有香水味，只有肥皀乾淨微苦的清香，他的眼睛直直看進她眼底，「又是沒事，那妳叫我來幹麼？妳要和我說什麼的話，就不要躲，好好看著我把話說完，孟冰雨。」

孟冰雨鼓起勇氣，認認眞眞望著他的臉。連天的熬夜練習化成姜炎溪眉間的濃重倦色，五官仍然和國中第一次見時一樣端正鋒利，甚至開始多了些成熟的剛硬。

他會越長越好看、越長越耀眼，孟冰雨在那時候就已經可以想像少年會在舞台上成爲多麼明亮的存在。

她聽見自己的聲音遙遙響起，「姜炎溪，我今天找你是想和你說清楚，以後請你都不要再找我了。」

他眉間劇烈一跳，雖然沒有眞正碰到她，但此刻他們之間的距離近到孟冰雨有種被困在他臂間的錯覺。

「對不起……我已經考上明星大學，不想讓同學知道我有一個連大學都沒念的朋友。你也十八歲了，整天抱著明星夢有什麼用呢？」孟冰雨像平常一樣說得懦懦弱弱，躲閃著姜炎溪的眼神，「我是眞的擔心你，你的才華那麼普通，比起好高騖遠到韓國賭渺茫的出道機率，不如去找個工作賺錢比較實際。」

「普通？」姜炎溪喃喃複誦著這兩個字，而後淡淡一哂，似是自嘲，「妳終於說實話了，原來妳一直都這麼覺得啊。高材生和我混在一起，委屈妳了。」

「不是我委屈，而是我們本來就不是同一個世界的人。國中時我們會變成朋友，只是意外而已。」

姜炎溪終於忍不住，一把掐住她的手臂，咬牙的神情張揚凶狠，「妳說謊。」

孟冰雨抬眼，笑容破碎，「我也希望我在說謊。」

現實像一把生鏽的沉重鋸子，一下一下割裂他們的緣分。

姜炎溪臉上陰狠的怒意逐漸冷寂，忽然冷冷扯開嘴角，「妳原來也是那種勢利的人，是我看走眼了。」

「我只不過是實話實說罷了。」孟冰雨逼自己直視姜炎溪顫動的瞳孔，「我從國中時，就一直覺得我們不該做朋友。我們成績差這麼多，而且你被全班排擠，沒人想做你朋友，連老師都不想理你——」

他猛然甩開她的手，後退一步，深邃的眼邊竟暈出一點紅潤，「夠了！」

孟冰雨抿著嘴，原以爲姜炎溪會掉頭就走，可他依然直挺挺站在原地，目光不肯退讓，似要望進她心底。

她用力看他最後一眼，狠著心先轉身離開了，但那張青澀俊美的臉、劇痛卻隱忍的表情，直到歲月流轉，她都還記得好清楚。

幾年後，現在眼前的姜炎溪臉上已褪去明顯的戾氣，那種痛而忍耐的表情卻還是一模一樣。

這夜實在太熱了，他們的距離近得孟冰雨只想閃避，然而後面是牆壁，她退無可退，只能眼睜睜看著姜炎溪逼近的臉，幾乎到了呼吸相交的地步。強勢的香水味染著菸草氣息的後調縈繞鼻腔，薰得她暈頭轉向。

姜炎溪等不到她回應，語氣尖銳得毫不掩飾，「如果和我做朋友這麼累的話，那還是算了吧。」

算了吧，多輕巧隨便的三個字。

潮濕滯悶的雨夜裡，姜炎溪驟然抽身，毫不留戀地轉身一步步走遠。

孟冰雨有種絕望的預感，如果這次再不抓住機會，姜炎溪再也不會回來了。

他退讓太多次，即使四年前她話說得如此難聽，後續仍是他主動傳來訊息，是她那麼久以來都不曾回覆。

現在，她已經用掉了最後的機會，這一次，姜炎溪眞的不會再理她了。

含在眼底的淚終於滑落，在熱風中墜落頰邊，從國中開始就死死藏在心底不肯去想的那句話兜兜轉轉，卻還是被硬生生吞回齒中——

我不想只跟你做朋友。

孟冰雨看著姜炎溪的背影又往前走了幾步，然後回過頭，發現她還站在原地。

時間似乎慢下來了，路燈的影子橫亙在他們之間被拉得很長很長，像那些說不明道不清的情感，哪怕不曾好好正視過，卻也無法被忽視。

國中他們偶爾發生口角時，姜炎溪再怎麼生氣也不會眞的一走了之，他就是隻虛張聲勢的刺蝟，因爲內核過於柔軟，才必須用許多尖刺來捍衛。

姜炎溪改變不了自己的本質，孟冰雨也是。她在他面前，不管裝得再怎麼鎭定，仍破綻百出，而他總是願意接受她的破綻。

孟冰雨看著他慢慢轉身，在她越掉越凶的眼淚裡，一步一步走回來，原本滿是稜角的神情逐漸軟化，混合未散盡的薄怒和無奈。

淚水沾濕孟冰雨的睫毛，每一次眨眼都掀動閃閃發亮的水珠。她哭得很安靜，落在姜炎溪眼裡，還是國中那副徬徨小動物般的模樣。

姜炎溪一把按住她的臉，粗暴地用袖子一通亂揉，「妳哭什麼？該哭的是我吧。」

他說得沒錯，最沒資格哭的就是她，是她促成眼前的這一切，怎麼還敢矯情地向他撒嬌。

孟冰雨用力擦乾眼角，抬眼看他，舞台上鋒芒畢露的人此刻終於像有血有肉的眞人，會哭、會生氣、會和她吵架，更會在吵架之後，回到她身邊。

他是百萬人的星光，但只會是她一個人的少年。

他們之間的距離這麼遙不可及，可她還是想再努力試最後一次，「姜炎溪，你相信我嗎？」

單薄的話落在空氣中，諷刺得像一個笑話，先背叛的人居然問對方信不信自己。

孟冰雨討厭哭泣，未乾的淚痕濕答答黏著頭髮，剛剛跑得太急，髮絲凌亂披散，她不用照鏡子都知道自己現在有多狼狽。

換作從前，用這副形象出現在姜炎溪面前，她肯定會像那晚在套房裡見到帶妝的他一樣，被難以面對的陰影淹沒，連直視他都感到痛苦。

然而姜炎溪在鏡頭前對她扮鬼臉的樣子記憶猶新，他在用自己的方式告訴她，在他面前不用那麼在意外貌。

反正姜炎溪見過她更狼狽的樣子了，醜就醜吧。

孟冰雨深呼吸，見姜炎溪眼周的紅痕已經盡數退去，又回到那副從容強勢的模樣。她等著姜炎溪的回應，原本心底期待的火苗隨對方的沉默，一點一點冷寂下去。

片刻後，姜炎溪終於啓唇，語聲蕭瑟，「我相信過妳很多次……」

儘管他沒把話說完，孟冰雨讀懂他的言外之意，這些信任最終換來的只是一次又一次失落。

她像放羊的孩子一樣用光她的信任額度，姜炎溪不會、也不該再相信她了。

孟冰雨了然，垂頭一笑，半晌才輕輕道：「也是，你不相信我是應該的。」

姜炎溪氣極反笑，「妳說要我相信妳，那妳可以眞的承諾我，妳不會再隨便消失嗎？」

孟冰雨正想一口答應，卻又忽然啞然。

無法保證能夠做到的承諾，是否打從一開始就不該許下？她潛意識裡，是不是一直把沒有履約當作沒什麼大不了的事，甚至濫用自己的恐懼當作藉口？

姜炎溪說得對，她總是把自己放在弱者的位置，自以爲姜炎溪頂著那層燦爛的偶像外殼就無堅不摧，不曾好好考慮過他的心情。

她因爲仰望而恐懼，可那遙遠的距離並不只是姜炎溪的偶像身分，更多是她的自卑造成的。因爲害怕、因爲懦弱，所以她反而把姜炎溪越推越遠。

無視姜炎溪像在看孩子無理取鬧般的嘲弄神情，孟冰雨攢足勇氣，「等我準備好後，我一定會去找你。」

才剛說完她又想到什麼，苦澀的笑意一閃而過，輕輕補上一句，「前提是，到時候你還想和我……繼續做朋友的話。」

「要準備什麼，找我之前還得沐浴齋戒嗎？要不要順便挑個良辰吉時？」姜炎溪揚眉，孟冰雨不知如何回答，在割人肺腑的沉默間，他輕哂，用了肯定句，「孟冰雨，妳有事瞞我。」

隱痛從心臟處寸寸蔓延，孟冰雨澀聲道：「不是你的問題，是我自己的事。」

「我自認抗壓能力很強，說吧。」姜炎溪冷然逼近，「無論是什麼原因，我都能接受。」

孟冰雨只是安靜以對，姜炎溪似乎早已預料，方才微微平息的怒氣再次凝在瞳孔裡，「不說？那我來猜。一個可能是妳像當初一樣，嫌棄我沒有才華不可能當明星，不過我現在證明我做到了。或者另一個可能，妳的個性總想著討好所有人，除非被重重傷害了，不然不可能主動離開誰。妳這麼用力想把我推開，也許是因爲我做了什麼傷害到了妳……但妳剛剛又說不是我的問題。」

孟冰雨心裡亂糟糟的，旁邊那盞路燈似乎壞了，顫動的燈影莫名令人心慌。在忽明忽暗的光亮下，姜炎溪臉上錯落的陰影也忽隱忽現。

她忍不住想起從前美術教室裡用來練習素描的石膏像，比例完美對稱的臉龐上光影分明，和此刻的姜炎溪一模一樣。

姜炎溪的指尖搭在孟冰雨臉側，燙得彷彿只須輕輕一擦，就能撩起火焰。

「或者是，妳根本還不敢承認——」姜炎溪用氣音說話時，尾巴像帶了鉤子，把孟冰雨的心高高吊起，「妳喜歡我。」

從不敢想的這句話驀然扯開所有遮光布，孟冰雨瞪大眼睛，本能地想要否認——

「炎！」

她高高懸起的心猛地墜進深淵。

嬌怯怯的喊聲割破濃稠僵持的氣氛，同時點燃孟冰雨心底最深處的恐慌。她回過頭，幾年未見的嬌小身影快步而來，再沒有人可以像她一樣把黑裙裝穿得那樣甜美，配上蒼白小臉上楚楚的哀痛與無助，令人心生憐惜。

然而孟冰雨只能看見那副面具下對她張牙舞爪耀武揚威的怪獸，冷意從腳底下一路攀升，最終涼入骨髓，讓她全身汗毛直豎。

孫霏霏撲進姜炎溪懷裡，看也沒有看她一眼，順勢不動聲色把姜炎溪隔開。

孟冰雨孤零零站在一邊，熟悉的酸澀從心底緩緩騰升，密密麻麻纏繞心扉，疼得麻木。

即使過了這麼久，即使她已經以爲自己長出了抵禦恐懼的盔甲，在見到孫霏霏的這一瞬，她還是想轉身逃回自己的殼裡。

「我一個人在那邊好害怕，你怎麼突然就跑走啦？」孫霏霏撒嬌地晃著他的手，「好晚了，炎，你陪我回家好不好？」

姜炎溪看孟冰雨一眼，輕輕把手臂抽回來，「妳怎麼跟來了？我和孟冰雨還有事情，妳先回去吧。」

孫霏霏的手被迫垂下，小臉上的微笑依然完美，口吻輕鬆而嬌嗔，拳頭卻慢慢捏緊，「什麼事情可以比我更重要？」

姜炎溪平靜的話音裡沒有一絲不耐，口吻遠比對孟冰雨還溫柔，「比起跟我吵這些，先和孟冰雨打聲招呼吧，妳高中時對我以前的朋友很好奇，常常找人家玩，還記得嗎？」

孫霏霏臉上的笑意終於凝固。

這和孟冰雨的想像很不一樣。她有種奇異的感覺，姜炎溪與孫霏霏說話的態度，比起女友或曖昧對象，更像兄長對待一個尚未成熟的小妹妹，寵溺的同時更有隱隱的威壓與主導。

「怎麼不說話？快打招呼啊。」

孫霏霏筆直地站著，臉上撐著僵硬的冷笑，看上去格外詭譎。

姜炎溪淡淡俯瞰她，挑了挑眉。

這一幕又讓孟冰雨想起唯一一次，他們三人同時在場的情景。

那一天的回憶如此清晰分明，每一幕、每一句話都還烙印在她的腦海中。

第六章　不能退讓的夢想

高中的時候，孫霏霏幾乎不曾和姜炎溪同時出現在孟冰雨面前過，唯一一次例外，是姜炎溪參加經紀公司在台灣舉辦的快閃街頭演出。

當時姜炎溪已經和韓方經紀公司接洽上，準備高中一畢業就飛去韓國受訓，這次街演是台灣的預備練習生們一起亮相，算是爲日後的曝光鋪墊。

從國中畢業得知姜炎溪選擇上藝校開始，孟冰雨就一直又期待又擔心這一天的到來。

當初在選高中志願時，姜炎溪毫不猶豫塡了藝校的表演藝術科，孟冰雨則是規規矩矩按照成績挑一間大人口中的好學校。她沒有什麼夢想，照著成績走是最安穩不出錯的選擇。

但是姜炎溪那樣看似內斂疏離、只喜歡安靜作畫的人，居然會想要站在舞台上享受萬眾矚目的感覺，倒是令她十分驚訝。

國中畢業那天，兩人到頂樓送別陪伴他們一起度過兩年時光的地方，她忍不住心中好奇，開口問他：「你爲什麼想要當藝人？」

姜炎溪答得直率坦白，「想要名利，更想要所有人都愛我。」

孟冰雨沒有多問姜炎溪，他想要所有人都愛他的這份渴望，是不是來自於國中被全班排擠的景況。

姜炎溪雖然從來沒有明說，但她默默從旁觀察，可以拼湊出他眞正受排擠的原因其實沒有什麼祕密，就只是與大家合不來而已。

他我行我素、愛做什麼就做什麼，又有著極少主動釋出善意的這副個性，加上過度張揚的金髮和凶神惡煞的外皮，同學們不加以親近很正常。

儘管不願意和他做朋友，不過也沒有人眞的想要與他爲敵，更多的是刻意漠視。比如班上分組永遠只會落下他一人，或者畢業旅行時沒有人和他一起行動等，都是瑣碎卻又會記得一輩子的尷尬情境。

人類的天性就是渴愛，姜炎溪從家庭和學校裡得不到的愛意，或許他希望出道後粉絲能夠給他。

孟冰雨理解他的夢想，也期待未來可以看見在舞台上閃閃發光的他，但同時她也擔心國中畢業後，失去同班同學的身分，他們沒有見面的機會和共同話題，最後不再繼續當朋友。

從前她總覺得長大後會漸漸失散就不是眞朋友，直到自己身在其中，才知道原來兩個人漸走漸遠，未必是眞的不珍惜彼此。

疏遠都是藏在不刻意的小事裡。他們從最一開始約定一起搭捷運上學就產生了分歧，因爲兩人的學校距離相差甚遠，必定有一方得遷就對方的上課時間，孟冰雨當時還嫌太麻煩，想著要不要各自上學就好，最後還是姜炎溪先退讓，犧牲睡眠時間，配合孟冰雨通勤。

再後來，他們的生活幾乎沒有交集，學的東西、交的朋友類型全都不同。也許是下定決心朝演藝圈發展，姜炎溪在藝校比在國中時如魚得水得多，朋友圈也不再只有孟冰雨……然後是孫霏霏的出現。

孟冰雨開始害怕站在隨年齡越長越耀眼的少年身邊，疑神疑鬼地擔心說自己的事姜炎溪容易煩，更不知道如何回應他口中的夢想與野心。

她覺得姜炎溪變得好遙遠。他們兩條鐵軌早已轉向不同未來，硬是湊在一起，誰也不願當先開口說要離開的人，只是讓彼此摩擦到火花四濺、互相牽扯，誰也到不了終點。

自從先前提起孫霏霏被說是膽小鬼後，孟冰雨已經好一段時間不曾與姜炎溪見面。當她收到姜炎溪發給她街演時間和地點時，忍不住開心地在房間裡叫出聲。

已經在房裡睡下的阿嬤立刻拔高音量嚷道：「小聲一點！死小孩，現在都幾點了！」

那時時間不過八點半，並不算很晚，但阿嬤十分早睡，總是嫌棄孟冰雨發出太大噪音，她只好輕手輕腳關上房門。

狹小的房間裡沒有窗戶，關上門後，不一會空氣就變得滯悶混濁。孟冰雨看向四周，為了省電，房裡只有一盞泛黃燈泡，黯淡地照在手邊堆積如山的考卷與參考書上，耳邊還縈繞著孫霏霏對她的肆意取笑。

生活沉重得像浸了水，在濕熱黏膩的觸感裡直直把人往下拖進深淵，孟冰雨珍惜地一次次看著訊息，那幾個字像最後一道繩索，拉住她的搖搖欲墜。

她至少還有姜炎溪，那是她唯一可以期待的事情。

街演時間是在大考結束、孟冰雨搬完家後。

毫不意外地，搬出阿嬤家後，孟冰雨徹底被斷絕經濟來源，只能早起貪黑打工謀生。

原本留給她的大學學費預備金被媽媽借走，剛出獄的爸爸又經濟狀況不穩，無法接她過去住。房租、大學學費、生活費像一個個吸錢的大窟窿接連而來，她咬著牙找了兩個兼職，每天睡不到四小時，還是只能勉強維持生計，存不到什麼錢，更沒有多餘花用的資本。

即使如此，面對即將到來的街演，她還是想好好打扮一下再去看。

孟冰雨忍痛買了對她來說並不便宜的化妝品，想讓姜炎溪看到不一樣的她，她不想永遠當在他的藝校同學面前只能低頭退縮的女孩。

小心翼翼戴上不熟悉的隱形眼鏡後，她生平第一次生澀地試著化妝，像畫畫一樣描出完整眉型，塗上合適色調的唇彩。

妝容完成後她對鏡一望，雖然離孫霏霏的美貌仍有段差距，至少也算更靠近大眾審美觀的樣貌了。

孟冰雨猶豫很久，挑了件幾乎從沒穿過的無袖上衣配牛仔短裙，清爽的藍白色系讓她向來安靜的眉眼多了絲生氣。如果處在漆黑的人群裡，這樣的打扮也相對容易被注意到。

她現在才深刻意識到，她有多希望姜炎溪能夠看見自己。

提早到街演現場時，孟冰雨的心重重一沉。雖然早有預料，可是當她遠遠看到孫霏霏一身公主袖白上衣和百褶裙裝，在人群裡清純甜美得惹人注目時，還是本能地攢緊衣襬，神經質地整理瀏海。

萬幸的是，孟冰雨隱身在人潮中，並沒有被孫霏霏和她那一群尖酸刻薄的朋友發現。

街演的宣傳在社群上做得很足，不少女孩子已經拿著應援手幅等候在側，孟冰雨仔細留意了一下，發現有不少都寫著姜炎溪的名字。

等到街演快要開始時，廂型車猛然破開人群闖了過來，車門拉開瞬間，路邊早已準備好的喇叭炸開節奏強勁的音樂，一群少年踩著鼓點衝下車，一鼓作氣奔到路上圍出的一大片空地中央，踏上舞台。

尖叫聲引來更多觀眾圍觀，少年們站定後，先是對周遭人群笑著打招呼，而後低著頭站成一直排。

音樂忽然停下，站在最前面的姜炎溪抬起頭，化了妝的臉五官更加深邃，凌厲得令人難以直視。

他在沒有任何伴奏的情況下啓唇，樂句從清澈的少年音開始，隨著尖叫聲逐漸拉長，最後轉成低沉粗啞的聲調，共鳴強烈的低音音色一舉將氣氛推上高峰。

隨後一群人散開，他從最中間的C位退到旁邊，然而孟冰雨的視線依然無法自制地跟隨著他。

那是她第一次深刻意識到，他屬於舞台。

姜炎溪跳舞的風格和他的人一樣乾淨俐落，充滿爆發力的動作加上手長腳長的視覺效果，在狹小的舞台上格外顯眼。

一首激烈的舞曲結束，緊接著的歌曲風格輕鬆歡快，少年們紛紛跳下舞台，繞場和粉絲們互動。

孟冰雨身邊有個女孩子十分激動地跳上跳下，手上高高舉著應援的手寫板子和一支玫瑰花。

姜炎溪被吸引目光，微笑著看過來，視線一晃，同時落到了孟冰雨身上。

孟冰雨開始有些後悔什麼應援的物品都沒有帶……還是她該乾脆一點，像旁邊的粉絲一樣直接伸長了手索求互動？

姜炎溪從另一端遠遠跑來，一路上一一和伸出手的粉絲們擊掌，最後跑到孟冰雨這一區。

在孟冰雨還在天人交戰時，他沒有給她太多糾結的時間，直接越過毫無動作僵立著的她，接過一旁少女手裡的玫瑰，叼在唇邊。

咬著玫瑰的姜炎溪對她拋了個飛吻，撩撥粉絲心臟的技能似乎無師自通。

孟冰雨失落地看他離開，回到舞台上與其他少年們會合，唱完歌曲的最後一段。

人潮一直往前擠，孟冰雨踉踉蹌蹌被推向人群後方，一直到街演結束，她已經退到了人群的外緣，看不太到姜炎溪了。

在震耳欲聾的尖叫聲和鼓掌中，孟冰雨肩膀被拍了一下。她回過頭，只見孫霏霏頸上亮晃晃的項墜用碎鑽排出名牌標誌，眩了孟冰雨的眼。對方鑲著精緻美甲的手指捏起她衣領，噗哧一笑，縮回時故意在衣上擦了擦指尖。

「這是路邊買的便宜貨吧，材質好差，還有妳的妝，晚上會嚇到人吧。」孟冰雨猛然拍開孫霏霏的手，她不以爲意，只是柔聲問：「妳怎麼會來呢？」

孟冰雨雖然不想直接回答，但不說的話孫霏霏肯定不會善罷甘休，「是姜炎溪邀請我的。」

「哦？妳以爲自己很特別呢。姜炎溪八成只是群發訊息而已，沒想到妳還眞的敢跑來。」孫霏霏嘴上嘻笑著，眼裡全是冰冷的鄙視，「我就是討厭妳這副又可憐又搞不清楚狀況的樣子。」

孟冰雨緊緊咬著唇，孫霏霏原本還要說些什麼，卻忽然住嘴，看向另一個方向，臉上的陰冷一掃而空，換成明亮的笑顏，「姜炎溪，你剛剛表演得超帥！」

她順著孫霏霏的視線望去，姜炎溪剛從舞台上跳下來，被一群孟冰雨十分眼熟的藝校同學包圍，緩緩走向他們。

其中一個常跟在孫霏霏身邊的男生一看到孟冰雨，馬上加快腳步過來。

「姜炎溪，這你朋友喔。」男生明明見過孟冰雨，卻還是故作初見般，開玩笑地撥了下她的髮，「不會打扮齁，怎麼髮型這麼醜啊。」

孟冰雨還沒有反應，姜炎溪忽然停下腳步，轉過臉一言不發盯住發話的男生。

那男生被看得發毛，臉上原本輕佻的笑意逐漸凍結。

光芒淌在姜炎溪側臉上，鼻尖輪廓鋒利得快要能劃破黑夜，「手跟嘴都給我小心點，再碰她一次，這學期的表演課你就自己想辦法設計演出，別想蹭我的小組。」

他的語氣完全沒有玩笑之意，氣氛一下凝滯起來，男生尷尬笑笑，眼神求救似的投向孫霏霏。

孫霏霏無視他的目光，笑著輕輕拉一下姜炎溪的手，嬌聲道：「又在說可怕的話了。好啦，我們去幫你慶祝第一次街演順利成功，我已經訂好你最愛的那間燒烤店喔。」

「謝謝妳來看我的表演，那我們就先走了。」姜炎溪望向孟冰雨淡淡道，頓了一秒，他又輕輕補上一句，「妳今天很好看。」

他注意到了，她今天截然不同的打扮。

這小小的發現就足以讓孟冰雨嘴角上揚，孫霏霏同時看向她，笑咪咪地問：「孟冰雨，妳要不要跟我們一起去吃飯？反正大家都見過，也算是慶祝姜炎溪成功拿到練習生的門票。」

聞言，孟冰雨下意識望向姜炎溪。

「不需要看我眼色，妳想來的話就來。」他皺著眉，凜冽的黑眼睛注視著她，不帶一點雜質。

孟冰雨在那樣的視線裡無從抵抗，無聲地點點頭。

當時的她從來沒有想過，在這一晚，她會墜進什麼樣的深深黑夜裡。

燒烤店氣氛十分熱絡，幾個男孩子都點了酒，不一會赤紅就逐漸攀上臉頰。孫霏霏坐在姜炎溪身邊，巧笑倩兮撒嬌要他幫忙夾肉串，兩人有說有笑。

姜炎溪臉上的笑平淡卻眞實，是孟冰雨很少見到的溫柔。她喝了幾口酒，胃裡炙熱的燙意漸漸攀升。

她坐在長桌的末尾，身邊沒有半個能說話的人，只能隱忍又心酸地遠遠觀察姜炎溪他們的互動。肉串雖香，她卻一點味道都嘗不出。

突然，其中一個男生大叫道：「孟冰雨，這桌衛生紙沒了，妳去找服務生拿一下。」

孟冰雨愣了下，正準備起身去拿，姜炎溪叫住她，轉向男生，「沒手沒腳？自己去拿。」

那男生以為他只是在開玩笑，聳一聳肩，自己去拿了。

姜炎溪長手一探，把孟冰雨面前的空盤拿走，開始把食物往上頭堆。國中幾乎一起吃了兩年午餐，他知道孟冰雨的飲食偏好，於是熟慣地挑出她愛吃的天婦羅、杏鮑菇、烤雞肉串，又裝了半碗飯推過去。

旁邊觀看全程的另一個藝校女同學不懷好意，打趣道：「姜炎溪，都已經有孫霏霏在旁邊了，還對國中同學這麼好？孫霏霏會吃醋喔。」

「我有什麼好吃醋的？」孫霏霏似笑非笑，「姜炎溪剛剛就已經先幫我夾了整盤，照顧一下老同學也是應該。」

孟冰雨看著她嘴角那幽微的弧度，心臟幾乎沉進深淵。她認得出這種表情，每次孫霏霏露出這種笑容，往往代表她心情特別不好。

她不開心，就會用各種不著痕跡、但又抹煞人尊嚴的方式，把煩燥加倍地發洩在她身上。

「妳吃飽太閒嗎？說這些廢話。」即使是對待女生，姜炎溪口氣也依然銳利，他推開椅子站起，「孟冰雨，我要去便利商店買個東西，妳陪我過去。」

孫霏霏的神情徹底僵硬，孟冰雨默默站起，和姜炎溪穿過整間店裡喧鬧到極點的聲浪，走到外面的街道。

天氣漸熱，即使是晚上也隱隱有熱度蒸騰，姜炎溪帶她走過一個轉角後，停下了腳步。

孟冰雨不明就裡，「你不是要去買東西？」

「那只是我隨便說的藉口，想單獨跟妳說話而已。」姜炎溪站定在街角，背靠著電線杆。

孟冰雨終於有機會這麼近距離注視他，姜炎溪此刻臉上帶妝，望上去不復學生的生澀，已有了一絲偶像明星睥睨肆意的氣韻。

「既然都來看了，爲什麼都不跟我們互動也不享受表演？還有剛剛的燒烤，妳也吃得不開心吧，一直偷看我和孫霏霏，眼珠子都要掉出來了。」

尷尬的熱度瞬間竄上孟冰雨耳尖，她低頭盯著自己腳上的帆布鞋，嘴巴開闔幾次，吐不出隻字片語。

「所以我剛剛只會和妳身邊的女粉絲互動，而不會和妳。從國中到現在，妳想要的東西都不肯伸出手去爭取，有想要表達的事情也不願意說出來。比如對剛剛那幾個人、對妳阿嬤，甚至是對我，妳總是選擇隱忍。」

姜炎溪的手指滾燙，扶著孟冰雨頰側施力，抬起她的臉。

「妳要知道，想要的東西永遠不會白白掉到手上。」

望進那雙深眸時，孟冰雨心底積攢一晚的酸澀驟然爆發，她甩開姜炎溪的手，「都是我的錯，我知道。」

「我沒說是妳的錯！」姜炎溪一把攔住想要調頭就走的孟冰雨，「我在好好和妳說話，妳不要又開始跟我鬧脾氣，妳知道妳很幼稚嗎！」

孟冰雨一時情緒上頭，氣話脫口而出，「你既然這麼覺得，以後就不要跟我說話了。我想要怎麼過我的生活，都跟你沒關係。」

「我只是希望妳改掉逃避的壞毛病！」

「那你呢？你就沒有逃避的壞毛病嗎？」孟冰雨拔高嗓音，「你爸爸打你這麼多年，你也從來沒有舉報過他。」

姜炎溪臉上神情一凝。

從國中被孟冰雨發現傷痕後，這個話題在他們之間再也不曾被提起。孟冰雨暗中關注過，他裸露在外面的肌膚確實沒什麼異狀，然而拳頭上偶爾還是有新傷痕，代表那些發生在家裡的紛擾仍未停止。

孟冰雨一出口就後悔了，她明明知道隱瞞家裡的暴力事件不是姜炎溪的錯，更不該拿這件事作爲反駁他的武器，「對不起，我不應該這樣說。」

他們的生命軌跡步步艱難，她成長於不健全的家庭，更該明白家庭裡的權力關係和血脈糾葛遠遠比這一兩句氣話複雜。

他們深陷其中，卻比其他許多孩子幸運，好歹跌跌撞撞長大了。但不幸的家庭依然爲兩人的生命覆上陰影，所以姜炎溪總有難以壓抑的暴戾和冷漠，而孟冰雨也總有想要逃避、想要討好所有人的自卑。

逃不掉，也擺脫不了。

兩人相對無言，好幾秒後，還是姜炎溪先開口：「我要離開台灣了，還不知道什麼時候會回來，這一去，可能就是好幾年。」

孟冰雨早已知曉，然而聽姜炎溪親口說出來，胸口還是牽起一陣灼燒般的隱痛，酸苦難當。

她已經太習慣姜炎溪的存在，哪怕聯絡斷斷續續，她也知道自己不是完全孤單的，總有一個人在那裡，會為了夜裡的一通電話趕來助她逃離阿嬤的精神虐待。

可是，從今以後姜炎溪遠在他方，有一個更花團錦簇的人生。

「從國中到現在，我一直在這裡，妳需要什麼我都能幫忙。以後如果妳遇到什麼事情，比如妳阿嬤又去找妳，或是又有人像剛剛那群白癡男生一樣欺負妳，妳都只能自己面對、自己處理。」他一字一字說得分明，專注的目光像是要把孟冰雨整個人包裹進去，「我只是希望我不在的時候，妳能夠好好為自己做決定，不要猶豫也不要妥協，妳想要什麼就努力去拿過來，想要說的話就勇敢說，想要大吵大鬧為自己爭取權益就用力哭、用力鬧也沒關係。妳不能再是遇到任何事都只想逃避的膽小鬼了。」

孟冰雨眨著眼，胸口激盪的情緒慢慢靜了下來，轉而凝成沉重的不捨。

姜炎溪注視她眉間難掩的失落，輕嘆道：「妳這個樣子，我要怎麼放心離開？」

孟冰雨說不出任何請他不要走的話。

小學時欣賞轟動一時的國片《海角七號》，她愛慘了男主角的那句經典台詞——留下來，或者我跟妳走。然而，現實世界中她和姜炎溪這種半吊子的感情根本無法做到這種程度。

她不是他的女朋友，「愛情」對他們都是太遙遠與奢侈的詞，她沒有資本要他留下來，自然也沒有不顧一切跟去的理由。

所以孟冰雨只能生硬地回應：「你不必放心不下，我的事我自己會處理好。」

姜炎溪手指輕輕撫過她鬢邊，有那麼短短一瞬，他眼底深邃的柔軟與對夢想的渴望兩相糾纏，看不出決斷。

不過孟冰雨知道，這種飄渺的感情絕對不可能、也不應該攔住姜炎溪的腳步。

果然，那抹軟弱一閃即逝，姜炎溪閉了閉眼，再次睜開時，便重新回到鋒利自信的模樣，「我有絕對不能退讓的夢想，希望妳也能找到妳的。好好保重自己，孟冰雨。」

言盡於此，他們再也沒有什麼好說的了。

姜炎溪把孟冰雨送回燒烤店，沉默瀰漫一整路。

接下來是怎麼吃完那一餐的孟冰雨都沒有印象，酒倒是喝了不少，渾渾噩噩跟著眾人走出燒烤店。幾個人嚷著要去喝酒續攤，她只想要回家，腳下的路有些虛浮，眼前的景物被醉意渲染得飄渺不定。

似乎是姜炎溪的聲音遙遙響起，「來個女孩子送她回去吧。」

另一個甜美的女聲很快應道：「我來吧。」

一雙溫軟的手扶住她，拉著她走了好一會。她不辨方向，被帶進昏暗的角落，迷迷糊糊靠著牆滑坐在地。

腦中已醉成一團漿糊，直到一記重重的耳光甩在臉上，震盪的劇痛才讓孟冰雨猛然回過神。

她四處張望，發現自己身處一棟廢棄大樓的樓頂，眾人都已經散去，只有孫霏霏那雙漆黑到令她聯想到爬蟲類眼珠的雙眸，在極近處凝視她。

孫霏霏的手伸進孟冰雨的包包裡摸索著，拿走了手機，「醒了？」

「妳把我帶來這裡做什麼？」

「孟冰雨，我有時不知道妳到底是眞的笨，還是愛裝傻。」孫霏霏站起身，而後露出嘲弄的笑容，「我們這樣來往也有好一段時間了，妳看到我居然一樣是這種反應。但妳知道嗎？最有趣的是，不管我們再怎麼對妳，因爲我們不會傷到妳身體的任何地方，妳完全沒有任何證據。這一切就像從來沒有發生過，我和妳就像三年前第一次見到面那樣。」

孟冰雨撐著手臂坐起，這裡太過陰暗，即使是孫霏霏這麼漂亮的臉蛋，沉在徹底的暗影時看上去仍十分詭譎。

她說得沒錯，這三年他們對她的所有欺凌都維持在微妙的分寸上，不會傷到她身體，也沒有嚴重到可以報警，硬要說的話，尺度都還可以包裝成朋友間的玩鬧。

哪怕孫霏霏的存在毀了她整個高中生活，依然不必爲此付出任何代價。

孟冰雨鼓起勇氣，問出一直想問的問題：「妳爲什麼要這樣對我？是因爲……妳覺得我們走得太近？妳是姜炎溪的女朋友嗎？」

孫霏霏倏然冷下臉，「別自以爲很懂我們，我跟姜炎溪從小就認識了，我們之間的關係遠比妳想的還要深。妳這種半路才出現的，對姜炎溪來說根本不算什麼東西。」

儘管對方話說得難聽，但這是孫霏霏向來從容調笑的語氣第一次出現波動。

孟冰雨捕捉到這一絲變化，縱使害怕得牙齒直打顫，還是努力擠出字句，「如果妳眞的覺得我不算什麼東西，妳就不應該常常找我麻煩。妳之所以這麼做，正好就是因爲妳太在意。」

這句話燃斷了孫霏霏最後一絲理智，她突然狠狠將孟冰雨拖起來，一直將她拽到大樓邊緣。破敗的樓頂圍牆十分低矮，高度只在腰部以下，如果重心不穩，她人會直接跌下十層樓的高度。

孫霏霏不顧孟冰雨的掙動，扯著她的髮來到牆邊，語聲淒厲陰森，「孟冰雨，這邊沒有監視器，就算妳今天摔下去，我都能包裝成喝醉酒的意外。」

也許是酒精鈍化了恐懼，這一次孟冰雨不再逆來順受，她反手抓住孫霏霏，第一次在她面前笑出來，「好啊，我本來就不想活了，如果要死，一定會帶妳一起！」

孫霏霏重心不穩被拉倒在地，然而孟冰雨醉意深濃，手上的那點力氣很快耗盡。她試圖避開孫霏霏冰涼的手，最後仍被一把掐住喉嚨。

孟冰雨感受到肺裡的空氣一點一點耗盡，孫霏霏的聲音忽遠忽近，「孟冰雨，我都已經想盡各種辦法警告了妳三年，妳竟然完全嚇不怕。妳沒有自尊心嗎？還死皮賴臉扒著姜炎溪，我眞想就這樣直接把妳的喉嚨掐斷！」

孟冰雨在窒息間手指無力地劃動，摸到地上堅硬的一小塊物體，掌心一疼，意識到握住的是一塊碎玻璃。

她用盡全力揮向孫霏霏掐住她的手，孫霏霏即時鬆開手後退。

空氣爭先恐後湧入孟冰雨的鼻腔裡，她蜷縮著重重咳起來。

孫霏霏跌坐在地，突兀地冷靜下來，歪著頭，天使一樣的嗓音輕輕哼道：「妳不想活就該自己從這裡跳下去，一了百了。」

孟冰雨抿去眼角生理性的淚水，疲憊地扯開嘴角，「我也說過，是妳讓我不想活的，我要死，妳也別想全身而退。」

孫霏霏起身繞著她踱步，眼神陰狠，好幾秒後，忽然笑出聲，「妳的不幸不是因為我，或者該說，不只是因為我。我查過妳的背景，拋下妳離開的父母才是妳真正不幸的原因。我知道妳缺錢，不如這樣，當作幫妳一次，我給妳錢，妳離開姜炎溪。」

孟冰雨渾身一抖，巨大的誘惑懸在眼前，她不得不用盡全力才能搖頭。

「真的不要嗎？我知道妳這種人賺錢很辛苦，光是要活下去，都要拚盡全力呢。」

孫霏霏停住打轉的腳步，俯下身，「妳根本不是姜炎溪的誰，我願意付錢已經是很看得起妳了。一百萬，條件是不准再找他、不准和他見面、不准回他訊息，這對妳來說已經足夠划算，而且妳知道我的家境，我說到做到。」

魔鬼向她伸出充滿誘惑的爪子，孟冰雨看得雙眼發直。有一百萬的話，她就不需要再這麼艱辛地省吃儉用、咬著牙度日，大學的學費也有著落了。

用與姜炎溪的情誼作爲交換，這樣的想法自私又貪婪，光是想到，就讓她感到毛骨悚然。然而最可怕的是，她無法在一開始聽到條件時就斷然拒絕。

冷汗涔涔濡濕額際，孟冰雨遏止不住算計的腦袋，姜炎溪本來就要遠走，如果她本來就會失去他，她爲自己的未來考慮，或許……或許也不算太自私的決定？

「錯過這次，我可就得想別的方法解決了。」孫霏霏好整以暇觀察她掙扎的表情，「計算好了嗎？你們的感情有沒有勝過一百萬的價值？」

孟冰雨渾身顫慄，「妳不擔心我跟姜炎溪說？」

「妳不會。因爲妳捨不得他知道我的眞面目後失望難過。」孫霏霏一把掐住她的臉，指甲在頰邊重重下壓，刮疼了她，「最重要的是，妳根本不敢讓他知道妳爲了區區一百萬就放棄跟他的感情。什麼好同學、好朋友，在夠多錢的面前不值得一提。」

依姜炎溪的個性，一旦他知道她爲了錢背叛他，確實不會再想對她付出一絲一毫的感情了。

孫霏霏太懂姜炎溪，一如姜炎溪很了解孟冰雨。

這些兵荒馬亂的動搖沒能逃過孫霏霏的眼，「我給妳十天時間，妳明明白白去告訴姜炎溪妳一直都看不起他，然後從此再也不見，一百萬就是妳的了。」

只要忽略深深的罪惡感，她就能脫離現在的苦日子。

孟冰雨抬眼看向孫霏霏，黑暗裡看不見的淚水比答應的話音更快落下。

她對不起姜炎溪。她終究當不了偶像劇裡那些認爲收錢是侮辱自己和這段感情的女主角，她的貪心卑劣，全都是因爲自己不願意吃苦，沒有一點冠冕堂皇的理由。

感情與利益之間，她選擇了後者——這就是她不敢再主動回應姜炎溪，逃跑了這麼多年的原因。

第七章　我們不要漸行漸遠

時間飛速流淌，昔年三人再次聚首，容顏依舊，沒有解決的問題也依然橫亙其中。

面對可能傷害自己的敵人，逃跑或戰鬥是動物的本能。

高中時的孟冰雨只想要離孫霏霏越遠越好。多年過去，已經長大成人的她依然必須拚盡全力，才不至於在目光相觸的那一瞬間因爲恐懼而逃跑。

茉莉說過，人要爲自己勇敢一次，而她逃了好多次，這一回，她選擇戰鬥。

孟冰雨知道孫霏霏最重視在姜炎溪面前的形象，所以至少在此時此地，她不會冒著被揭穿的風險，拿那一百萬的約定來威脅自己。

果然，在姜炎溪無聲的凝視裡，孫霏霏輕輕吐出她的名字，當作打招呼。

孟冰雨沒有開口，只是輕輕頷首回應，轉向姜炎溪，說話的聲音有些顫抖，「我有話想單獨跟你說，如果你時間可以，我們找個安全的地方說說話，好嗎？」

驚訝的神色閃過姜炎溪臉上，他毫不猶豫點頭，轉向面無表情的孫霏霏，「妳可以自己回家吧？」

孫霏霏緊抿唇角，嬌嗔的語氣僵硬得不自然，「你媽媽剛走，我們都這麼難過，我想要多和你待在一起。」

「回來這幾天我都陪著妳，我也需要有自己的時間處理我的情緒。」

「你陪我的同時我也陪著你，你不喜歡我陪嗎？」孫霏霏一把拉住姜炎溪的手，水汪汪的眼睛閃爍著淚花，話音一頓，下一句話已帶上陰毒的挑撥，「孟冰雨才是不需要你陪的人，她忙著相親，相親對象裡還有柯慕謙喔。」

孟冰雨呼吸一滯，孫霏霏怎麼會知道？旋即想起柯慕謙，必定是他告訴孫霏霏的吧……

她深呼吸一口氣，「我不是需要姜炎溪陪，我是有話想找他說，和妳單方面把重量都壓在姜炎溪身上不一樣。」

姜炎溪眼底有光芒一閃，堅定地扳開孫霏霏的手，「我們兩個的事情不必扯上孟冰雨。現在很晚了，我明天還得趕飛機，孟冰雨也還要上班，今天到此爲止。」

他無視孫霏霏的表情，戴好口罩後走到路邊抬手叫了計程車，探頭告知司機地址後，打開後座車門示意孫霏霏上車，「回家小心。」

兩人僵持了好幾秒，孫霏霏回過頭盯著孟冰雨，鮮明的恨意化作歹毒眼神，讓孟冰雨看了直發毛，卻不肯先移開視線。

半晌，孫霏霏終於冷冷一笑，沒有和姜炎溪道別，逕自坐進車內揚長而去。

姜炎溪揉一揉眉間，神情疲憊，「一起在外頭走太危險，我開車送妳回去，我們在路上聊？放心，這輛車是租來的，媒體不會聯想到我。」

孟冰雨點點頭，又有些遲疑，「孫霏霏怎麼辦？」

「她是大人了，自己會看著辦，總不能永遠依賴我。」姜炎溪壓低帽沿，「跟我一起去地下停車場吧，在那裡上車比較隱密。」

藝人的感情生活永遠是狗仔最好的素材，所以就連普通的朋友見面，也需要偷偷摸摸，納入各種考量與防範。她走在姜炎溪身邊時，那種緊繃、時刻留意外界動態的感覺更明顯了。

孟冰雨知道姜炎溪身爲藝人，只要在外頭走動，都得注意自己的所有舉止是否得體，會不會有一絲一毫引起誤會或惡評的可能。

這些警覺早已刻進姜炎溪骨裡，他一邊走一邊環視四周，聳起的肩膀永遠繃緊成直線。一直到坐進車裡，在全黑防窺車窗的掩蔽下，他才摘掉帽子，長長吐出一口氣。

孟冰雨偏頭看他，姜炎溪的側臉線條十分流暢，粉絲總戲稱是「要上保險的程度」，但那好看的代價是臉上幾乎沒有多餘的肉，皮繃著骨骼，盡顯優越骨相的同時，也透露出不健康的瘦削。

她有些說不出口的心疼，這些年剪了許多影片，她很清楚他的這些變化是大量節食和鍛鍊促成的結果。

「你和孫霏霏……」

「相親是怎麼回事？」

車子啓動時，兩人同時開口。

姜炎溪看她一眼，單手轉動方向盤，先行回答：「過世的那位並不是我親生母親，她是安置機構裡照顧我的工作人員之一。孫霏霏和我都來自同一個地方。」

孟冰雨驚得忍不住側身，因爲動作過急被安全帶扯住，「你們在安置機構長大？」

姜炎溪開好導航，語氣難得徐緩悠遠，「孫霏霏會這麼依賴我，就是因爲我們在國小以前都是一起長大的。我幾乎把她當作妹妹在寵，後來她被好人家領養，我則是因爲我爸申請帶我回去扶養、也通過法院評估，就回到家裡了。誰知道那傢伙後來又染上酒癮，我從小五小六開始就常被他打。那時妳看到我手上有傷口，除了我會反抗他以外，也是因爲我生氣時會用拳頭砸牆壁，好讓自己冷靜下來。」

孟冰雨眼神逐漸軟下去，那些往事說起來雲淡風輕，但當下經歷時是怎樣的深淵，沒有人能眞正感同身受。

她的手越過車輛中線，猶豫半晌，輕輕拍了拍姜炎溪肩膀，緩慢輕柔的手勢耐心平穩，想要把自己那點微不足道的溫度，全部傳遞給當年脆弱無依的少年。

在她手掌下，姜炎溪僵硬的肩慢慢放鬆下來。

「孫霏霏和我離開機構後依然維持聯繫。她和我相反，那戶人家對她寵愛到了極致，不過也許是因爲如此，她的個性驕縱又好強，希望我可以跟小時候一樣，只以她爲中心。國中時妳的出現讓她很不安，那時她遠在台北，不可能過來找我。高中我和她同校後，這種情況變本加厲，如今她的占有欲越來越強了。」

恰逢紅燈，姜炎溪踩下剎車，轉頭對上她的目光。

「我知道妳提起她是想問什麼。」孟冰雨吞著口水，看姜炎溪挑起唇角，「我對孫霏霏沒有任何愛情的感覺，她僅僅是我需要愛護、又希望她成長的家人，她永遠不可能會是我的女朋友。」

這一刻，孟冰雨想起被孫霏霏打斷對話前，姜炎溪最後那句話。

「或者是，妳根本還不敢承認，妳喜歡我。」

明明車內有冷氣，熱意仍不動聲色攀上孟冰雨的臉頰，在兩人相觸的視線裡，夏天的氣息滋長蔓延，慢慢洶湧成末夏不顧一切的熱度。

燈號轉變打斷膠著的目光，姜炎溪轉回頭，重新踩下油門，同時轉開音響，流瀉出的樂音不是奇蹟的，而是同世代另一組男團歌曲的純配樂版本。去掉人聲後，襯底的旋律優美裡透著悠遠的悲傷，彷彿沒有明日的悲涼感在漆黑的車內繚繞不散。

姜炎溪沒再追問相親的事情，聲音淡淡的，幾乎要隱入樂曲中，「我明天就要回韓國了，如果有什麼話想當面說，現在就讓我知道。」

畢竟過了這晚，誰也說不準下一次見面是什麼時候，他們只有這麼少的時間，少到用來吵架都是奢侈，每一分每一秒都得捧在手心珍惜。

孟冰雨看著膝上緊握的雙手，指尖微微顫抖，「我不是自願去相親的。」

她把和媽媽重新連絡上後，從期待到失望的過程一一說出，連帶解釋爲什麼她上一週開始如此頹唐，把自己封閉進無人能進的深淵，獨自舔舐傷口。

從頭到尾姜炎溪神情都沒有什麼變化，只有在聽到柯慕謙的名字時，眼角微微一跳。

「我不想把這些負面想法倒給你，你很忙碌，沒有義務承接這些情緒。」孟冰雨在心裡演練幾次後，鼓足勇氣道歉，「對不起，我不知道我的消失會對你造成影響。」

姜炎溪沒有回答這句話，忽然側頭看一眼窗外，「妳看，妳最愛的摩天輪。」

孟冰雨跟著轉頭，漆黑夜色裡，五彩的燈泡鑲在摩天輪的每一節支架上，在一片黑暗裡孤零零發著光。

她想起來了，很久以前他們一起通勤時，她和姜炎溪提過……沒想到他還記得。

姜炎溪指尖輕敲方向盤，「就和妳想跟我分享一樣，我也會有想與妳分享的事情，我不介意當垃圾筒，人與人之間本來就是互相抱怨、互相支撐著走過來的。我寧可妳現在跟我抱怨，也不要等妳受不了做出什麼無可挽回的事情時才聽到消息。」

樂曲悽愴的旋律像在訴說生離死別的故事，孟冰雨低垂著眼，屈指敲一敲車內置物架上懸掛的木製吊飾。

「這是什麼意思？」

「讓你別烏鴉嘴的意思。以前我們高中很流行，聽到不吉利的事情要敲三下木頭。」

「哪來的迷信。」他輕哂，復又正色，「所以，妳不要再擅自把我推走了。」

孟冰雨本來要答應的話在唇間轉了一轉，終究還是沒有說出口。

這些日子她拚命努力賺錢存錢，就是爲了早日集齊一百萬還給孫霏霏，只要錢還清，至少她面對姜炎溪時的罪惡感也就不會這麼重了。

不過她對姜炎溪會不會原諒她一點把握都沒有，即使她還清了，也無法抹滅曾經因爲一百萬元捨棄他的事。

見她又不說話，姜炎溪睨她一眼，「現在可以告訴我了吧，當時跑走的理由，被我說中了嗎？」

孟冰雨知道姜炎溪指的是「她喜歡他」這件事。

她喜歡姜炎溪嗎？她不知道。

壓抑慣了的人，即使面對感情的習題也是百般衡量利弊，何況她從未有任何近似的情感經驗可以套入。

活了二十多年，孟冰雨曾經體會過的、最溫柔繾綣的情感，都只來自於姜炎溪。

兩人齊齊陷入沉默，車內安靜得只剩音樂聲。直到車子開到靠近孟冰雨租屋處的巷口，姜炎溪才關掉音響，沉重的呼吸聲在寂靜裡格外分明。

過了很久，孟冰雨的聲音終於輕輕響起，一點一點把心底糾纏逃避的心思鋪開，「我確實是膽小鬼。姜炎溪，從你去韓國……不，從你去藝校開始，我就覺得我們是不同世界的人。我沒辦法跨過那道牆，就連現在和你坐在同一輛車裡，我都會忍不住想，假如你的粉絲知道了會怎麼想，而我又憑什麼可以和你這麼靠近。」

漸漸長大成人後，孟冰雨已經很少有這種契機說出心底這些一點也不酷、一點也不成熟的話，很丟臉，也很赤裸。如果不是正好處在黑暗的空間裡，她看不太清姜炎溪的表情，她一定不敢說出來。

姜炎溪轉過頭，在逼仄的空間中香水的味道加倍濃厚，他的眼睛似暗夜裡的熠熠星光，「我也一樣。」

聞言，孟冰雨一愣。

「今天這樣偷偷摸摸見面會讓妳覺得緊張嗎？這是我每天的日常，隨時隨地都要思考，現在的我被看到的話，會不會有不好的新聞出來。我也覺得我們不在同個世界，我無法跟妳聊上班族的話題，也永遠沒辦法跟妳光明正大在外面說話。除非我引退，不然這道牆我也一樣跨不過去。」姜炎溪一頓，慢慢說完最後一句話，「但我還是想要理解妳的世界是什麼樣子。」

孟冰雨眼眶驀然一熱。

「即使不跨過去也無妨，如果知道從妳的世界看出去是什麼樣貌，至少我們就不會漸行漸遠。我不會逼妳變成不是妳的樣子，如果妳覺得這樣的互動步調更舒適，那我們就用這種方式相處下去。」

孟冰雨再次慶幸現在太暗，姜炎溪看不清她眼裡的水光，她喃喃覆誦，心底的暖意逐漸擴散，「我們不要漸行漸遠。」

聽她一字一字認眞說出這句有些孩子氣的話，姜炎溪忍不住低低笑出來，眼底盛滿柔和。

孟冰雨被那樣的笑聲感染，嘴角終於微微挑起，像國中時那樣，狠狠敲他肩膀一下，「笑什麼笑！」

姜炎溪看一眼手機時間，已經接近凌晨。

「好了，妳得回去休息了。」縱然還有許多話想說，他還是狠下心，又忽然想到什麼，叫住準備開車門的孟冰雨，「對了，要送給茉莉的畫呢？好像沒看到妳放到網路上？」

她低頭，細聲道：「我後來看一看又覺得很沒自信，想要把它先收起來。」

「我以我和我那些偶像朋友的經驗告訴妳，若我的粉絲用心畫了我，我會很希望對方給我看，而且我會非常、非常開心有一個不曾見過面的人，在這麼遠的距離外爲我加油。」

姜炎溪壓低的嗓子簡直像蠱毒竄過四肢百骸，孟冰雨有些暈暈乎乎，想到樓上另一幅快要完成的畫作，輕輕點頭。

她開門下車，望著車裡的姜炎溪，又覺得邁不開腳步。

人們常說離別後才知想念，然而她光是現在看著姜炎溪，就覺得心臟一點點被掐緊，不願承認的痛意在血管裡奔騰——還沒分別，她就已經開始想念。

孟冰雨把不捨藏進心底，猶豫了下，彎下腰對車裡的姜炎溪說：「你媽媽一定很爲你驕傲。」

姜炎溪眼神微微一亮，其中除了沉重的傷感外，隱隱多了一絲思念的暖意。

「你難過的話，哭也沒有關係，不過別忘了要好好吃東西、好好休息。」

她難得嘴碎，姜炎溪臉上終於有稀薄的笑意一閃而過，「我知道。」

「那我就先上樓了。」

「嗯，好好保重自己。」姜炎溪說出和之前演唱會後到她家時一模一樣的道別，隔了幾秒，才輕聲補上，「還有，今天很謝謝妳來。」

說完再見後兩人誰都沒有動，還是姜炎溪先開口催促：「太晚了，我看妳上去，確定妳安全我再走。」

孟冰雨搭電梯上樓，心裡沉甸甸地掙扎著，回到家往樓下一看，姜炎溪的車還停在原地。

再不給就沒機會了……她一咬牙，一時心急甚至沒想到可以先發訊息給姜炎溪，匆匆忙忙抓了畫紙往下跑。電梯慢騰騰的速度讓孟冰雨急得直咬牙，一到一樓，馬上衝到剛剛姜炎溪停車的地方，正好趕上正在倒車準備迴轉的他。

姜炎溪從後照鏡看到她，訝然按下車窗探頭，「妳有什麼東西忘記拿了嗎？」

孟冰雨把圖紙一把塞給他。

姜炎溪垂眸接過，「這是什麼？」

她上氣不接下氣，「抱歉，我來不及畫完，這給你，提前說聲生日快樂。」

這幾天雖然沒有力氣更新頻道，她還是想要像幫茉莉的生日作畫那樣，給姜炎溪的生日留下一點紀念，畫的時候也完全沒有預期會有機會親自拿給姜炎溪。

因爲時間極其有限，她畫的時候幾度想要放棄，但姜炎溪剛剛的話補上她心底自我懷疑的空洞，這份想給予姜炎溪的心意，她還是想要好好傳達，沒有其他特殊的目的，只是想要重要的人可以開心。

姜炎溪心裡像被重重擊了一下，暖泉般的溫情湧進心底，一點一點驅散母親過世後一直浸在骨裡的寒意。

他抬眼看向孟冰雨，只見她飛也似的又轉身跑回樓上。

姜炎溪目送她離去，緩緩將圖紙攤開，一眼就看到畫裡柔和的白光。

昔年他畫給她一幅夕陽，現在她回以一幅黎明破曉，大片的粉和白暈染在都市天際邊，高聳的兩棟大樓之間，旭日初昇。

看得出來孟冰雨畫得很趕，筆觸有些潦草，圖紙下方站在陽台上望著太陽的人尚未完成。她只來得及畫了輪廓，黑衣裹著修長身型，雖然來不及完稿，卻很明確就是在畫他，而畫的背面只有簡單幾個字——生日快樂，黎明已到。

姜炎溪看著畫，把顫抖的唇角藏進陰影……原來她還記得他的生日在這週。

他深感人失望了期待值也隨之降低，變得很好被滿足。她已讀不回這麼久，現在他僅僅因爲她記得自己的生日就如此感動，那句「黎明已到」更是觸動他心扉。

奇蹟行過低潮後發行的第一張專輯就是這個名字，意味著他們團體歷經漫長的潛伏與沒有人氣的酸苦後，終於一嘗走紅滋味。

孟冰雨或許只是為了畫這張圖才找來他們的資訊，但無論如何，光是她鄭重以黎明為主題畫了整幅賀圖，就已經夠不可思議了。

姜炎溪看了一遍又一遍，小心翼翼把它收進隨身的包包，才開車離開。

隔天回韓的班機是不公開行程，不過機場中照例已有不知如何得知消息的粉絲守候。姜炎溪慶幸自己雖然身在悲傷中，不過衣著外貌都還算收拾得整齊，否則又要被公司念了。

粉絲們人手一支手機，一瞥見他的身影就尖叫著蜂擁而上，姜炎溪走在魁梧的經紀人身旁，儘管耳膜陣陣刺痛，還是抬起手對著那些閃光燈揮了揮。

他想起國中畢業時孟冰雨問他為什麼想要當藝人，他回答因為想要名利，更想要所有人都愛他。

那現在，他的夢想算是實現了嗎？

不少粉絲們手上都拿著禮物，極力想要送到他手中。他停下腳步想拿，經紀人一把推著他往前走，「我來拿就好，你小心別靠太近。」

說時遲那時快，一個情緒激動的粉絲伸長了手，越過經紀人攔阻，一把摸上他的胸口，狠狠上下摩擦了一下。

姜炎溪本能地想後退，然而那位粉絲的手勾到他的項鍊，拉扯間，他踉蹌跌落在地，幸好撐地的手腕沒有受傷，很快又重新爬起。

「炎！你沒事嗎？」

粉絲驚恐的尖叫此起彼落，姜炎溪低著頭，直到臉上無奈又憤怒的表情收斂成空白的溫和，才再度起身，對焦急的粉絲們揮手。

經紀人確認他沒事後，再也不讓他靠近粉絲，護著他匆匆走進通道。

順利走到候機室後，經紀人才鬆一口氣，「下次來台灣要多帶點人手，有些粉絲真的很不禮貌，剛剛的事你別放心上，沒有受傷就好。」

姜炎溪無奈挑唇，「反正我也不能告她性騷擾。」

經紀人拍拍他肩膀，「成名的代價就是這樣，想明白了就不怕了。」

姜炎溪沒再回答。他想要所有人愛他，可是那些侵入私人領域的表現，眞的是愛嗎？

離登機時間還有半小時，他趁等待的時刻滑起手機。孟冰雨沒有傳來訊息，倒是孫霏霏打來一大串指責他的文字，被他果斷靜音。

孫霏霏該長大了，他一味的忍讓，只會讓她更以爲這種鬧脾氣的方式行得通。

他轉而點開YouTube，用小帳瀏覽粉絲們的頻道，尤其是給了他們團體翻紅契機的月近，他幾乎每週都會稍微翻看一下。

然而這次他只看見頻道上的暫停更新公告，時間大概是一週前發出的。姜炎溪有些擔心地讀了下留言，似乎沒有人知道頻道管理員發生什麼事、會暫停多久。

神祕的月近的管理者到底是誰呢？他忍不住想。

一般粉絲如果有機會見到偶像，肯定會興高采烈地把握住，若是不想對外公開身分，只要見過奇蹟之後再請公司保密就好。可是月近管理者卻從來沒有回應公司送去的任何訊息。

「剛剛粉絲的禮物，哥都收了嗎？」

「在你跌倒前能拿的都拿了，在大袋子裡。怎麼，想看？」

經紀人將大袋子遞過去，姜炎溪順著信件疊放的順序，一封封拿起來細看。

有時他也會想，他何德何能可以獲得這麼多喜歡與支持，明明做的不是什麼了不起的事情，但粉絲給予他的愛總是奔騰熱烈。

月近和眾多粉絲組織的管理員也是，明明勞心勞力也不一定能見到偶像，他們仍然義無反顧。

姜炎溪很想要成為配得起這些愛的人，可是也深深害怕在不可知的未來裡，這些粉絲會因各種理由離他而去。

孫霏霏的文字訊息遲遲無法獲得他的回應，忽然轉而傳來一支影片的連結。他困惑地點開，久遠又熟悉的畫面晃動著，爆出的聲響從耳機裡傳入，竟是他的聲音。

看清畫面是什麼時，姜炎溪遽然睜大眼睛。

第八章　和月光最近的距離

孟冰雨醒來時，滿腦子都還是昨天戲劇化的場景和對話，她從來沒有想過孫霏霏與姜炎溪的關係會是如此。

她可以理解沉浸在龐大的孤獨裡時，人會本能地想要抓住身邊的浮木，就像國中她必須緊緊跟著姜炎溪才不至於滅頂。不過現在他們即使生活仍有艱難的時刻，也應該已經脫離最搖搖欲墜、最無法獨立處理狀況的年少時期了。

從昨天孫霏霏看她的那一眼，讓孟冰雨有種強烈的直覺，孫霏霏並沒有走出過度依賴的危險迴圈。那種強到詭異的占有欲、以妹妹身分要求姜炎溪只看著自己的行爲，顯然並不是把姜炎溪當成一般哥哥看待。

手機震動打斷她的思緒，孟冰雨一愣，發現來電是陌生的號碼。

她默默滑掉，幾秒後，陌生號碼傳來訊息，「早安，我來接妳上班，也幫妳買了早餐，準備好就下來吧。」

孟冰雨反覆讀了幾遍確認沒有誤會意思後，拖著有些發軟的腳走到窗台邊，而後朝下望去。

在昨天還停著姜炎溪車輛的同個位置，一台華麗漆黑的轎車安靜停駐，閃閃發亮的標誌無聲宣揚它昂貴的價值。車旁邊站了一個熟悉身影，西裝筆挺，衣冠楚楚，卻讓孟冰雨打從心裡泛起一股反胃感。

搬出去後，爲了和家人劃出界線，她只有和爸爸說過她家的地址，以防有緊急需求。然而柯慕謙的出現，顯然代表夏日雪從她爸爸那邊知道的不只她的手機號碼。

孟冰雨飛快離開窗前，打字回覆，「不用，我自己去就好。」

「我知道妳覺得我們還不熟，我只是順路載妳去上班而已，不用覺得有負擔。」

有些人爲什麼就是不懂，光是這句話打出來，對別人就是一種負擔了呢？孟冰雨快要哭了，「眞的不用了，謝謝。」

下一段訊息卻狠狠咬住她的軟肋，「我昨天收到姜炎溪的訊息，他要我離妳遠點，你們兩個的感情還是這麼好呢。是因爲他，妳才會抗拒相親嗎？」

孟冰雨不可置信地看著螢幕，指尖微微顫動著。

他說的是眞話嗎？不，姜炎溪的脾氣是壞不是魯莽，不可能這麼莽撞。他比任何人都珍惜偶像的夢想，絕對不會輕易跟一個明知不是密友的人，輕易暴露對她的在意。

更何況，雖然她心底也有一絲不可告人的盼望，盼望她對於姜炎溪有那麼特別，但理智的一面告訴她，這樣的可能性微乎其微。

姜炎溪自始至終都緊踩著界線，會爲她不回訊息生氣，會挑釁她是不是喜歡他，可是他從不曾談及感情，更不會放任他們之間的關係加溫到變質成愛意。

他不能夠在團隊名氣上升的時期冒任何沾上緋聞的風險，孟冰雨也明白。

然而這一瞬的猶豫已足夠柯慕謙趁隙而入，「姜炎溪和孫霏霏的關係妳應該也看在眼裡，就算他們自己表示像兄妹一樣，妳也不是什麼都不懂的小朋友了，應該知道所謂的兄妹情誼都是騙人的。」

他蠱惑的話語正中孟冰雨說不出口的懷疑，她用力眨著眼想要冷靜一點，另一端的訊息還在持續傳來。

「所以早點止損放棄吧，他不會是妳的。即使不當偶像，他也不會喜歡妳。」

最後那句話狠狠刺到孟冰雨最不願意細想的假設。沒錯，就算今天姜炎溪不當藝人、不去韓國，在生活裡漸行漸遠的兩人也可能逃不過走散的命運。

她弄不清楚自己喜不喜歡姜炎溪，可光是孫霏霏可能搶走他的這一點，就讓她遏止不住心底的酸涼。

良久，她終於找回打字的能力，儘管指尖仍舊顫抖著，不曉得是恐懼還是憤怒，「姜炎溪不可能那樣跟你說，何況我不想和你再有來往，和姜炎溪沒有關係。」

「婚姻不過是場買賣，有些人用愛情交易，有些人用金錢，妳當初可以因爲一百萬放棄姜炎溪，現在自然也可以用錢交換妳的婚姻。只要妳開個價，我可以給。」

氣血瞬間上湧，孟冰雨想起昨天孫霏霏離開前那個怨憤的表情，緊緊握住手機。

孫霏霏居然告訴了柯慕謙這件事，一個人知道後，接下來會有多少人也會知曉她不想面對的祕密？

孟冰雨手指顫抖著，直接按下通話鍵。

柯慕謙馬上接起，語調平和，「快下來吧，我買給妳的早餐快涼掉了。」

「柯慕謙，我對你一點興趣都沒有。你條件這麼好，為什麼不直接去找一個眞正愛你的女生？」

「我正在找啊，」柯慕謙聽上去在笑，「所以我不是正在追妳嗎？希望妳有一天能夠眞的愛上我。」

孟冰雨一愣，柯慕謙掛斷前，最後一句話收起遊刃有餘的調笑。

「我是認眞的，孟冰雨。」

房裡重新回到一片寂靜，柯慕謙的那句話在孟冰雨腦中迴盪，她並不相信他隨意說出的戲語，卻無法忽略他剛剛提到的，關於姜炎溪的話。

她走下樓，柯慕謙從敞開的車窗探出頭，對她一笑。

孟冰雨咬一咬牙，坐上柯慕謙的車，他遞上的早餐是酥脆微焦的火腿蛋吐司，溫度猶在，口味也是她喜歡的。

她渾身不對勁，總覺得自己誤入深淵裡的陷阱，哪怕陷阱的主人看上去極其友善。

柯慕謙問完公司地址後沒再跟她搭話，孟冰雨絞盡腦汁想著要怎麼從他口中驗證剛剛那些話的眞實性，卻一時想不到好的開場，車內於是一片安靜。

直到一個特別漫長的紅燈，柯慕謙才側過頭看她。

孟冰雨被看得渾身不對勁，「怎麼了嗎？」

柯慕謙語調平穩，「只是想要正式和妳道個歉。」

「……什麼意思？」

「以前的事情我雖然是旁觀者，沒有加入孫霏霏對妳的霸凌，但是光是旁觀她折磨妳我也有錯。」

孟冰雨低著頭，緊緊絞著雙手手指，「都過去那麼久了，說這些幹麼？」

「就算過去很久，」紅燈轉為綠燈，柯慕謙收回視線，重新握住方向盤，「我還是欠妳一個道歉。只有在和妳道歉後，我們的關係才能重新開始。」

孟冰雨想起當時被堵在骯髒的街角，失去眼鏡、在寒風裡瑟瑟發抖時，唯有柯慕謙折回來找她。

然而傷害已經造成，遲來的彌補與道歉就可以弭平一切嗎？

「你那時候為什麼要回來找我？」孟冰雨低聲問。

這句話沒頭沒尾，不過柯慕謙聽懂了，「孫霏霏是小孩子，做事不考慮後果，但我不是。」

「所以你是擔心你們玩太大，怕我出事才來找我的。」

車子在孟冰雨的公司大樓前停下，柯慕謙側過身正視她，和姜炎溪坦率的眼神不同，柯慕謙的神情總是像機器人般端正完美。

「那只是其中一個原因，另一方面是因為……」他罕見地遲疑了一下，聲音慢慢低柔起來，「或許妳不相信，我……不忍心看妳受到那樣的傷害。」

他伸出手，即將碰到孟冰雨的鬢角時，她側過臉，躲了開來。

柯慕謙的手懸在半空中，慢慢放下去，「當初孫霏霏會這麼警戒妳也是因爲同樣的原因，妳身上有種氣質，會讓人不捨得妳受傷難過。」

孟冰雨猛然抬頭，柯慕謙的目光像是一片潮濕的雲霧，將她籠罩其中，滯悶得喘不過氣。

半晌，柯慕謙才又開口：「我會慢慢用行動證明，我不比姜炎溪差，他不能待在妳身邊陪妳，我可以。」

語畢，他神色自若探過身幫她打開車門。

「下班跟我說一聲，我來接妳。」

孟冰雨一隻腳已經踏在外面，「我不需要——」

「就把我當免費的司機吧。況且，妳同事看起來挺羨慕妳的。」

隨著柯慕謙戲謔的挑眉，孟冰雨轉過頭，看到一旁也正準備上班的馮千羽站在不遠處，眼裡燃燒著熊熊的八卦之魂。

「晚點見。」不等她回應，柯慕謙微笑對馮千羽點頭當作打招呼，踩下油門離開。

柯慕謙一開走，馮千羽馬上攬住孟冰雨的肩膀，「不錯嘛，這男生滿帥的。」

孟冰雨無奈地看她，「我和他不是妳想的那種關係。」

「沒事啦，我懂，就是曖昧關係嘛。」

孟冰雨正想否認，卻忽然從背後被重重撞了下。

擠過她到前面排隊搭電梯的前輩回過頭，皮笑肉不笑，「妳男朋友看起來挺有錢的嘛。」

「他不是——」

馮千羽突然摟緊她的肩膀，止住她即將出口的話，微微失去耐心，「再有錢也不關我們的事，沒必要每次跟孟冰雨說話都這樣陰陽怪氣。」

電梯門恰好在此刻打開，馮千羽冷冷做了個請的手勢，「妳先上去吧，前輩。」

前輩臉上一陣紅白交錯，抿著唇大步踏進電梯。

「妳這麼做會得罪前輩。」

馮千羽振振有詞，「這種口無遮攔亂戳刀子的人就是要被反擊過，才會知道自己的所做所爲是不對的。」

「……倒也沒錯。」

孟冰雨忽地感受到手機頻繁震動起來，訊息燈號瘋狂閃爍，正想查看時，下一班電梯從地下室上來，主管赫然就在裡頭。

「早，孟冰雨，百貨公司那個案子的下一步進行得怎麼樣了？」

孟冰雨只得放下手機，仔細地一一說明。

進辦公室後就又忙得頭暈目眩，中午囫圇吃了個飯糰果腹，直到晚上六點鐘，孟冰雨才趁去茶水間泡咖啡的空檔，拿出手機打開訊息。

她愣在原地。這些訊息並不是給她的私人帳號，而是傳給月近，內容清一色都是在和她確認最新新聞的眞僞，她隨便挑了幾則消息點進去看。

〈高人氣韓團成員驚傳私生活糜爛！〉

〈奇蹟翻紅男團，今被爆致命醜聞！〉

她機械式地往下滑動，大致拼湊出事情的概貌，又把頁面滑回被認爲是證據的那張照片。

照片裡男子側著頭，在一片燈紅酒綠中一手夾著菸，一手端著酒杯，輪廓乍看的確和姜炎溪很像。

根據媒體報導，姜炎溪經常出入夜店飲酒作樂，還會安排漂亮的小模出席助興，生活糜爛。

新聞描寫得繪聲繪影，如同已經一錘定音，姜炎溪就是如此放縱的人。

暱稱月近管理員爲「管管」的粉絲們的訊息如雪片一樣飛來，「管管，這是眞的嗎？」

更多網友七嘴八舌，「他長得就一副很會玩的樣子啊，不意外。」

「人設崩塌了，回不去了。」

「卡一個，等等腦粉就會來無腦洗白了。」

「這些偶像私下做了什麼，粉絲眞的不會知道。」

孟冰雨來不及思考其他，本能地先點開和姜炎溪的聊天室，對方已經一整天沒有上線了。

她俐落地先回覆粉絲們，「先冷靜點，現在只有一位爆料者，照片又很糊，我們等公司的正式消息出來再說。」

孟冰雨冷靜異常，早在開始創建頻道的第一天，她就做好了所有心理準備。

鮮少偶像能夠永遠沒有任何醜聞，哪怕大多只是捕風捉影。人無完人，偶像私底下一定也與常人一樣有缺點，成年人去夜店不是錯事，但像這種夜生活糜爛的新聞，對於販賣夢想和人設的偶像來說，無疑是一大重創。

他們這些粉絲隔了這麼遠的距離追星，誰也不了解姜炎溪螢幕下到底是怎麼樣的人、真實的人品如何。即使想要聲援，也只能自由心證地說他們相信姜炎溪，沒有任何真憑實據可以澄清姜炎溪沒有做過這些事情。

說到底，網友的留言並沒有錯，偶像私下做了什麼，只要藏得夠好，粉絲確實完全不會知道。

她之所以還能如此冷靜，是因爲她相信爲了夢想拚盡全力的姜炎溪，不會做出危及團體的事情。

孟冰雨觀察著照片裡肖似姜炎溪的人影，眼睛細細掃過衣著、髮型，甚至是手上的飾品，心裡暗暗有了個主意。

孟冰雨火速完成所有工作，效率好了不只一倍，任務做到一個段落就馬上飛奔回家。

到家後，她先拿出給茉莉的畫。

追星到底是爲了追什麼?偶像的意義並不只是那些如花美顏，更多時候，追星追的是一個對美好的寄託，一個理想的自己，一個在最累、最懷疑自己時，能夠鼓勵她站起的勇氣泉源。

偶像就是孟冰雨最堅固的盾牌，抵禦生活裡紛亂的傷害。

孟冰雨拍下送給茉莉的畫，標註茉莉後，上傳至爲了茉莉而創的IG帳號。

然後她打開了沉寂快要兩週的YouTube頻道後台。她不再只是什麼都做不了、沉浸在自卑裡的孟冰雨了，她也有能夠做到的事情。

孟冰雨也想成爲姜炎溪的盾牌，讓守護在身後的人能無所畏懼。

開始工作之前，孟冰雨先傳了則訊息給姜炎溪，「別擔心，我相信你。」

姜炎溪依然沒有上線。她猜，姜炎溪肯定也在爲了與公司說明事情眞相焦頭爛額中，常常上網搜尋粉絲評價的他，也一定會看見那些網路上極盡刺耳的酸言酸語。

孟冰雨抿著唇，猶豫幾秒後，又傳一句，「有時間的話，我們視訊吧。」

她暫時擱置手機，打開製作影片用的靈感資料庫檔案。

這幾年來爲了更新頻道，她跟遍奇蹟每一則大小活動的消息，熟知姜炎溪每一種髮型、髮色，甚至服裝造型。如果給她一張照片，她多半可以說出這是什麼時期、參與哪個活動的他。

被曝光出來的照片是黑髮，幸好，這是姜炎溪出道後少有的髮色，每次維持的時間也非常短。

孟冰雨到官方網站把奇蹟的行程表下載下來，在線上白板畫出時間軸，一邊對照行程表，一邊耐心地把以黑髮造型出現的瑣碎活動一個個填上。

在回歸期間，偶像一天的時間表其實並不難推估。如果參加音樂電視台的演出，爲了讓粉絲提早進場應援，彩排的時間也都會提前公布，再往前推算去美容室做妝髮的時間與宿舍到電視台的車程，約略就可以推測出每個時間點偶像在哪裡。

一邊整理，孟冰雨一邊聯繫韓國一個一樣經營粉絲頻道的姐姐，請她協助確認夜店的具體地點資訊。

時間一點點流逝，孟冰雨打了好幾次的瞌睡，趴著瞇幾分鐘又爬起來繼續工作。

直到凌晨兩點，她揉著眼睛打開手機確認姜炎溪回覆了沒，卻先看到柯慕謙的訊息跳出來。

「雖然我猜妳大概是忘了跟我說下班時間，還是關心一下妳順利到家了嗎？」

她完全忘了這件事！細微的罪惡感油然而生，她匆匆回覆一句道歉，而後才想起——她幹麼道歉？她並沒有答應柯慕謙下班後要讓他接送。

但反省來得太遲，柯慕謙秒讀後，很快回覆，「不需要道歉，不過作爲彌補我等了好幾小時的賠償，週末一起出去玩吧。」

緊接著姜炎溪的視訊電話毫無預警打來，孟冰雨馬上接起，拋下柯慕謙的訊息。

「姜炎溪？」

螢幕那頭的男人看上去疲憊至極，即使籠罩在黑暗裡仍能看見浮腫的眼袋，神情倦怠得像是剛剛遭逢什麼壞事。然而透過鏡頭看到她的一瞬，死灰一樣的眼睛亮了起來。

爲了爭取時間做影片，她甚至還沒洗澡，整個人蓬頭垢面，分岔的瀏海淩亂堆於額前，鼻樑上還架著厚厚的眼鏡，絕對不是光彩照人的形象。

姜炎溪嘴角淺淡的弧度衝破方才的頹唐神色，「第一次從鏡頭看到妳，這個角度有雙下巴耶。」

「……還有精神嗆我，很好。」她不急著說話，任由沉默蔓延幾秒後，才輕聲道：「我相信你沒有做。」

窒息一樣的安靜裡，他徐徐微笑，笑意卻不及眼底，「妳憑什麼相信我？明明我什麼都還沒有說，你們就無條件覺得我沒有做嗎？」

孟冰雨一愣，姜炎溪的語氣十分古怪。思索須臾，她沒有反駁，淡然反問道：「爲什麼不能覺得你沒做過？就像你身邊一定也有人懷疑你做過，信者恆信，不信者恆不信，我和許多粉絲就是相信的那一方。」

在她平和的視線中，姜炎溪眼底的銳意漸漸軟化，低微的聲音透出苦澀，「剛看到新聞時經紀人就打給我，他們居然問我是不是眞的。我到網路上一看，粉絲和路人分成幾派吵個不停……我才知道，啊，對，原來他們無法百分之百信任我，這也很正常，隔著螢幕他們本來就無法知道我私底下是怎麼樣的人。」

孟冰雨放柔聲音，「人會根據自己看到的東西下判斷，無可厚非。」

「可是，我發現我更害怕相信我的粉絲。」姜炎溪隔著螢幕，直直望進孟冰雨眼裡，眼神盡是茫然，「我很感謝愛我的粉絲，但他們對偶像的愛是基於什麼呢？崇拜是離理解最遙遠的距離，當他們把我放上神壇的那一刻，我就注定跌落，因爲我不是神，是人。」

姜炎溪眼裡的悲傷彷彿有實質的感染力，一點一點融進她心中，那就是姜炎溪在光鮮外表之下，從不讓人看見的陰影。

「無條件信任我的人，可能在某個時候就會對我失望，而我一旦讓他們失望，他們就會頭也不回離開。我好害怕，孟冰雨。」

這是第一次，那個向來自尊比天高的人在她面前低頭示弱，如同獨自行走叢林的野豹終於把肚皮袒露出來，在信任的人面前丟盔棄甲。

孟冰雨伸手拍拍鏡頭上方，隔著虛擬的距離安撫他。

姜炎溪微微闔眼，這一刻她彷彿遠渡重洋來到他身邊，輕拍他的頭。

姜炎溪心底深處有一塊硬核。他很少有機會可以示弱，小時候在育幼院不行，他必須保護任性又不諳世事的孫霏霏；長大後不行，他必須隻身對抗酒醉後家暴的父親。

一直到遠赴韓國後，這層堅硬的殼仍在幫他撐過隨時面臨淘汰的高壓訓練，幫他克服語言與文化的巨大隔閡。

他原以爲出道後前程就是一片光明，沒想到那根本是另一座地獄的開始。

極度缺乏的睡眠、沒日沒夜騷擾的私生飯、翻紅前一直不見起色的專輯銷售成績，姜炎溪在最艱困的時候，仍不曾卸下這層甲冑。

因爲他是團體裡人氣最高的門面，代表整個團體的榮辱，不能先露出頹勢，得永遠俊美、永遠閃耀。

此刻這塊硬核卻被孟冰雨輕輕揉成一團綿軟，像對待易碎品般，安然托放在掌心。

「姜炎溪，你還記不記得，那天你送我回家，我說我很害怕茉莉會不喜歡我的畫？」

姜炎溪睜開眼，也許是螢幕光影反射，孟冰雨看見他眼底有濕潤的水光。

「我不是偶像，終究無法完全站在偶像的角度思考，所以那時是你告訴我，你會高興收到粉絲的心意，哪怕收到的禮物沒有非常精緻。」孟冰雨直直凝視鏡頭，溫聲說下去，「所以，雖然我無法代表所有粉絲這麼說，但以我追了茉莉很多年的經驗，我可以告訴你，眞正的粉絲們都知道偶像也是有血有肉的平凡人。比起你夠不夠光鮮亮麗，我們更想知道你累不累、有沒有受傷。

「至於你問我粉絲對偶像的愛和信任基於什麼？這題太難回答，畢竟每個人追星的方式都不一樣，唯一可以肯定的是，無論我們因爲什麼相信你，都是基於我們和你一起度過的這些時光。」

姜炎溪的聲音難得輕得宛如耳語，「如果那些時光也是因爲鏡頭刻意營造的呢？」

孟冰雨歛目，仔細思考許久後才回答：「即使不是偶像，大家在職場或不同面向的生活上，本來就會嶄露不同的模樣吧。偶像在鏡頭前多少會收斂性格，可沒有人能百分之百演出完全不同的自己，細節見人品，我們相信我們眼裡的姜炎溪不會做這種事。」

姜炎溪眼底震盪的憂鬱逐漸平緩下來。

孟冰雨鼓起勇氣，「信任是雙向的，在我們信任你的同時，你也要信任我們啊，炎。」

這是第一次，孟冰雨叫了他的藝名，姜炎溪臉上的神色徹底柔和放鬆下來。

許久沒有感受到的堅定充盈心間，孟冰雨似乎理解了，成爲一個人的盾是什麼樣的感覺。

國中時她只能依賴姜炎溪，現在她長大了、有能力了，她希望姜炎溪不要受到任何莫須有的傷害，希望他的臉上能永遠帶著自信又欠揍的笑容。

望著姜炎溪憔悴的神色，孟冰雨輕輕提議，「別擔心，去睡一覺，等醒來後，你的黎明就會到了。」

姜炎溪像孩子一樣問她，「眞的嗎？」

孟冰雨回答的語氣是前所未有的堅定，「對，我和你保證，一切都會沒事的。」

結束通話後，她才看到柯慕謙的訊息。

他顯然是被已讀後等待良久，便又傳了一個釣餌，「和我出去的話，我可以跟妳聊聊姜炎溪，說不定會有妳不知道的事情。」

她皺緊眉，實在不想再與這個人有所瓜葛，然而看到姜炎溪的名字，她還是上鉤了……柯慕謙很清楚她在意什麼。

她沒有參與太多姜炎溪的高中生活，反而是柯慕謙和孫霏霏這群人陪在他身邊，她也確實很想知道關於姜炎溪還有哪些她不知道的事情。

再見一次面，應該也不會怎麼樣吧？反正之後不要再有聯繫就好。想到這裡，她簡短回覆，「那就這週六吧。」

回完訊息，她再度回到剪片軟體前，鋪天蓋地的疲憊感熏得她雙眼幾乎無法對焦。在最累的時刻，唯有茉莉可以讓她提起精神。

孟冰雨打著呵欠，打開茉莉的舞台影片提神，一邊拉高音量聽偶像充滿穿透力的聲音趕走瞌睡蟲，一邊繼續製作影片。

破曉時分，她終於收到韓國粉絲站長姐姐的確認訊息，把最後一塊資訊拼圖補上，將影片上傳，把發布時間設定在上班族通勤時會滑手機的早上八點鐘。然後她書桌燈也沒關，甚至床也來不及躺，坐在椅子上就沉沉墜入夢鄉。

韓國彼端，姜炎溪只睡了幾小時就再度驚醒，爬起來掀起窗簾一角，看到薄薄的天光開始攀上天際。

儘管他自認沒發出什麼聲音，但隊友們似乎就是能敏銳地隔著門察覺到他的動靜，有人輕輕敲響房門，「可以進來嗎？」

姜炎溪本來想要裝睡，可想到隊友事發後看他的眼神都充滿焦慮，又怕他多心，只敢偷偷瞄上幾眼的樣子，心還是一軟，過去打開門鎖。

隊長溜進房間，呈大字型躺倒在他床上，難得流露一點孩子氣。

他刻意想要緩和氣氛，淡淡說：「隊長這麼早起，不愧是老人作息。」

「今天要上節目，中午前就要趕到郊外的場地，不得不早起一點啊。」

姜炎溪無聲揚唇，放下剛剛掀起的窗簾一角，房間馬上重歸陰鬱黑暗。

隊長安靜地覷著他臉色，「還在擔心新聞嗎？你已經和公司解釋清楚，公關部會幫忙澄清。只要你沒有做過，就沒有什麼好怕的。」

奇蹟裡面，隊長和他認識最久，個性也最合得來，姜炎溪背對窗戶隱隱流進的光芒，想起孟冰雨的話。

「信任是雙向的。」

「隊長，這麼多年來，你有沒有想過放棄當偶像？」

隊長溫和狹長的眼睛倏然睜大，幾秒後瞇起眼，拍拍床鋪的空位。

姜炎溪慢慢走過去，躺平在隊長身邊。

隊長其實只比他大幾個月，但說起話的樣子十分老成，如同真正的兄長，「你還記得嗎？還是練習生的時候，你什麼韓語也不懂，被罵了也不知道怎麼改進。你心情不好時也不會說，就只會跑來我的宿舍床上躺著，直到我來哄你起床。」

「知道，有一次練完舞還沒洗澡就躺上去，差點被你這個潔癖鬼殺了。」

「那很值得生氣好不好！」

姜炎溪低低笑出聲，「幹麼突然回憶當年？」

隊長枕在手臂上，望著天花板，上面被姜炎溪貼了一幅畫，是奇蹟終於谷底翻身時，他把他們四個人還是青澀模樣的第一張專輯封面畫出來，貼在一個每天早上一睜眼就能看見的地方。

不只姜炎溪，奇蹟的每個成員都比粉絲還要更愛奇蹟。

「我當然想過放棄。」隊長看著畫裡四人緊緊相依的身影，袒露不曾對任何人提起的眞心，「那時候專輯成績沒有起色，打歌舞台也沒有什麼觀眾，我就想，或許我不適合當藝人，又或者換個隊長來帶領奇蹟的話，說不定會更好。可是這些想法我不能說出口，我是隊長，在你們三個放棄之前，我不能先放棄奇蹟。」

姜炎溪震驚地轉頭看他。

「夢想和初衷都會變。你上次跟我說，有時候你會忘記初衷，那又如何？就像我雖然想過要放棄，但現在我找到了可以繼續下去的理由，就是你們和我們的命運們。」可以繼續下去的理由會取代功臣身退的初衷，成爲暗夜裡燃燒的火炬，好讓他們還能留在這條艱辛的道路上。

讓姜炎溪可以繼續下去的理由又是什麼呢？

姜炎溪轉過頭，用力眨眨眼，伸手抿去眼角一點殘紅，再次開口時聲線帶笑，「你現在是在跟我告白嗎？」

「姜炎溪，你好好讓我感性一下會死喔！」隊長沒好氣地把枕頭砸到姜炎溪臉上，不小心失手砸重了，連忙把枕頭移開，畢竟門面的臉不能有事，「好啦，滾起來，差不多要準備出門了。」

掩住一個大呵欠後，隊長先走出房間，姜炎溪賴在床上滑手機，突然看到系統向他推播前段時間暫停更新的月近頻道。

有新影片了？姜炎溪點開訊息，這才看清影片標題用韓文與英文寫著——

〈奇蹟男團醜聞大揭密？全網獨家，炎的夜店事件眞相！〉

他先爲這聳動的標題擰眉，這並不像頻道一貫的命名風格，不過不得不承認，這個標題在茫茫影片海洋中更能抓住觀眾的目光。

當畫面開始播放，詳細註解的時間軸和活動照片交替比對出現時，他就明白了這支影片的用意。

他望著那些流水般淌過的照片，心底一震。

那段時期奇蹟剛剛翻紅，經紀公司幾乎所有邀約都來者不拒，也是因爲害怕被留下翻紅後就有大頭症的傳聞，他們的行程幾乎滿到毫無休息時間。

姜炎溪身爲其中最有人氣的團員，每天忙得昏天暗地，常常下飛機才搞懂自己在哪個國家，妝髮也是任由造型師姐姐們打理，大多印象模糊，許多造型連他都沒記住。

然而影片的製作者對每一個造型都如數家珍，有條有據地分析那些時間裡姜炎溪出現的位置，對比韓國站姐查到的夜店地址，直指姜炎溪除非會分身，或者犧牲做妝髮最起碼需要的時間，否則不可能在去了夜店後還能趕上那些公開行程。

距離他被爆料不過才一天的時間，澄清影片可以這麼快做出來，可以想見製作者平常有多熟悉奇蹟和姜炎溪行程的每個細節。

澄清爆料後，影片的後面也列出酸民們攻擊過的點一一回應。

姜炎溪看論壇時也讀過許多留言，比如質疑姜炎溪可能就是在行程的縫隙跑去夜店玩，還被捕捉到確實的照片爲證。但這張照片裡的男生放大觀察後，可以看見他的耳廓形狀、側臉線條都和姜炎溪明顯不同。

照片裡的人並不是他，爆料者唯一的證據也不再成立。

影片的最後，黑畫面中浮現一串文字——

相信是基於理解，不是盲目。

流言不攻自破。

姜炎溪打開韓國的討論區，已經有網友轉載影片，底下的留言如潮水般湧上。他心驚膽跳地一則則掃過，心裡繃緊許久的弦終於一鬆。

追星圈的人，即使不一定是奇蹟粉絲，多數也都知道月近頻道的象徵意義。許多人對頻道本身懷有信服感，再加上這支影片的考據實在太過詳盡，即使偶爾有一兩則依然不相信的留言，也都很快就被洗下去了。

幾分鐘後，最活潑的主唱領著團員撞進房門，飛鼠一般用力撲上床，姜炎溪連忙側身滾開，讓他撲了個空，「月近出手了！恭喜炎，這波算是很快止血了。」

主舞慢條斯理走過來，一下子倒在主唱身上，壓得他哀號連連，「往好處想，就是因爲我們太紅才會惹來這些麻煩，只要我們沒眞的做就不會有事。話說回來，我看到新聞的時候還有點生氣，想說你去夜店玩怎麼不找我們。」

隊長靠在門邊，哭笑不得看三人滾成一團，「去夜店不是不好的事，別像報導那樣玩得太過火就好，我們要珍惜我們好不容易累積的——」

主唱起身，一把把隊長摁進床鋪，止住了準備開始訓誡的長篇大論。

姜炎溪玩得頭髮凌亂，笑著爬起時，忽然想起視訊裡，他難得聽見孟冰雨如此篤定的口吻。

「等醒來後，你的黎明就會到了。」

就好像她知道月近一定會出手爲他洗清嫌疑……隱晦的懷疑閃過腦海，一旦起了頭，其他隱隱約約的碎片也浮現出來。

有次視訊時，孟冰雨不小心睡著，隔天醒來後仍迷迷糊糊，脫口而出那句「命運們都很期待你的短劇」……然而在他印象中，他明明沒有跟孟冰雨說過自己當天的行程。

還有前陣子她因爲媽媽的事情煩心而消失的時間，也這麼湊巧，與月近暫停更新的時間一致。

「好了好了，經紀人在催了，趕快去換衣服！」

隊長笑到快喘不過氣，從被褥裡掙扎出來，依序拍拍三人的屁股，終於把幾個大男孩趕去梳洗。

姜炎溪從記憶裡抽身，匆匆去洗漱，理智回籠的同時，自嘲地笑了笑。

怎麼可能是孟冰雨呢？和月光最近的距離是從奇蹟出道後就建立的頻道，頻道主對於奇蹟出演的官方影片、綜藝、表演花絮等各種資訊都瞭如指掌——孟冰雨甚至連奇蹟都沒在追。

也許他那天太累了，忘記有跟孟冰雨說過出演短劇的事情。

眼下，他還是趕快停止胡思亂想，準備去工作吧。

第九章　墜落心底的流星

當天的綜藝節目遊戲非常激烈有趣，還順帶幫當天生日的姜炎溪大肆慶祝了一番，所有成員都玩得十分開心。錄完後，姜炎溪再次拿出手機，卻發現輿論已經朝另一方向延燒。

他原本以爲，澄清完這整件事情就結束了。

公司已經發布公告聲明，宣布網上的新聞都是假消息，公司不排除採取法律途徑保護藝人。加上月近的影片持續散播，基本上這一次的「醜聞」已經被徹底消滅。

然而，另一則新消息出來了。

有網友順藤摸瓜，從造謠者的ID翻找他過往的發帖紀錄，用技術手段還原數十則刻意刪除的貼文後，查出他是另一個偶像男團的粉絲。這人發文的口吻都非常激烈，幾乎把偶像當作神一樣崇拜地誇獎、追隨。

因爲兩團長期處於競爭關係，上次回歸撞期時好幾次都在爭奪音樂節目的第一名，不少粉絲也存了競爭的心思，不時會出現帶著敵意的酸言酸語。

可是鬧到演變成誣陷，已經超出一般粉絲鬥鬥嘴、逞逞口舌之快的範疇了。

姜炎溪滑著網路評論，陣陣寒意湧上心底，讓他一時之間連呼吸都感到滯悶。

奇蹟的粉絲，尤其本命、也就是最偏愛的成員是姜炎溪的命運們，這幾天都擔心得熬紅了眼睛，現在終於看到兇手水落石出，便像鯊魚見血，絕對不會輕易放過獵物，會竭盡所能地想要咬死曾傷害自己偶像的人。

孟冰雨和姜炎溪都忘記了，粉絲不只是溫暖堅定的盾，還可以是最鋒利、最難掌控的刀。

姜炎溪當初是怎麼被圍攻的，現在那個偶像男團就是如何被奇蹟的粉絲抨擊，紛紛說粉隨偶像，那男團就是素質低才會有如此瘋狂、用下流手段給姜炎溪潑髒水的粉絲。

也有幾個理智點的留言制止越演越烈的評論：「你們現在亂評論，跟沒有憑據就攻擊炎的人有什麼差別？這個人的所作所爲是他個人需要負責，沒必要上升到偶像。」

但此時粉絲們群情激憤，少有人能冷靜下來，甚至轉而罵幾個理智的留言者是故意任由奇蹟被欺負。

姜炎溪看越多，眉間的摺痕越深，映入眼廉的話語惡毒得不堪入目，他無法把這些字句和來演唱會上看自己的粉絲們連結在一起。

他不想再看，抬起頭，車裡連最吵鬧的主唱也已經墜入夢鄉，只剩下前座開車的經紀人還醒著。

姜炎溪探身過去，趁等紅燈的空檔把手機遞給經紀人，「哥，你看到這個了嗎？」

這位經紀人從他們出道跟到現在，與奇蹟十分熟絡，迅速掃幾眼後，嘆息道：「粉絲是想爲你出氣，方法的確錯了，可是他們的心意和出發點是爲了保護你。」

「用欺壓無辜的人來保護我，我寧可不要。」

經紀人透過後照鏡看他，神色柔和，「你有這樣的想法很好，不然現在粉絲之間的風氣實在越來越針鋒相對了。」

姜炎溪微微猶豫，眼見紅燈秒數剩下三十秒，還是張口了：「我可以……發文制止他們攻擊其他團體的行爲嗎？」

經紀人臉色一變，連忙拒絕，「炎，公司不會讓你們在這種事情上發聲，這個莫須有的醜聞已經惹出夠多麻煩，應該到此爲止了。」

「哥不是常常教我們，比起容易的事，更應該要做正確的事嗎？」

紅燈秒數剩下十秒。

經紀人握著方向盤的手微微發抖，「炎，你這麼做，他們團的粉絲，還有你們自己的粉絲，都不見得會感謝你。」

另一個聲音驟然加入對話，「炎不需要被感謝，只需要對我們奇蹟的粉絲負責。」寂靜的車裡，隊長不知道什麼時候也醒過來，他伸手到前座，拍一拍經紀人繃緊的肩頭。

燈號轉成綠燈，隊長嗓音溫和卻不容動搖，「讓他發吧，如果眞的是奇蹟的粉絲，絕對不該以愛我們的名號任意傷害其他人。」

經紀人臉色猶疑，眼神掃過奇蹟幾個成員的臉，再次長長嘆了口氣。

孟冰雨也沒有想到事態會演變成完全想不到的方向。

本來以爲洗清姜炎溪聲譽，這起事件能到此爲止，然而牽扯到其他團體後，粉絲在月近頻道底下攻擊對方的留言就越來越猖狂。她不得不手動刪除過激的言論，也在社群媒體上嚴正制止類似行爲。

粉絲的一言一行，在自以爲能保護偶像的同時，也可能會敗壞路人緣、讓大眾觀感變差，孟冰雨不能讓自己的頻道淪爲充滿惡意的空間。

不僅如此，孟冰雨不希望她懷著想要成就奇蹟夢想的心情辛苦創立的頻道，反而成爲摧毀其他團體夢想的劊子手。

就在她苦惱的同時，週六一早，她與粉絲們等到了姜炎溪用個人帳號發的長文。

大家好，我是奇蹟的炎，抱歉這陣子因爲一些紛擾，讓大家多爲我花了許多心思。謝謝爲我澄清的命運們，我也可以堂堂正正說我並沒有讓你們失望，但是有一件事情，我想請你們幫忙。

我相信眞正愛著奇蹟的命運能夠理解我的話並非責備或要求，而是我想與大家做個約定。請你們用像對待我們一樣的心，同等看待其他與奇蹟一樣追尋著夢想的人們。

霸凌與傷害無論基於什麼理由，都不該被合理化。

希望命運們都能與我約定，不要變成令自己失望的人。

孟冰雨喃喃默念最後那一句文字，這語氣不像公司的公關代筆，更別說以經紀公司的立場，其實沒有必要再參與這起事件。

很難想像當年任性衝動的姜炎溪，已經成長成現在的模樣了，褪去尖刺，他內在柔軟寶貴的善良絲毫沒變。

她還沉浸在感動之中，柯慕謙偏偏在此時打電話來，「我在樓下了。」

孟冰雨無聲嘆氣，「知道了，我現在下去。」

柯慕謙今天的衣著是她沒見過的休閒風格，簡單的白上衣和牛仔褲，似乎連眉宇間都多了絲輕鬆的飛揚感。

「你要帶我去哪裡？」

「想去哪裡？」

孟冰雨轉開視線，不喜歡和對方平靜無瀾的眸光對視。

姜炎溪的眼睛是星空，深邃裡可以看見星光閃閃，柯慕謙的眼睛則像黑洞，無光無影，只有一片她捉摸不透的靜謐。

她想要趕快結束這次的出遊，回家看茉莉的演唱會DVD，或是繼續剪輯奇蹟的影片都好。

她當初爲什麼要答應這場邀約？是她自己不夠果斷，才會繼續和柯慕謙來往，現在卻又任性地想要逃開，未免太過矯情……她重整思緒，輕聲道：「你說要跟我聊姜炎溪的事，有什麼是你覺得我不知道的，現在就說吧。」

柯慕謙手指點點方向盤，「妳這麼在意他，卻又自欺欺人，不承認喜歡他嗎。」

孟冰雨本想否認，可又被那四個字狠狠擊中心臟。

對，就是自欺欺人。她不過是負隅頑抗，死死把紛亂的情意都壓進心底，不能也不敢去看。

姜炎溪曾是她唯一的瑰寶，國中朝夕相處的時間已經是她曾經擁有過的、最好的回憶與惦念。

遠遠的陪伴已彌足珍貴，哪一天他厭倦了，她就會遠遠離開，再不打擾他光輝的前程，而是繼續用月近站長的身分，守護他的夢想。

「他是大明星，所有人都喜歡他，很正常。」孟冰雨微笑，嘴角明明上揚，曲線卻帶著淒楚，「我的喜歡在裡面一點都不特別。」

柯慕謙微笑，「妳挺有自知之明，比起別的粉絲，妳光是孫霏霏都贏不過。妳不知道吧，連姜炎溪選擇當偶像，都是孫霏霏的願望。」

孟冰雨臉上維持平靜的表情，心裡卻狠狠一震，心慌感如繩索越收越緊，直至勒住胸口，他當初選藝校時說的理由似乎還迴盪在她耳邊。

「想要名利，更想要所有人都愛我。」

原來不只是如此嗎？

「妳也知道國中時孫霏霏在台北念書吧？我剛好國中與她同校，她那時就常常提到姜炎溪的名字，說他們約好了要一起考上藝校。她總是說姜炎溪長得好看，不做藝人太可惜，最大的願望就是可以在電視上看到他。」

姜炎溪國中時從來沒有提過孫霏霏的名字。如果是重要的妹妹，爲什麼沒有提過呢？

孟冰雨忽然很想知道，姜炎溪選擇遠赴韓國當練習生，爲了夢想的成分有多少，爲了實現孫霏霏願望的成分又有多少。

車窗沒有關，蔚藍的海岸闖入視線中，開闊景色原本該讓心情隨之開朗，她卻只覺得像被困在玻璃罩子裡，任憑外頭的陽光多麼美好，也只是看得到卻感受不到。

孟冰雨在呼嘯的風裡反問自己，她會這麼在意，到底是因爲喜歡，還是因爲想要獨占姜炎溪的虛榮心？

或許，她只是不甘心而已。不甘心曾朝夕相處，而今萬眾矚目的摯友其實心裡更在乎另一人。

「姜炎溪給不了妳任何承諾吧？在妳需要他的時候，他絕對無法出現在妳身邊，但我可以。我能給妳一場平凡的戀愛、平凡的歸宿，只要妳想要。」

孟冰雨問起截然不相干的話題，「姜炎溪其實根本沒有叫你離我遠點，對嗎？」

柯慕謙答得爽快，「對，我只是在試探妳而已。妳自己也說了，那是不可能的。」

他把車子停在路邊，風吹亂他一絲不苟的髮型，添了一絲清新颯爽的氣質。

孟冰雨看著他，再次問出心裡的疑問：「你爲什麼選擇我？就算我們高中就認識，你和我也沒有相處多久時間，你對我不會有什麼感情才對。」

「我父母急著看我結婚成家，我自己也想要有個穩定的對象。妳聰明有氣質，很符合我的理想型，而且我和妳說過，從高中的時候，我就有想要保護妳的心情。」

孟冰雨幾乎無法直視柯慕謙，對方卻泰然自若繼續說出口，話聲伴隨著海浪聲，陣陣撲打在她的心口。

「孟冰雨，我們交往吧，我能給妳妳想要的安全感。」

孟冰雨的心跳驟然失速，不敢置信地望著眼前的男子。

出口的告白清淡如風，穿過她肆意飄散的髮梢，柯慕謙的表情平靜得讓她幾乎以爲剛剛是一場幻覺。

面對一個看似眞誠的告白，一般女孩至少會開心收到了珍貴的心意。

平心而論，一般男子很難企及姜炎溪凌厲的美貌，柯慕謙的相貌雖然沒有如此惹眼，也算溫文秀氣，舉手投足都帶著胸有成竹的從容氣質，談吐也是滴水不露的優雅。

可是……他們從重逢後不過見了三次面，每次交流都不太愉快，他對她的感情，也不過是「符合理想型」這般虛無的原因。

方才輕描淡寫的告白更令孟冰雨確定，她無法接受柯慕謙。

那是某種根植於骨的直覺，叫囂著警告孟冰雨，他不是她想要的戀愛對象。

她想要的安穩，不該從妥協得來。

說不出口的拒絕卡在喉嚨間，孟冰雨試著張口，然而面對柯慕謙平靜的眼神，她想起的是夏日雪審視自己的冰冷目光。

她應該多爲自己考慮，不再受限於對夏日雪的深深恐懼，要勇敢拒絕情緒勒索。其實這些道理她都懂，只是她做不到。

柯慕謙看出她的猶豫，淡淡含笑，「妳不需要現在回答我，我和伯母要到妳的電話後，有請伯母不要打擾到妳，讓我們先相處看看。我既然有這樣的耐心，就能接受妳需要再想想看的時間。」

孟冰雨原本感謝他的細心，輕輕頷首，然而柯慕謙的下一句話馬上讓她皺起眉。

「姜炎溪和孫霏霏的關係妳也已經很清楚了，怎麼做對妳才最有利，應該也不需要我多說。」

陣陣怒意竄進血管裡，孟冰雨手指緊緊拽著自己的裙襬，終於有些釐清她不喜歡柯慕謙的原因。

他雖然不至於冷酷無情，可對人對事總百般算計掂量，連看似預留的談判彈性，也只是另類的誘導，逼她對姜炎溪失望後，轉而答應他的要求。

孟冰雨垂眸，趁著怒意未消，終於吐出拒絕的話語，「與他們都無關，是我和你不適合的問題。」

柯慕謙絲毫不生氣，「沒有交往過，怎麼知道適不適合呢？何況，感情是可以培養的。我欣賞妳很有原則，也喜歡妳的坦率，不過也再次提醒妳，選擇我對妳來說才是最佳解答。」

孟冰雨望著他，一時想不出反駁的話語。

柯慕謙不緊不慢加上最後一句，「而且拒絕我的話，妳打算怎麼應對妳媽媽那邊？她不像是會善罷甘休的人。」

這句話問到她的痛處，沒有等待孟冰雨回答，柯慕謙打轉方向盤，往都市的方向開回去，「看來今天妳也沒有看海的心情了，還是下次吧。」

孟冰雨全程都沒說話，到家後，沒有和柯慕謙道別就上樓了。

她拿出素描本，把滿腔煩憂都化作雜亂線條，洩憤似的亂塗上去，塗著塗著，紙上慢慢浮出一張臉龐。

現在冷靜下來一想，她不想貿然相信柯慕謙那些關於姜炎溪和孫霏霏的話，畢竟那都是他的一面之詞。

況且，姜炎溪曾經堅定告訴過她，他和孫霏霏之間沒有愛情。

如果她讓姜炎溪相信她，自己卻做不到相信姜炎溪的話，她就真的沒有資格待在他身邊了。

孟冰雨停下筆尖，心底一寸寸柔軟下去，伸出手，指尖輕輕描過那抹躍然於紙上的笑顏。

國中時少年的臉龐還帶點稚氣的澎潤，笑起來時，眼裡盛著的晚霞紅得囂張。在他身邊，長大成人的偶像炎側頭微笑，一大一小的兩人戴著一模一樣的耳墜。

溫熱的酸楚醞釀發酵，哪怕她如此反覆無常、懦弱膽小，哪怕連她都懷疑自己存在的意義，姜炎溪還是全盤接受她的模樣，依然用最隱晦的體貼陪在她身邊，日復一日。

她還能騙得了誰呢？

從高中時刻意來找碴的孫霏霏，到現在直白問出口的柯慕謙，還有那天暗巷裡，姜炎溪把她逼到牆邊時的質問。

在她還不願承認的時候，所有人都看得出來她喜歡姜炎溪。

膨脹的愛意可以閉緊嘴不透露半分，可是它並未隨歲月褪色，反而像經年的酒，在姜炎溪再次踩著夏日的影子出現在面前時，她終於知道，時間把她埋藏太深的情感都釀成了後勁強悍的烈酒——醉得入骨。

姜炎溪傳來詢問要不要視訊的訊息，水珠一滴接一滴落在手機螢幕上，被她狼狽地抹去。

如果她還清了那一百萬，如果孫霏霏其實不是姜炎溪的女朋友，如果她足夠勇敢可以對抗夏日雪，是不是就代表，她或許還有一點點渺茫的機會，可以堂堂正正告訴姜炎溪她喜歡他？

孟冰雨止不住淚水，只得按下語音接聽，避開了視訊的選項。

姜炎溪的臉出現在另一端，有些困惑，「爲什麼不開鏡頭？」

看到畫裡的臉出現在眼前，孟冰雨幾乎要脫口而出——看得見卻摸不著的聊天方式只會讓我更想見你。

但她還不能把想念宣之於口，深呼吸幾次，確定聲音聽不出哽咽後，輕描淡寫答道：「今天狀態不太好，不想開鏡頭。」

「沒事嗎？不舒服的今天還是別聊了，去睡。」

孟冰雨怕再多聊一會自己可能就會哭出聲，或是做出什麼不理性的事，正想順著結束通話時，忽然想到那幅未完成的生日禮物。

焦慮的不安全感再度竄過腦海，姜炎溪收到之後，至今沒有給過任何評語，在這麼擅長畫畫的他眼裡，那幅匆匆畫完的作品肯定充滿缺憾。

「對了，去睡之前，想謝謝妳的畫。我回去後仔細看了，很喜歡。」

孟冰雨猛然抬頭。

畫面裡的姜炎溪讓到一旁，讓鏡頭照見宿舍牆壁上的掛畫。他打開燈，從支架上拿起手機，走到畫前，好讓孟冰雨可以看得更清楚。

那幅乘載著黎明曙光的畫被小心翼翼裱框掛起，唯一不同的是，原本孟冰雨來不及畫完的地方，已經被畫完了。不僅畫完了，現在站在陽台上的人，不再只有姜炎溪一個。

孟冰雨在螢幕後摀住嘴，生怕自己哭出聲。

原本畫裡姜炎溪身上的黑衣被重新塗改，陽台上兩個小小的人穿著的是國中運動服，頂著當時還土裡土氣的髮型，並肩望向遠方。

姜炎溪歪頭望著畫作，滿意地挑起一邊唇角，「如何？雖然我畫人像沒有風景這麼擅長，不過還是可以一眼認出是誰吧。」

孟冰雨說不出話來，輕哼一聲當作答案。

姜炎溪只有半張臉出現在鏡頭裡，神情難得平靜溫和，「如果要我選人生最討厭的時期，我大概會選國一的時候。當時我爸酒癮狀況最嚴重，我完全無力還手，在學校又是那種誰也不理我的情形。」

他的視線從畫上轉回來，忽然往前湊近鏡頭，「可是現在回想起來，那大概就是所謂黎明前的黑暗，因爲國二的時候，妳出現了。」

那張俊臉幾乎占滿電腦螢幕，殺傷力也隨著距離拉近而放大，他眼神直勾勾盯著鏡頭，深邃的墨色彷彿要攪起風暴，把孟冰雨吞噬進去。

孟冰雨差點都忘了要哭，只能呆呆地回望。

姜炎溪促狹地瞇起眼，像是能瞧見她的反應般，「妳對這招沒反應啊，換作是我的粉絲們，現在肯定會在螢幕另一端尖叫。」

孟冰雨心跳已經亂得一蹋糊塗，這句話打破短暫的曖昧氛圍，她破涕而笑，擦乾淨臉上的淚水，「你還是這麼自戀。」

他們看似都走過國中的黑夜，走出什麼也無能爲力的年紀，迎來溫柔的曙光了。

只不過曙光不會永遠在，威脅仍隱隱四伏。孟冰雨看著姜炎溪坐回位子，也許是剛剛的黎明畫作給了她些許勇氣，她輕輕張口：「姜炎溪，今天柯慕謙問我要不要和他交往。」

姜炎溪神情一凝，方才還停留在唇邊的笑意迅速淡去，「妳沒有答應吧？」

孟冰雨有些訝異他先假設她沒有答應，「沒有，可是——」

那一端的敲門聲打斷交談，姜炎溪警覺地對她使個眼色，飛快把手機向下倒扣，孟冰雨的手機畫面驟然一黑，而後聽見他走去應門，「隊長？」

「經紀人哥剛剛換了一批新零食，我記得你很愛這種小餅乾，先拿來給你，免得那群小餓鬼很快就吃完。」

「謝了，我很愛吃這個沒錯。」

原本只是十分日常的對話，然而隊長遲遲沒有離開，而是猶豫了一下又再次張口：「對了，你剛剛在和誰說話？」

氣氛突然凝結。

孟冰雨從手機中聽到姜炎溪聲音非常鎮定，「一個朋友而已，不好意思，吵到你們了嗎？」

「沒有，不是音量的問題。」隊長話音一頓，放得更和緩，「其實，我有注意到你這陣子看手機訊息的頻率跟反應都很不一樣。我們都是成年人了，我明白有些事情並不是自己想要就可以控制，但如果你談戀愛了，至少要先讓我知道。」

頻率和反應都很不一樣？孟冰雨呼吸一滯，微渺希望如小小的芽尖探出經年凍土，顫巍巍朝太陽的方向伸展了一寸。

「如果是眞的，你絕對不能被任何人發現，你應該知道，在這種時候談戀愛對奇蹟來說是多大的危險。我們好不容易重新爬到現在萬眾矚目的位置……我們四個都有責任守護這份榮耀。更別說公司主要的營收來源是我們，我們如果出了什麼事情，影響的不僅僅是我們，還有全公司的生計。」

現實如凜冽北風，剎那間就把小苗攔腰折落。

冷意從脊柱後端一寸寸咬噬向上，孟冰雨忽然驚覺自己想要對姜炎溪表明心跡的想法有多愚蠢。她一直想要爲他守護的奇蹟，怎麼可以因爲一己私欲落入任何風險之中？

她不能。

「我知道。」

「知道也要做到才行，我給你一點時間整理想法，可是你還是要讓我清楚你現在處於什麼狀況。」

「我會把奇蹟放在第一位。」姜炎溪澀聲回答。

接下來是良久的沉默，隊長不再說話，輕輕嘆一口氣，緊接而來的是關門聲。

姜炎溪重回鏡頭前時，神色肉眼可見有幾許不自在，他並不是非常擅於說謊的人，即使這些年學會了圓融，情緒仍會從迴避的眼神和僵硬的嘴角流洩出來。

兩人視線相觸時，孟冰雨心裡的小苗又不受控地瘋長，手機的微光落在他眼裡，像點點斑斕的流星，撲天蓋地砸落在她心上。

但是，她不能再被這些星星沖昏頭了。

姜炎溪這次回台攪亂了她的底線，她陷在那樣無可抵擋的吸引力中，忘記這一切關係最重要的前提。

隊長的話點醒了她，一百萬的糾結不重要，孫霏霏或柯慕謙不重要，那是她自己需要處理的事情，最重要、最不可退讓的，是奇蹟的存續才對。

「剛剛隊長的話，需要放在心上的是我。」姜炎溪率先開口：「我會處理，妳不需要做任何改變。」

他的語速有些太快，孟冰雨聽出其中的動搖，緊緊咬住下唇。

因爲她沒開視訊，姜炎溪看不見她的表情，也沒聽見她的回應，神情少見地掠過一絲焦灼，「孟冰雨？妳不要又擅自做出什麼事情，不要又莫名其妙離開。」

孟冰雨臉上的淚痕在冷氣的風裡很快乾涸，徐徐繃緊皮膚。

姜炎溪見她不回答，急得加重語氣，「妳聽到了嗎？回答我！」

孟冰雨深深呼吸，這一次她不會再逃避了。

這是姜炎溪教過她許多次的，也是她的偶像茉莉一直在鼓勵粉絲們的，她會好好地完成她應該完成的事情，把錢還給孫霏霏，堂堂正正地去找姜炎溪。

然後，她會和他說清楚自己會以奇蹟的存續爲第一優先，好好和彼此告別，接著毫不後悔地重回月近管理員的身分，遠遠守護他。

「我不會就這樣消失的。」至少不是現在，孟冰雨輕輕說。

姜炎溪看向她的表情蒙上難言的陰鬱，緊繃裡透著一絲眞實的害怕，像隻曾經被主人遺棄的貓，敏感又戒備，「那妳開鏡頭，面對面跟我說。」

他在害怕她的離開。意識到這一點，孟冰雨有些喘不過氣，好不容易止住的淚意又有即將潰堤的危險，聲音裡終於帶上哽咽，「再等我一陣子，我會親自和你說清楚。」

姜炎溪脫口而出：「要等到什麼時候？」

沉默再次蔓延，姜炎溪鋒利的表情在這令人窒息的安靜裡慢慢凝固，像脆弱的蚌縮回殼中，不再袒露眞實的柔軟。

「妳要我相信妳，這就是我相信妳的結果啊。」通話裡的寂靜似被無限拉長，姜炎溪自嘲一笑，眼角凌厲又脆弱的鋒芒一閃而過，抬手掛斷通話。

孟冰雨望著黑去的螢幕映出黯淡的臉龐，抿著唇關掉聊天介面。

她眨著眼，欲哭，卻已經無淚，該流的眼淚已經流完了，現在僵持的局面是她自己造成的。

她對姜炎溪有無數的猜測與不安，反覆地靠近又數次遠離，姜炎溪卻始終態度坦蕩。他接受她全部的模樣，接受她不那麼光鮮亮麗的一面，甚至接受她緩慢疏遠的步調，願意理解從她敏感的視野裡，看出去的是什麼樣的世界。

他甚至曾經堅定地告訴她，不想與她漸行漸遠……可是她還是讓對方失望了。

對於忍耐力極強的姜炎溪，孟冰雨知道這次她是眞的踏過了界線，才會惹得姜炎溪決然切斷通訊。

電腦上的頁面停留在月近頻道後台，自從剪出那支爲姜炎溪澄清的影片後，孟冰雨就宣布頻道恢復更新。

她打開今天原本預定要剪輯的影片，螢幕上再度出現姜炎溪的臉。孟冰雨的指尖不自覺抬起，輕輕滑過那張對著粉絲燦笑的臉龐。她剪了好久的影片，恍惚間她幾乎都覺得自己更熟悉的是出現在鎂光燈下的藝人炎，而不是那個會發脾氣、會脆弱無助的姜炎溪。

其實姜炎溪一遍遍用力告訴過她，他會痛，當舞台燈熄滅，人群散盡，當他面對網路上莫須有的罪名與惡評時，他也會受傷。

還有那天姜炎溪從殯儀館追出來，心灰意冷說出的那句話。

「如果和我做朋友這麼累的話，那還是算了吧。」

姜炎溪掛斷視訊的那瞬間，是不是也想著，乾脆算了？

孟冰雨死死咬住唇，可這次她不想接受這個結局，不想就這樣算了。

那片屬於國中時期的夕陽，已經被姜炎溪畫成溫暖的黎明，她也不再是高中時任人宰割、退縮沉默的孟冰雨。

接下來幾天，姜炎溪都沒再傳訊息來，這是重新連繫上後，姜炎溪第一次單方面切斷了通訊。

孟冰雨試探地發去訊息，姜炎溪即使偶爾上線，也對她的訊息不聞不問——原來被故意忽視是如此難受的感覺。

彼此沒有聯絡的那幾年她並沒有封鎖姜炎溪，只是單方面完全不點開訊息。那段時間姜炎溪肯定和她一樣，不時點開聊天室確認對方的上線時間，卻只是再一次失望地發現，即使上線了，聊天室那端的人依然沒有回覆自己。

不必多做什麼動作，也不必費心多打一個字，就能夠明明白白讓對方感受到拒人於千里之外的冷漠。

當時姜炎溪是那麼痛、那麼孤單。

在這一刻她才深刻意識到，姜炎溪的存在早已融入日常，是她無法忽視的習慣，如同呼吸、吃飯。他一消失，空洞的缺口就無時無刻提醒她，她有多想念姜炎溪。

連續幾天孟冰雨都像行屍走肉，每天把自己寄情於工作中，連主管都忍不住提醒她：「身體還是要顧，偶爾也早點下班吧。」

孟冰雨口頭上答應，卻還是繼續用滿滿的工作麻痺自己……只要不去想，不去感受，就不會那麼痛了吧。

馮千羽也注意到她的不對勁，終於在她第三次因爲忙碌錯過午餐時受不了了，硬是把她帶出去吃飯。

孟冰雨精神渙散，麵端來了也不知道要吃。

馮千羽用筷子敲敲她的頭，「妳失戀啊？上次載妳來上班的小帥哥掰了？」

孟冰雨低頭吃麵，燙得眼角泛淚，賭氣似的說：「他算什麼帥哥。」

「也是，跟奇蹟比起來確實沒什麼。」

聽到奇蹟，孟冰雨又撇下嘴角，把頭埋進麵條的熱氣裡，悄悄眨掉眼角的淚光。

「好啦，認眞的，妳怎麼啦？前陣子有段時間妳也是突然加班加得很猛烈，明明工作量是差不多的……」

孟冰雨知道她說的是月近頻道暫停更新的那段時間。麵的熱氣緩緩消散，她才突然開口，「我發現……我喜歡上了一個老朋友。」

向來聒噪的馮千羽難得沒有插嘴，靜靜地聆聽。

「我當初拿了別人的錢，答應之後再也不聯絡他。」

說到這邊，馮千羽雙眼圓睜。

孟冰雨低下頭，輕輕攪拌著麵條，「很愚蠢又貪心吧？但那時的我只想到我需要這筆錢，答應了之後雖然很後悔，卻又想著，他沒有我還是可以過得好。終究是我們沒有緣分，是我不夠勇敢。原本我們應該要因此漸漸走散，可是不久之前，他回來了，然後找到了我。」

馮千羽終於忍不住好奇心，連連追問：「然後呢？妳有向他告白嗎？」

孟冰雨搖搖頭，握著筷子的手簌簌發抖。

馮千羽頓了下，伸手過去握住她。

「我一直不敢面對我喜歡他的事實。我怎麼可以喜歡他呢？我跟他距離如此遙遠，完全在不同的世界裡。如果我承認了我的喜歡，就必須面對我和他之間這麼巨大的差距。」從前，無論面對什麼工作上的刁難或挑戰，孟冰雨也不曾流露過任何脆弱，可此時她放下僞裝，反手握緊馮千羽的手，「現在他不再理我了，馮千羽，妳覺得我該怎麼辦？」

這段話說得顚三倒四，破碎又不連貫，不過馮千羽認眞地聽完後，陷入沉思，「他爲什麼不理妳？」

孟冰雨猶豫一下，把姜炎溪的身分略去，簡單把他們之間反覆拉扯的關係解釋給馮千羽聽。

馮千羽一下子被過量的資訊砸得頭暈眼花，皺緊眉頭，「那……妳有告訴過他妳喜歡他嗎？」

孟冰雨垂眼盯著逐漸漲大的麵條，搖搖頭，「但是，他應該知道。」

馮千羽猛然敲一下她額頭，「笨蛋，他什麼都知道的話，就不會追問妳有沒有答應那個小帥哥了。」

「孟冰雨，我不曉得妳有沒有察覺，在我跟妳一起工作這段期間，我覺得妳是一個鎖定目標後，會非常執著和勇敢去追到它的人。」

孟冰雨第一次聽到有人用勇敢來形容她，抬起頭，眼裡一下多了一絲稀微光芒，不過仍有些不確定地問：「眞的？」

「我騙妳幹麼？妳看，光是從最一開始妳任由前輩宰割，如今妳不也是很能表達想法了？妳只是一直沒有看到自己的閃光點而已。」馮千羽認眞地直視她，手裡的溫度細膩傳進她五指間，一絲一絲暖上心扉，「妳是勇敢的，現在，妳要再爲妳自己勇敢一次，去告訴他，妳喜歡他。爲什麼不呢？妳這麼努力地喜歡他，應該好好地讓妳喜歡的人接收到妳珍貴的心意。」

「如果我的喜歡，會給他帶來麻煩呢？」

馮千羽已經放開她的手，繼續低頭大口吃麵，「我是不曉得妳指的麻煩是什麼啦，妳又沒有拿著槍逼他跟妳在一起，大家都是成年人，如果他因爲那些麻煩不和妳在一起，妳也會明白你們的關係只能到此爲止。可是，一點機會都不給彼此的話，就眞的不可能會有奇蹟發生了。」

她抬起頭，鼓著嘴彈了個響指。

「要相信妳自己，還有妳喜歡的人都是勇敢的啊，孟冰雨。」

她喜歡的人，也會是勇敢的——姜炎溪一直都是比她勇敢的那個人啊。

孟冰雨在馮千羽鼓舞的目光裡，慢慢地點點頭。

第十章　想做你的刀與盾

在與姜炎溪沒有聯絡的第十五天，孟冰雨提前完成第三季的業績目標，成功拿到了績效獎金。

她看著戶頭裡的錢，從大學一路打工到現在存了六十萬，還有四十萬的缺口，即使她再怎麼省吃儉用，也要到明年才能存夠錢。不過現在也已經足夠她開始還一部分的錢給孫霏霏了。

人也許都是被逼到某種絕境時，才會想到要反抗。

馮千羽說得沒錯，她得相信自己是勇敢的。

孟冰雨直接傳訊息給孫霏霏，「我有事想和妳說，我們見一面吧。」

然而孫霏霏沒有回應她。

孟冰雨別無他法，她本來想直接斷掉跟柯慕謙的聯絡，此刻還是只能從對方這裡下手，「你能不能幫我約孫霏霏出來？」

柯慕謙回答得很乾脆，「可以，那妳準備拿什麼謝謝我？」

孟冰雨望著手機上的訊息，怒氣在胸口陣陣激盪。

她知道柯慕謙沒有錯，對於不怎麼熟的人而言，幫忙後想索要報酬是人之常情，可是一而再再而三利用她最在意的弱點來算計，讓她備感疲憊。

她沒有回覆就關掉聊天介面，把臉埋進掌心。

門鈴偏偏又在此刻響起，孟冰雨先是困惑，而後不祥的預感讓腦中警鈴大作。

知道她家地址的人只有寥寥幾個，其中態度友善的更是只有姜炎溪一人，她警覺地沒有直接應門，而是走到門口從貓眼往外望去。

果然不出所料，是一貫精心妝扮的夏日雪。

她不想應門，手機卻又同時響起。

孟冰雨眼明手快按了靜音，然而門後已經傳來夏日雪勝利般的聲音，刺進她不斷下沉的心裡，「開門吧，聽到妳在裡面了。」

孟冰雨沒有動彈，冷意從握住的黃銅門把上攀上肌膚，一路竄升，流進血管，最後凍結心臟。

在夏日雪身後，一個人影徐徐出現，像是知道她正看著貓眼，猛然向前湊近。

看著不知為何出現在此的孫霏霏朝她嫣然一笑，孟冰雨緊緊摀住嘴才沒叫出聲，那脣紅齒白的笑容，恰恰是她最深、最深的恐懼。

孟冰雨緊緊按著門扉，那扇薄薄的門此刻是她唯一的堡壘，保護她不必直面最深的噩夢。

因為是獨自住在外面，姜炎溪幫她搬完家後，特地請師傅多加裝兩道門鎖，孟冰雨還嫌他想得太多，平時也不會眞的上完所有鎖。

現在她害怕了。她將鎖全部轉上，一門之隔，恰恰是這幾道門鎖給了她對峙的勇氣。

孫霏霏側耳聽見門上鎖的聲音，笑容裡多了絲狠意，「孟冰雨，妳對客人眞不友善。」

孟冰雨不說話，不知道爲什麼帶給她最多黑夜的兩人會同時出現，更不清楚她們有什麼目的。她只曉得，無論如何都不能動搖，好不容易逃離的陷阱，她不能再踏進去了。

見她堅持不肯開門，孫霏霏往後靠在樓道牆壁上，從容地撥弄著捲髮，「阿姨，妳女兒這樣讓我很爲難。妳老公的事業每一天都離破產更近一點，這扇門再不開，我也沒有耐心等待了。」

夏日雪馬上轉身陪著笑臉，「孫小姐別這麼說，我女兒向來很不懂事、很欠教訓，不過妳放心，這點對媽媽的良心，她還是有的。」

孟冰雨氣得全身顫抖，無意識將手機深深壓進掌心。

夏日雪再次湊近門邊，「妳不是不想跟人家柯慕謙在一起嗎？那個小孩子人很好，把我介紹給妳朋友，他們父母也很有門路。有他們幫忙我，妳就不必嫁給柯慕謙了，大家都開心。」

回應她的依舊是沉默，夏日雪臉上的肌肉抽搐著，似乎很想對她大發雷霆，最終還是勉強忍下來了。

「妳只要答應孫小姐，不要再和那個偶像來往了。」

孟冰雨渾身一顫，手機不小心從指間滑落，砸到地上的聲響驚動了門後的人。

孫霏霏心滿意足笑起來，語氣充滿挑釁，「知道怕了？」

孫霏霏知道她和姜炎溪有來往，她不意外，畢竟那天從殯儀館出來後事態已經十分明顯，她驚訝的是，孫霏霏怎麼會爲了賭氣把這件事情說出去？

如果被媒體知道，光是這些糾葛就足夠他們編織出無數花邊新聞，哪怕這些並非眞實，還在名氣上升期間的奇蹟，絕對經受不住這種打擊。

孟冰雨一直以爲，保護姜炎溪的夢想，是孫霏霏在不擇手段欺凌她的同時，最起碼的底線。不過現在看來，只要不能達成她的期待，就連姜炎溪的前途也不在她的考慮範圍內。

可是離殯儀館外那一幕也過去不少時間了，爲什麼她偏偏挑這時候發難呢？

「我啊，還眞是低估了妳。」孫霏霏雙手抱胸，惡毒的目光彷彿穿越門洞，直視著孟冰雨，「妳知道柯慕謙和我是國中朋友吧？這幾天他和我說了一個非常有趣的故事，說他和一個女生告白，結果被拒絕了。」

孟冰雨無聲地重重嘆息，雖然她不喜歡柯慕謙，可是長大後的幾次見面，他至少都表現得文質彬彬，沒想到他會在無法說服她答應交往之後，把事情都告訴了孫霏霏。他明明知道高中時，她被孫霏霏欺負得多悽慘。

「不僅如此，他還收到了一個高中同學的警告，那個高中同學從女生那邊知道他的告白，要他離那個女生遠一點。」

孟冰雨腦中轟隆一聲，霎時變得一片空白。

孫霏霏的話震碎了她心底的一堵高牆，露出背後的深深荒野，儘管煙塵遍布，卻也廣闊無垠，苦澀和希望同時並存。苦澀的是她終究又牽扯到姜炎溪，點燃希望的是，他竟然眞的爲了她，涉險警告了柯慕謙。

隨後，更深的困惑又浮出她腦海。他是以什麼身分，或者什麼理由警告柯慕謙？他們並沒有在一起，她也還沒有表明心意，是什麼讓姜炎溪在得知柯慕謙對她告白後，馬上問她是否答應，甚至還在他們冷戰期間主動去找柯慕謙？

而向來不把她折磨到信心全失不會善罷甘休的孫霏霏，有可能什麼都不準備，光憑一個她完全不熟悉的夏日雪就來威脅自己嗎？

孟冰雨終於開口，全然不顧一旁氣得踱腳的夏日雪，「孫霏霏，妳來到底想要給我看什麼，直接說吧。」

短暫的靜默後，孫霏霏放聲大笑，尖利的笑聲宛如夜梟，又猛然停下，「孟冰雨，我最討厭妳這種自作聰明的樣子。」

手機的提示音再次響起，孫霏霏傳了一部影片給她。

孟冰雨蹲下去撿起手機，手指顫抖得試了好幾次才準確點到播放鍵。

鏡頭初始很晃動，一陣嘈雜之後，她看清了影片的主人公。

打成一團的人裡面，那頭燦爛的金髮眩了她的視線。她不由自主地將目光跟著他，看他一拳又一拳狠戾地砸下，把一個個穿著藝校制服的少年掀翻在地，最後似乎仍不解氣，又過去狠狠補了兩腳。

影片拍攝角度十分清晰，拍到其他男孩驚懼地往後退的樣子，柯慕謙也在其中。緊接著，鏡頭照到施暴者的臉上，那俊秀立體的五官，千眞萬確是姜炎溪，找不到任何模糊空間。

孫霏霏的笑聲再次傳來，「如果我把影片剪輯後放上網路，下個斷章取義的標題，或者乾脆直接賣給韓國媒體說我要指控他霸凌，妳敢不敢跟我打賭，當紅男團奇蹟的門面，可以多快變成過街老鼠？」

孟冰雨不敢相信地看了一遍又一遍，以一個外人的角度，即使不能百分之百肯定這狀況是否爲霸凌，那些暴力舉動和冒出的粗話，都是貨眞價實存在的行爲，而那絕對不是一個現役偶像可以被容忍出現的言行。

更別說韓國網友對於霸凌的態度，哪怕只是謠言，容忍度都很低。

「爲什麼？」她麻木地張口：「爲什麼姜炎溪會打他的同學？」

孫霏霏自然不會回答她，閒適地歪頭凝視，「我就知道看到影片後，妳肯定會乖乖的。好了，別廢話，妳現在立刻把手機給我，讓我把姜炎溪所有聯絡方式封鎖。下一次姜炎溪回來時，我要妳當著我的面，告訴她妳和柯慕謙在一起了。妳做到這些，姜炎溪就會好好的，什麼事情都不會有。」

孟冰雨猛然打開所有門鎖，用力推開門，一把抓住孫霏霏的領口，「妳明明愛他，爲什麼還要這樣對他？」

孫霏霏邊笑邊推開孟冰雨，孟冰雨鍥而不捨又撲上去。

來回幾次後，孫霏霏終於不耐煩了，任由孟冰雨抓著自己領口，定睛看向她。

「愛他？對，我比世界上任何人都還要愛他。我們兩三歲時就在一起長大，我把他當作我唯一的哥哥，願意和他分享任何東西。後來我被領養，我一直在等，等我們都長大後，我就要回到他身邊。我和他約好，他要成爲所有人都能仰望的光，這麼一來我不管走到哪裡都可以看見他。本來一切都像我想的那樣，他答應我高中會讀藝校……偏偏國二時，他遇到了妳。」孫霏霏越講越激動，一把掰開孟冰雨的手，似哭似笑地反手掐住她，「妳憑什麼吸引他的注意力？就憑妳沒媽媽又窮得要死？我最恨妳那種楚楚可憐的樣子。高中是我最開心的時候，我可以每天看到他，而妳只能在每天放學後，被我們當成玩具一樣耍得團團轉。我一邊恨妳老是待在他身邊，一邊恨姜炎溪從來沒有察覺我有多不開心。我一天一天和你們耗，高三時我知道你們漸漸沒有那麼多來往，所以我和他告白了。但是姜炎溪對我說，他只把我當小妹妹來看，從來沒有要和我在一起的想法。他說，他心裡有人了。」

孫霏霏那句話像刺目的電光一閃而過，眩得孟冰雨倏忽間忘了呼吸。

孫霏霏咬牙切齒，一字一字說出口：「那個人，就是妳。」

怎麼可能？孟冰雨猶在震驚中，麻木地任由孫霏霏越掐越緊，即使崩潰著，那張臉蛋仍是我見猶憐的嬌美。

「我質問他爲什麼不跟妳坦白，他說他馬上就要去韓國，不能在那種時候不負責任地跟妳告白。妳聽，姜炎溪他多貼心啊！我不甘心，特別不甘心，他爲什麼喜歡的是妳？我眞的不懂，你們相遇的時候不過就是什麼都不懂的國中生，不過就是相處了區區兩年，憑什麼可以這麼喜歡彼此？因爲有妳，他從不肯好好看我，明明我比妳漂亮、比妳有錢、比妳還更愛他！妳會爲了區區一百萬放棄他，而我不會，我會願意用我的所有去換他的喜歡！」

走廊的燈又高又遠，暈黃的光照下來，陳年舊事在腦中悠悠旋轉，孟冰雨被掐得喘不過氣，只覺得整片斑駁的天花板都在旋轉。

姜炎溪居然喜歡她，喜歡這麼平凡、懦弱的她。

她從不敢表露心意、覺得好遙遠的那個男孩子，原來在歲月裡默默等候了好久好久。

孫霏霏的指控像一把糖裹著玻璃碎渣直直撒在她心上，又甜又痛，攪爛了孟冰雨薄弱的信心。

她說得沒錯，若要拿犧牲了什麼來比較衡量，她確實沒有孫霏霏那樣愛姜炎溪。

可是，毫不顧慮對方的愛，眞的是愛嗎？

「高中時我發現妳居然可能成爲他不去韓國的原因，我氣瘋了，我知道只要妳在，他就不能完全放心去追他的夢想，所以我花了一百萬幫他處理了妳。但妳看看他是怎麼對我的？他一次一次推開我，反而不推開一點用都沒有的妳！連我們共同的媽媽過世，他還是滿眼都只有妳，沒有我。既然如此，如果你們要在一起，我就要把我曾經付出的愛都收回來，這很合理！」

孫霏霏一把撿起門內她掉在地上的手機，螢幕還亮著，她找到聊天軟體，翻到了姜炎溪的名字。

孟冰雨回過神來想要去搶，夏日雪卻在此時一把抓住她，不讓孟冰雨靠近孫霏霏。她拚命掙扎，夏日雪的長指甲深深陷進她的肉裡，刮傷肌膚，她掙脫不開只能眼睜睜看孫霏霏封鎖姜炎溪之後，將聯絡人資料從帳號裡刪除。

這麼一來，除非重新加入ID，不然孟冰雨再也找不到姜炎溪了。

夏日雪見孫霏霏達成目的，便放開手，孟冰雨無聲癱倒在地。

孫霏霏把孟冰雨的手機扔在地上，高跟鞋毫不留情踩上，手機馬上龜裂出蛛網般的裂痕，「這手機破得要死，去換一個吧。」

孟冰雨垂頭不語，孫霏霏的陰影居高臨下地籠罩著她。

「影片我暫時留著，等妳和柯慕謙在一起我再考慮刪除。記得，柯慕謙是我這邊的人，他會告訴我妳的一舉一動，如果妳再騙我，我一定會讓妳後悔。」

見她準備要走，夏日雪連忙卑躬屈膝跟上。

孫霏霏輕鬆一笑，用下巴點點地上的孟冰雨，「我會先讓我爸撥一部分的款，等到妳女兒做到全部我要她做的事情，就會給妳所有的錢了。」

一直到夏日雪和孫霏霏都離開，孟冰雨才慢慢起身，撿起被踩壞的手機，走回屋裡緊緊關上門，把門鎖通通安上。

錯過姜炎溪的痛楚，還有被親生媽媽和孫霏霏聯手折辱的痛苦，全部混雜在一起。翻湧的憤怒、悲傷、痛恨交織成深黑漩渦，糾纏著要將她拖下深淵，她毫無辦法，站在原地任憑負面情緒吞噬自己。

就在即將失去理智的前一刻，她撲到電腦前，迅速打開播放清單裡，一個命名為「防墜網」的歌單。

那是她專門爲了這種時候準備的歌單，裡面滿滿都是偶像茉莉曲風輕快、歌詞溫暖鼓舞的歌曲。

孟冰雨蹲坐在地，直到茉莉的歌聲慢慢破開腦中黑暗的雲霧傳進她耳中時，才放任自己哭出來。

她第一次做出這個歌單，就是在孫霏霏和她達成一百萬約定的那一晚。

在好像永遠等不到黎明的黑夜裡，茉莉剛好那天開了直播，孟冰雨當時韓文還不夠好，也不管茉莉看不看得懂，劈頭打了一串求救的英文訊息過去。

茉莉看到了。她一字一句讀完訊息，抬起頭，眼裡的關懷顯而易見，改用其實也並不熟練的英文，「現在很難受吧？不用怕，我在這裡。」

孟冰雨當時眼淚刷地一下就落下了。

茉莉繼續用英文慢慢說：「如果我的存在可以讓妳稍稍開心一點就好了。『唯一』

們都知道吧？我剛出道時，經歷了一段非常辛苦、非常疲憊的歲月，那段時間我是想著你們度過的。在我人生陷入低潮的時候，我曾經寫過很多希望可以鼓舞我自己和別人的歌，答應我，如果妳很難受，先聽聽這些歌，它們會代替我給妳力量。請記得，世界上永遠有人比妳更愛妳，我會一直在這裡爲妳應援。」

在茉莉清亮婉轉的唱腔裡，孟冰雨慢慢擦乾眼淚。

很難受、很想就在這裡放棄的心情重複了一百遍，但是因爲心愛的偶像，她可以再鼓起勇氣嘗試第一百零一遍。

她好害怕接下來要做的事情，卻也很清楚，如果什麼也不做，她會更後悔。

姜炎溪曾說過，不要變成會讓自己失望的人，她在這裡放棄的話，不僅會讓自己失望，也會讓同樣喜歡著她的姜炎溪失望。

孟冰雨爬起身，打開電腦，開始查前往韓國的機票。

姜炎溪這段時間雖然也心情低迷，但他的職業永遠需要笑容，不容許洩漏一絲傷悲。

又是行程滿檔的一天，車子緩緩駛進市區，姜炎溪正盯著窗外發呆。

他已經好久沒跟孟冰雨說話。起初幾天孟冰雨還會傳來幾句問候，隨著他的沉默，那些字句也漸漸不再傳來了。

一個習慣要養成很難，摧毀卻是如此容易。

隊長拍拍他肩膀，遞過去剛買到的冰美式，「今天是簽售會，你得打起精神啊。」

「謝了。」姜炎溪喝了一大口，苦澀又冰涼的液體緩緩淌進四肢百骸，強迫渙散的精神集中起來。

隊長仔細打量著他。

姜炎溪平靜地回望，答出他沒有問出口的問題，「別擔心，我沒有再和她聯絡了。」

他沒有說清楚「她」指的是誰，然而隊長也沒再多問。

簽售會規模不小，等候在外的粉絲看見保母車經過，紛紛興奮尖叫。

保全人員極力把激動的人們攔在紅龍之後，讓奇蹟的成員們可以一邊微笑打招呼，一邊走到會場後台做準備。

到了活動開始的時間，成員先對全場問好，接著依序坐到長桌之後。

一個個打扮精緻的粉絲們陸續上台，像往常任何一場簽售會那樣，不少粉絲都帶了可愛的小禮物，想盡辦法在短短的互動時間裡，讓偶像對自己留下印象。

該工作的時候姜炎溪不會讓個人狀況影響表現，把握和每一個粉絲互動的機會，用盡全力接受與表達對彼此的愛和支持。

畢竟，雖然他有數不清的粉絲上來簽名，但對於每個粉絲來說，這就是他們唯一和偶像互動的機會。

簽售會結束後，他們照例和全場粉絲道別。這次簽售會是在百貨公司裡圍出一片區域進行，旁邊有不少圍觀的群眾好奇地看著，他們同時也向四周揮手，親切周到，不放過每一個圈粉的機會。

視線掃過後排的人群時，姜炎溪的視線比他的大腦更快反應，慣性掃過後馬上就移回來。

明知周遭有無數鏡頭對著自己，姜炎溪還是控制不住表情管理，微微張開嘴。

他在做夢嗎？他說不出口的想念，怎麼可能會在此刻猝不及防地被實現？

粉絲的尖叫聲還在耳邊，閃光燈依然刺眼，他用力眨眨眼，那人影並沒有消失，反而隨著他的凝望，往前邁進一步。

原本應該遠在另一個國度的孟冰雨，此時就站在他面前，當著無數人的眼前，對他遠遠一笑——是和在台灣演唱會上時一樣的表情，清秀的眉宇間都是他想要馬上奔過去抹滅的悲傷與思念。

簽售會最後是怎麼結束的，姜炎溪有些印象模糊，只記得那道視線未曾離開，一直到他們走下台，穿過人群往外走時，孟冰雨都還看著他。

他不敢讓視線洩漏心思，小心翼翼克制不一直往她的方向看去，可是又忍不住每隔一陣子就回頭，確認她是不是還在。

在外等候的粉絲把握最後機會，紛紛探身想要把手裡的信件或禮物塞給他們，姜炎溪收回心神，對本來想要攔阻的保鏢打個手勢，耐心地一個個收下。得之不易的幸運與愛無以回報，他只能用最原始的方式回應粉絲們的心意。

步伐越來越接近車輛，又是一雙手捧著綁了緞帶的素描本伸到眼前，姜炎溪接過來，手指無意間擦過一絲熱度，後知後覺抬起眼，下一秒便跌進一雙熟悉的眼睛裡。口罩之上，孟冰雨凝視他的眼神那麼憂傷忐忑，姜炎溪只愣了一下，一秒都不敢多逗留，反射性地別過頭就走。

隨保全隔出的路徑上車後，姜炎溪回頭朝車窗外看，漆黑的防窺玻璃隔開一眾粉絲，而孟冰雨的身影也已被淹沒，再也看不見。

經紀人想接過他手上滿滿的禮物，他正要遞過去，忽然想起什麼，留下素描本，沒注意到隊長轉頭看了他一眼。

姜炎溪不敢在車上打開，一路撐到跑完一整天的行程回宿舍後，才躲回房間急匆匆翻開。素描簿第一頁用藍筆寫了一行地址，後面跟著一串號碼，還用膠帶貼了一張門禁卡。

他心臟一顫，認出這是附近的一間飯店，號碼則是房號。

孟冰雨為什麼大老遠飛來韓國，還和他用這種方式見面？他們明明都心知肚明，在外面見面是風險多大的事情。

他打開手機傳訊息給孟冰雨，「到底是怎麼回事？」

但是一直到快要半夜，孟冰雨連讀都沒有讀。

姜炎溪不曉得孟冰雨會在韓國逗留多久，百般猶豫，還是悄悄梳洗，換上至今還沒有穿出去過的新衣，避免被媒體認出，又仔細確認大大的帽兜可以把臉完全藏進陰影。

他在鏡前打量一下自己，小心地戴上口罩和墨鏡，確定完全看不出身分後，深吸一口氣，打開房門。

宿舍很安靜，成員似乎都各自在房間裡休息，姜炎溪走到門口，正要開門，猛地聽見身後有一間臥室的門開了。

「這麼晚了，你要去哪裡？」

姜炎溪渾身一震，轉過身，對上隊長溫和卻不容敷衍的注視，話卡在喉間，什麼都說不出來。

隊長慢慢走向他，姜炎溪低下頭，任由他的視線在臉上逡巡，「是剛剛給你素描本的那個女孩子嗎？」

來不及掩飾的震驚閃過姜炎溪眼中，在隊長的凝視下，他繃緊的肩線漸漸放鬆，低聲道：「對不起，隊長。」

他放在門把上的手縮了回來，腦中一片空白。

隊長轉開臉，長長嘆一口氣，然後出乎意料地問：「你現在不去的話，會很後悔嗎？」

姜炎溪立刻抬起頭，發現隊長的目光落在客廳置物架，奇蹟去年年末奪得的那只大賞獎盃上。

他跟著望去，心臟沉沉亂撞，而後聽見隊長壓抑的聲音繼續說：「會的話就去吧。我不希望我的團員在最好的年輕歲月，除了冷冰冰的獎盃和一身傷病，什麼也沒留下。」

姜炎溪眼睛慢慢睜大。

隊長輕輕重複，「去吧。」

姜炎溪頓了下，飛快過去輕摟他一下，「謝謝你。」

他一定會更努力、更拚命維持奇蹟的榮光，然而這樣的承諾說出來就顯得單薄，他只能在未來用行動證明。

深夜的飯店人煙稀疏，姜炎溪沒有引起注意，順利搭電梯上樓，來到孟冰雨所在的樓層時，腳步忽然又猶豫了。

長廊漫漫，每一步都像飛蛾撲火，明知前途未明，仍舊心甘情願步步邁向危險。

他無法戒掉孟冰雨。

上一次的夜店醜聞事件，當他被四面八方的壓力逼得無法呼吸時，唯一可以放心傾訴的人，只有孟冰雨。在她面前，他不用擔心丟臉，不用焦慮影響偶像形象，可以還是會發脾氣、會不知所措的姜炎溪。

他好想她。

姜炎溪停在孟冰雨給的房號前，沒有直接使用門禁卡，而是選擇按響門鈴。電鈴聲響起時，姜炎溪幾乎可以同時聽見自己的心跳聲。

隱約的腳步聲傳來，門扉從裡面一點一點被拉開。

完全敞開的那一瞬，孟冰雨只看到巨大的影子一閃，自己的後背已經扎扎實實地撞上牆壁，後腦被柔軟的什麼包覆著，沒有感受到痛楚。

沒頭沒腦衝進來把她抱了個滿懷的姜炎溪沒有回身，直接用腳踢上了門。

房間一片安靜，只有兩人頻率相合的呼吸聲。

孟冰雨不知道他們身高差了多少，但肯定有近十公分。姜炎溪艱難地彎著身子，一手小心地墊在孟冰雨腦後避免她撞到，一手攬著她的肩緊緊擁在懷裡，胸口的熱度彷彿要燒融薄薄的衣物，燃盡所有激動。

非要等一切熱鬧喧囂都沉寂的時候，他們才敢承認想念。

姜炎溪的語氣仍是鋒利逼迫的，力道強悍的擁抱微微壓疼了她的骨頭，「妳來做什麼？瘋了嗎？如果不想再見到我的話，就永遠不要理我就好了。」

他低沉的嗓音共鳴在緊貼著孟冰雨的胸腔裡，簡直是種蠱惑。

孟冰雨沒有說話，閉上眼深吸一口氣，屬於姜炎溪的冷冽氣息密密滲進每一寸毛孔，熨平每一分焦慮與慌亂。

「我想見你，可是聯絡方式被孫霏霏刪掉了。我猶豫了很久，還是……還是想要親自來找你說。」

姜炎溪身子一僵，低頭看被緊緊圈在懷裡的女孩，「孫霏霏？」

孟冰雨想要掙開他，但姜炎溪沒有要放手的意思，只好把手艱難地拔出來，摘下他的墨鏡，想要看清他的眼神，「你高中離開台灣前，爲什麼要和同學打架？」

姜炎溪的帽兜在激烈的擁抱中落到腦後，金髮散落下來。沒了墨鏡遮掩，銳利的眼瞳緊緊注視著她，說不清的情緒在裡頭悠轉，最後沉澱成平靜的了然，「妳看到影片了。」

孟冰雨不敢置信地望著他，模糊的懷疑在心底慢慢成型，「孫霏霏也用那支打架影片威脅你要和她保持聯絡，是不是？」

姜炎溪聲音驀然一啞，「也？她對妳做了什麼？」

「如果我要讓你知道孫霏霏對我做了什麼，我有一件事情需要先告訴你。」在姜炎溪不解的眼神裡，孟冰雨幾乎快失去最後一絲勇氣，「我、我是因爲錢才會和你斷絕聯繫的。」

她結結巴巴、話不成句，昔年被孫霏霏一伙人欺侮的往事每說出一個字，都像在逼自己再回憶一次那種求救無門、連自己都厭惡自己的絕望。

姜炎溪眼神越來越冷厲，說到那一晚和孫霏霏談定一百萬的代價時，姜炎溪扣在她腰上的手臂越來越緊。

好不容易把陳年舊事一一說盡，又說到最後孫霏霏和夏日雪來找她時的情景，孟冰雨幾乎不敢再看他的眼睛，不爭氣的哽咽悄悄爬上喉嚨，被她努力壓回。

「我沒有想過你會被牽扯進來，也沒考慮過你的心情，逃了這麼久才來面對你，對不起。」

姜炎溪突然打斷她，一把扯下口罩，「不要說對不起，我聽膩了。」凶狠的語氣瞬間讓孟冰雨眼裡蒙上一層薄淚，幾乎是下一秒，姜炎溪修長的指掐著她下巴，她突然在他眼底望見自己的倒影，和那張俊麗的臉蛋相比，如此平凡普通。

孟冰雨極力想撇開頭，「我現在很醜——」

滾燙的手掌倏然蒙上她的眼。孟冰雨落入一片黑暗，只來得及聽見姜炎溪沙啞的聲音，對方的呼吸拂過耳邊，結實的手臂緊緊圈著她的腰際，小小空間裡所有的肢體接觸都燙得曖昧。

「不用看，只要專心感覺我就夠了。」

孟冰雨的世界只剩下指縫裡碎散的光影，後背用力抵著牆，下頷被同樣炙熱的指尖強行抬起。

在她滴下淚那一瞬間，姜炎溪死死吻住了她。

孟冰雨無法呼吸，本能地想要轉頭，卻被姜炎溪輕而易舉扳了回來。他的長耳墜晃動間輕甩到她臉上，冰涼涼的，唇上的熱意卻燙如野火。

姜炎溪吻得那麼用力那麼絕望，唇齒間又像掠奪又像給予。她在他的懷抱裡被徹底打碎，烙上屬於他的印記後，又重組成完全嶄新的人。

她站也站不穩，全身的重量都落在姜炎溪扶在腰上的支撐，腦中不合時宜冒出一句網路上的流行句法——被當紅偶像按在牆上吻是什麼樣的體驗？

是完全無法思考，腦中一片空白的感覺，只能感受到他的溫度、他的呼吸，以及他過於侵略性的香水氣味。

孟冰雨想過無數次一連串的假設句，如果他們之間沒有孫霏霏這些阻礙、如果姜炎溪有可能喜歡她，那會是她最幸福的願望。直到那一晚偶然間聽到隊長和姜炎溪的對談時，她才如夢初醒，她的願望不能如此自私……可是爲什麼命運要在此刻讓她明白姜炎溪的心意？

她喜歡的人居然也喜歡她，光是這樣的奇蹟，就已經用盡她所有運氣，而她捨不得眼睜睜看著她的奇蹟消逝。

姜炎溪扶著她的側臉吻得更深，此時此刻，孟冰雨什麼都不想再想了，就讓她再自私最後一次。

就在即將窒息的前一刻，姜炎溪放開了她，兩人抵著彼此的額頭調整呼吸，姜炎溪的呼吸只是微微凌亂，孟冰雨卻喘得一蹋糊塗。

這也很合理，整天在舞台上載歌載舞的偶像的體力，和她這個萬年不運動的上班族根本沒得比。

吻停下來的瞬間，苦澀漫上胸臆，理智緩緩回籠，孟冰雨重新想起他們不該在一起的理由。

姜炎溪俯下身，把她的臉捧在掌心，指尖輕輕蹭掉她的眼淚。扒掉鋒利的面具後，他眉目放鬆，一下一下安撫地摩娑她的髮尾。

「妳剛剛說了那麼多別人的事，都沒有提到妳的心情。」姜炎溪沙啞時的聲音尾巴像是鑲著羽毛，漫不經心掃起一片酥癢，「妳考慮了所有人，那妳自己呢？妳明明喜歡我，明明想和我在一起，爲什麼總是要逃？」

孟冰雨狼狽地揉揉眼睛，潮紅早就攀上臉頰，連帶雪白的脖頸處也紅成一片，「我的喜歡對你來說一點都不特別啊，你有數不盡的追隨者，有那麼多人比我還要愛你，我憑什麼跟你說我喜歡你？」

姜炎溪的個人社群帳號有百萬粉絲，她的喜歡和這些人的放在一起，不過就是百萬分之一。

姜炎溪輕輕固定住她的臉，「粉絲的喜歡和妳的喜歡雖然同等珍貴，但那是不一樣的。炎完全屬於粉絲，姜炎溪並不是，粉絲會明白我的意思。不過如果妳非要聽原因的話，答案是憑我喜歡妳，憑我們一起走過這麼多夜晚，憑我在妳面前可以先是姜炎溪，再來才是炎。」

唯有在孟冰雨面前，他才可以完全做自己，也唯有和孟冰雨一起時，他們可以從共同積累的歲月裡汲取勇氣，繼續邁向未來。

遲來的激動不知是喜是悲，孟冰雨顫抖著，「你可以原諒我因爲錢而放棄你？」

一瞬的疼痛在瞳底一閃而過，姜炎溪深深吸氣，「我相信那個時候的妳，比起我更需要那一百萬。但我更自責在妳最需要我的時候……對不起，我並沒有待在妳身邊。」

孟冰雨用力搖頭，淚珠四散，「不要爲追夢道歉，我很高興你終於能追到你的夢想。」

姜炎溪直視她，問起另一個梗在心裡的疑問，「爲什麼妳上次視訊要那樣說？妳要我等一陣子，是因爲想要還錢給孫霏霏嗎？」

孟冰雨思忖半晌，艱難地組織著語言，「我……我只是想好好做到我能做的事情。在把錢還給孫霏霏前，我總是覺得很愧疚也很丟臉。每一次跟你說話、傳訊息，我想到的都是，自己沒辦法堂堂正正地面對你，都拿了孫霏霏的錢了，卻還是貪心地想要與你保持聯絡。換作我是孫霏霏，一定也會覺得這個人自私又懦弱。所以我只是想著，等到我還清那一百萬，就可以問心無愧地和你來往。」

「順序有這麼重要嗎？」姜炎溪失笑，素來剛硬的語氣放得更加柔軟，「妳就不能先好好和我說完這一切，再去還錢？」

「當然很重要！我……」孟冰雨說到一半，瞧見姜炎溪忍俊不住的笑意，才意識到他只是在逗她。

孟冰雨啞口無言，只好撇過頭。

然而姜炎溪強勢地挑著她的下巴湊過去，不由分說再次咬上她的雙唇。

這一次他沒遮住孟冰雨的眼睛，她可以清晰看見那張臉近在咫尺，漂亮的眼睛緊緊閉著，唇上的侵略還在延燒，無休無止。

她分明還記得這有多不應該，卻分毫抗拒不了。

畢竟，姜炎溪是在她都還不敢承認時，就喜歡了那麼久的人啊，他們只剩下這一晚的時間了。

姜炎溪的吻濃烈得讓她微微害怕，終於在一個換氣的間隙，她抬手輕輕擋住，姜炎溪的吻於是烙在她掌心上，癢得她微微瑟縮。

她狠一狠心，逼自己開口，親手摧毀夢境一般的氛圍，「姜炎溪，就算我們喜歡彼此，我們……我們也不能再這樣了。」

「爲什麼？」

「你比我更知道爲什麼。」孟冰雨第一次如此依戀地輕輕撫過他蒼白的臉頰，「你必須守護奇蹟，也不能對不起命運們，偶像販賣的不只是歌舞表演，還有給粉絲們的戀愛感。假如是你們退伍後談戀愛被發現也就算了，現在你們正處於事業上升期，被發現交女朋友會是很大的打擊。保住我和你的關係，還是保住你，這種二選一我永遠會選擇你……所以我們不能在一起。」

她輕輕說完最後的句子，無奈的情緒一閃即逝，聲音堅定如斯。

炙熱的氛圍在殘忍的現實前，剎那間煙消雲散。

「在不在一起，不是妳一個人說了算。」姜炎溪反手抓住她，五指扣在指縫裡一點一點握緊，口氣又變得強硬起來，「妳說過，信任是雙向的。我相信妳即使在一起也不會四處炫耀，妳也要相信我可以做到好好完成我的工作。我會和奇蹟的其他成員談好的，也絕不會做任何對不起粉絲的事情，我一樣會好好唱歌跳舞，不會與妳有任何放閃的舉動，不會讓妳有任何凌駕於粉絲以上的特權。何況妳和我分隔兩地，只要做好所有保密行動，不會有機會被發現。」

他的語氣越來越急切，然而越是如此，反而越洩漏他的慌亂。

「那孫霏霏的影片呢？」

孟冰雨顫抖著唇，把新買的手機遞到他眼前，備份回來的影片還存在聊天室裡。她點開播放鍵，隨著十八歲的姜炎溪在螢幕裡動手的聲響，姜炎溪眼裡的光一點一點黯淡下去。

「我沒有和柯慕謙在一起的話，只要她把這影片公開於世，奇蹟這麼辛苦、這麼努力走到現在的成績會毀於一旦。我不能自私，我們的愛也沒有偉大到可以犧牲奇蹟。」

姜炎溪一把按住她，「那我的職業就偉大到可以犧牲妳嗎？」

聞言，孟冰雨一愣。

「妳不知道我爲什麼會打那場架，對吧？那天街演完一起吃飯時我就覺得不對勁，後來我約了孫霏霏和她的同學出來，問他們之前到底是怎麼和妳相處。那時柯慕謙才告訴我，妳是如何被他們欺負的。我一時壓不住情緒，況且我知道我離開台灣前一定得讓他們好好記住，永遠不准再欺負妳，也永遠不准出現在妳周遭。我知道我應該選擇暴力以外的做法，動手就是錯，但我不後悔讓他們付出欺負妳的代價。」

孟冰雨像是攀住救命繩索般緊緊回握著他的手，心裡的內疚鋪天蓋地，「所以，是因爲我……是我害你被錄下這種影片。」

姜炎溪注意到她的語氣，馬上再次用力捧住她的臉，「不要責怪自己，這是我的選擇，而且把那情況錄下來的人才是這一切的源頭。」

孟冰雨極力平緩情緒，「柯慕謙告訴你他們做過什麼的時候，你沒有發現孫霏霏的不對勁嗎？」

痛意掠過姜炎溪的臉，他深深吸一口氣，語調沉重，「她告訴我她從頭到尾都沒有參與，那些男生也都沒有供出她，我看在小時候的情誼相信了，最後我只是警告她不要再隨便靠近妳。後來妳沒有聯繫我，我也沒有猜到是她安排的。我發現她的占有欲已經強到不對勁時，是那天回台送走我媽時，她傳了這支影片給我，威脅我要繼續和她連絡。」

姜炎溪聲音裡第一次帶上顫抖。

「看到影片時我才了解到，孫霏霏早就不是我以爲的那個小孩了。她當時錄下影片，不管有沒有想過日後要拿來這麼做，動機無非就是想要留下我的把柄。是我太晚發現，是我一直執著小時候的我和她有多要好。」姜炎溪的眼裡很少有如此濃烈的失落，他撫過她鬢邊的動作，小心翼翼地像在撫摸易碎的瓷器，「妳剛剛跟我說孫霏霏這些年是怎麼對待妳的……對不起，是我沒有及早察覺孫霏霏對妳的敵意，我沒有保護好妳，還把妳放到那樣的地獄裡。妳沒有做錯任何事情，也不應該再犧牲自己，孟冰雨。」

他們交握的手像是要抵抗命運即將襲來的洪流，緊緊相扣。

孟冰雨終於慢慢將頭靠上他胸口，姜炎溪沉沉的心跳速度很快，但她的心跳反而一點一點平靜下來。那些因爲孫霏霏而被夢魘驚醒的夜，以及尊嚴被踩到地上、連哭都哭不出來的時刻，在這一瞬間緩緩離她遠去。

積年的怨怒不會輕易消失，然而被姜炎溪理解後，她心底痛苦的核心微微軟化了外殼，裂隙無聲橫亙，終於能容許陽光透進。

「我當時沒有對影片做出反應，是因爲想先安撫她的情緒，現在我才知道我又錯了。」姜炎溪彎下身，看進她眼裡，「不反抗的話，加害者永遠不會知道自己的錯誤。我放過她這一次，她只會拿著影片繼續威脅其他事情，我需要守護奇蹟，也需要守護妳。」

孟冰雨深深吸氣，茉莉直播裡的那句話再次浮現腦中。

「世界上，永遠有人比妳更愛妳。」

馮千羽說得沒錯，她應該要相信她喜歡的人，也是勇敢的。

「我會去找公司，把影片給他們討論對策，不會束手無策等著被爆料。」

有了姜炎溪這句話，孟冰雨腦中有隱晦的想法緩緩浮起，儘管她還不曉得怎麼把這些主意連結起來，卻隱隱知道她應該能幫得上忙。

姜炎溪選擇爲她戰鬥，光是這一點就已經給了她無限勇氣。

下定決心後，孟冰雨對他微笑，「我會和你一起去。」

姜炎溪微微擰眉，「妳要以什麼身分去？萬一公司要求妳曝光——」

「我不是以孟冰雨的身分。」孟冰雨指尖搭上他額際，緩緩撫平皺褶，「我會以月近管理員的身分。」

姜炎溪頓了幾秒才確定自己沒有理解錯誤，慢慢睜大眼睛。

「我當初幫頻道取名叫『和月光最近的距離』，就是因爲地球和月亮近到會在彼此身上投下自己的影子。就算我們無法站在同樣的位置，我們也會永遠共享光芒與陰影。」

在姜炎溪驚詫無比的目光裡，孟冰雨終於有心情笑出聲，柔和的聲音認認眞眞一字字說道：「炎，月近永遠會是奇蹟，會是你的刀與盾。」

第十一章　你就是我的奇蹟

夜色已深，戒備森嚴的高級公寓裡，七樓的客廳依然燈火通明。

客廳裡一片寂靜，突然從睡夢中被叫醒的主舞還穿著件和時髦外型全然不搭調的恐龍睡衣。

本來打算熬夜通霄打遊戲的主唱手裡則掛著全罩耳機，最後則是面色凝重，顯然完全睡不著的隊長，指尖一下下敲擊椅子扶手。

姜炎溪已經一五一十把目前的狀況全部說完，包含孟冰雨和孫霏霏的身分與關係，也給幾人看完影片，而後客廳陷入一片死寂。

良久，還是隊長先開口：「你打算怎麼做？」

姜炎溪毫不猶豫，「先公開道歉，如果輿論不原諒我，我會負全部責任，退出奇蹟。」

主唱咬著牙，首先發飆，「姜炎溪，你以爲退出就是負責任？你退出對奇蹟會造成多大影響？我們好不容易一起走到這邊，少了任何一個，繼續走下去又有什麼意義？」

主舞跟著附和，「無論如何你都不能退出，隊長，你一定要幫忙跟公司說清楚！」

隊長滿是血絲的眼抬起來，驀然抬起拳頭。

姜炎溪一愣，卻是閃也不閃，打算生受這一拳——

然而隊長的手落到他臉上，只是洩憤似地一把把姜炎溪臉頰的肉掐到變形，「姜炎溪，你把我們當成什麼了？」

姜炎溪看著隊長，配上被擠扁的臉頰，顯得格外呆滯。

「你為了保護她而動手，目的是對的，手段的確確確實實錯了，錯了就要付出代價。」隊長放開他，主唱和主舞馬上簇擁過來，玩鬧似的一人砸他一拳，「但奇蹟是四個人的奇蹟，我們會守著你走到最後，你也不准再這麼輕率說出想要退團的話。」

姜炎溪忽然想起那天隊長在房間和他說的話。

「我雖然想過要放棄，但現在我找到了可以繼續下去的理由，那就是你們和我們的命運們。」

而他想要繼續下去的理由，雖然有些丟人地拖了許久，不過現在也終於找到了。

「明天我們會和孟冰雨，也就是月近頻道的主人一起去找公司代表討論對策，我已經先把影片傳給代表了。」

四人目光相觸，姜炎溪掐緊手指，站起身來，深深一鞠躬，「非常對不起，謝謝你們願意陪我走到最後。」

隊長先紅了眼眶，而後起身，像他們谷底翻身後第一次獲得大獎時那樣，伸臂把所有人緊緊摟進懷裡。

隔天，他們見到喬裝打扮在公司門口等候的孟冰雨時，都忍不住心裡的好奇。

刷卡把人帶進建築物裡，隊長率先開口：「沒想到是在這種場景認識妳，謝謝妳對我們團體的支持。」

活潑的主唱忍不住好奇，連串發問：「妳和姜炎溪是國中同學啊，他國中是什麼樣子？是超受歡迎的校草嗎？妳那時候就喜歡他了嗎？還是——」

剩下的話被姜炎溪一記殺氣騰騰的怒瞪消了音。

他們依序進入會議室，緊張兮兮坐成一排。幾分鐘後，公司代表和幾位高層人員魚貫進入，沉默地隔著長桌注視他們。

公司當初是一位製作人貸款成立，他為了奇蹟傾盡心血，原本瀕臨破產，是因為奇蹟的突然翻紅才得以繼續生存。

接下來奇蹟的表現都十分亮眼，最新一張專輯甚至破了韓國首週預購紀錄，眾人原本以為亮眼的勢頭可以持續，沒想到卻即將被捲入霸凌風暴。

公司代表看上去就是個穿西裝的和藹大叔，他推一下眼鏡，「謝謝妳來，這位……孟小姐？韓文可以溝通對嗎？啊，看我問這什麼問題，妳是月近影片的製作人，自然會韓文了。」

孟冰雨只是恭謙地垂首，「韓文沒問題，謝謝您今天願意讓我一起參與會議。」

代表眼神掃過姜炎溪，「有粉絲的聲音，相信也能讓今天的討論更全面，何況我們都記得，妳是我們的大功臣。現在我們先請公關部說明一下目前的情況吧。」

員工證上寫著公關部經理的女子清清喉嚨，「在處理這類公關危機時，建議的策略是誠實至上，而且要有具體的對應行動。第一步需要做的是快速回應，我已經擬好了稿，在炎的朋友爆料之前，就要在社群媒體和其他官方平台上發表聲明、把影片放出來，先聲奪人承認事件的眞實性，然後表示會儘快進行事實的釐清。

「第二步是深入調查，我需要炎和孟小姐詳細告知所有眞實的狀況，並且聯繫所有你們有把握是友善的、有益於奇蹟形象的目擊證人，讓後續對炎形象的傷害可以相對降低。」

目擊證人？孟冰雨腦中飛快閃過柯慕謙的身影，又隨即被推翻……他畢竟是站在孫霏霏那邊的人。

「第三步是公開道歉，在確定了事實後，立即發布一份眞誠的道歉聲明，如果可以當面道歉更好，要對大眾表達你對被害人的歉意，最後承諾未來你會採取行動來彌補錯誤。」

孟冰雨沒有聽到她最擔心的部分，目光不自覺移到代表臉上，炎怎麼可能就這樣被輕輕放過？

果然，代表又開口道：「你們大概很想知道，我會對炎做什麼處罰。」

會議室的氣氛凝結成冰，代表定定注視他們，語調溫和，說出來的話卻無比殘酷。

「我必須說，這件事情的對錯已經沒有那麼重要了，重要的是粉絲怎麼看，以及大眾怎麼看。所以我得讓你們知道，如果影片曝光後粉絲的聲浪是希望炎不要繼續待在團體裡，我不可能不考慮粉絲的心情。」

孟冰雨腦中一片空白，絲毫不敢轉頭看身邊四個人的表情。

炎有可能被退團？別開玩笑了。他們歷經千辛萬苦才走過低谷，應該能再繼續邁向巔峰，怎麼可以被迫停留在這裡？

「和你們一起走到現在這個位置的是命運，花錢買專輯、看演唱會、供養團體存活下去的也是粉絲，所以眞正有決定權的是他們，我無法違逆粉絲爲你們的前途做決定。」

駭人的寂靜裡，孟冰雨鼓起比面對孫霏霏時更大的勇氣，「如果是這樣的話，那就讓粉絲投票表決吧。」

會議室靜下來，公關經理看她的眼神像在看什麼可怕的妖言惑眾場面，奇蹟的成員表情也都凍結了。

孟冰雨從昨晚心中就隱隱凝起的直覺越來越清晰。她深深呼吸，再次啓唇：「姜炎溪的的去留交給粉絲會員裡的人票選，如果結果依然是退團居多，那麼就按照代表所說的，執行粉絲希望的決定。」

代表無視身邊人的臉色，認眞思考起來，「很有趣的提議。這種做法能夠讓粉絲認爲自己參與了重要決策，還能顯示公司尊重粉絲的意見。最重要的是，若粉絲知道自己有機會影響偶像的未來，他們可能更願意原諒炎的過錯。」

隊長有些猶豫地出聲反對，「但是這麼做的風險和不確定性太高了，將這個重要決定交由粉絲投票，結果無法預測，可能會出現不符合預期的情況。」

代表瞇著眼一笑，「『不符合預期』是指粉絲可能會希望炎退團嗎？」

隊長吞吞口水，沒有回答。

代表徐徐接口：「可是如果到了那樣的地步，你又怎麼會希望炎留下呢？」

幾句簡單的話就讓孟冰雨冷汗涔涔。

藝人畢竟是商品，商品都有其價值，公司確實沒有必要養著一個被粉絲嫌惡的偶像。如果粉絲投票認爲炎不該留在團體，以公司的立場，讓炎留下的理由又薄弱了幾分。

公關部經理也跟著投下反對票，「股東可能會批評這種做法，認爲公司不應該把重要的決策交給粉絲，讓公司形象受到粉絲情緒的影響，不利於公司的管理。此外，如果主辦票選的是我們，也有可能出現粉絲投票結果被質疑是公司操控的情況，進一步損害公司信譽。」

主唱有些猶疑，視線望向孟冰雨，「我也擔心粉絲們可能會感到壓力，擔心投票結果影響我們的未來，內心負擔很重。」

孟冰雨回望他，聲音微微顫抖，「可是這確實是粉絲應該承擔的重量，粉絲必須很清楚，他們的一言一行攸關偶像們能否在演藝產業裡留下來。」

畢竟，粉絲與偶像很多時候就是相依相生的關係。

代表看向姜炎溪，示意他說話，「炎，你是當事人，你的想法呢？」

姜炎溪的語氣冷靜俐落，「我們可以設計好投票介面，一直到公布之前，都不會讓投票者知道結果，讓他們的心情盡可能不被票數影響。至於公正的第三方，讓月近的管理者以粉絲身分擔任，是有可能的嗎？」

「妳就是月近的管理者這件事情，只有妳和我們知道吧？」見孟冰雨點頭，代表似是下定決心，「那就讓妳來負責主持這次投票吧，不過要記得，粉絲如果知道妳就是這次風波的主角，反應只會更大。爲了以防萬一，不管投票結果如何，妳都需要永遠退出粉絲專頁和頻道的經營。在妳與藝人的私生活牽扯上關係的那一刻，妳就沒有當管理者的資格了。」

孟冰雨心底一涼，在代表平靜的眼神裡，緩慢點點頭。

她同意代表的想法，只是這麼快就要與月近管理員的身分告別，仍頗爲不捨。

「好了，那就都各自去做準備吧。開放投票一週後，只要贊成炎留下的票數多於反對，我就讓炎留下。」

代表站起身，鏡片後的眼睛直直望著孟冰雨，「祝好運，粉絲代表。」

接著他們和公關部反覆討論需要準備與確認的事項，計畫隔天一早讓姜炎溪和孟冰雨飛回台灣，和當年藝校的高中同學一一道歉與取得證詞。

終於離開會議室時，所有人都筋疲力盡，姜炎溪再次對所有工作人員鞠躬致歉後，才跟著奇蹟的其他成員與孟冰雨一起走出大樓，回到保母車上。

經紀人回頭看一眼後座，孟冰雨侷促地瑟縮在車窗邊，而姜炎溪坐在她旁邊，不斷投去關心的視線，又不敢說任何話，兩人之間還小心翼翼隔了一小塊空間。

他嘆口氣，和副駕駛座的隊長交換一個眼神，「我們乾脆就在車裡好好說清楚。炎，這位小姐是你女朋友嗎？」

「是。」姜炎溪果斷回答。

「不是。」孟冰雨也答得堅定。

姜炎溪轉頭看孟冰雨一眼，主唱掩著嘴角笑出來，這次換他被隊長瞪了一眼，只是眼神過於溫和，殺傷力遠不及姜炎溪平時的瞪視。

經紀人再次嘆息，沉默良久。

反倒是隊長先開了口：「公司禁愛令是一回事，你們自己怎麼想？」

主舞聳聳肩，「我們是人不是機器，怎麼可能完全控制自己說不愛就不愛？不過無論如何都不能被發現，應該是我們的共識吧。」

主唱忙著戳姜炎溪的手臂嘲笑他，被他抓住手制住，轉而冷靜下來回答：「粉絲的想法是最重要的，像姜炎溪這種已經喜歡上了也不可能叫人家分開，其他人還是盡力在上升期不要談戀愛。盡完人事，剩下就聽天命吧，萬一眞的愛上誰，也沒辦法。」

姜炎溪垂下眼，雙手緊緊交握，這一天他已經道歉無數次，但此時他還是又說了一遍對不起。

這句話讓氣氛安靜下來，深深看一眼孟冰雨後，他緩緩吸一口氣，「我會做好所有防範，絕對不會和孟冰雨在韓國再單獨見面，也不會做任何穿情侶衣之類的舉動讓人發現。該給粉絲的福利，比如限量產品、簽售機會之類的，我也不會因爲跟孟冰雨的關係就特別給她。我不會讓我對她的喜歡影響到奇蹟，我會盡全力做好炎的角色，不讓你們失望。」

在他們面前向來剛強，總是盡力維持著完美形象的姜炎溪，此時聲音劇烈晃動，卻還是努力說完最後一句話。

「所以如果可以……請你們讓我有機會繼續喜歡她。」

隊長回過身，望著他的眼神逐漸軟化。

孟冰雨的手緩緩按住姜炎溪顫抖的背脊，緊緊抿住唇。

她是因爲想到奇蹟的前途，才會果斷說出那句否認，但她方才脫口而出時，可以感受到他在她身邊重重顫抖了一下……姜炎溪是如此倔強的人，居然會因爲她的一句話而動搖。

隊長似是下定決心，轉向經紀人，「我們都有這樣的決心，就請哥也同意吧。」

經紀人掃視過四人，又望向孟冰雨，僵持許久後，緩緩張口：「你們也都大了，我相信你們明白其中的利害關係，這段感情絕對不能讓代表和公司其他人知道，其他的……只要你們不會後悔就好。」

他不再多言，開車將孟冰雨送回飯店，叮囑明天一起搭機的時間後，又將疲憊的成員送回宿舍。

為求身分保密，兩人坐不同班機返台，當兩人落地台灣時，第一波聲明已經公告出來了。

他們走了一步險棋，聲明裡誠實地附上影片，直接告知粉絲們這是即將被爆料出來的醜聞，如實告知姜炎溪是為了保護被霸凌的朋友而做了錯誤的舉動。

為了避免不必要的聯想，他們並沒有公布所謂被霸凌的朋友的性別。

這則聲明隨即在紛絲圈裡引起軒然大波。

在投票的方式公布之前，姜炎溪和孟冰雨必須取得證詞來挽回形象，也才有機會扭轉投票結果。

他們找了個僻靜的地方，位於深山的茶館人跡罕至，經紀人陪著孟冰雨和姜炎溪在原地等候。

兩人都沒有開口，但光是聞到熟悉的香水味繚繞身畔，孟冰雨就沒來由感到安心。

約來的人緩步走來時，姜炎溪轉頭望向孟冰雨，朝她輕輕一笑，像是讓她放心。

孟冰雨約了柯慕謙，姜炎溪則是約了孫霏霏，兩人到了現場才發現彼此都是被約來的對象。柯慕謙還能維持平靜，孫霏霏卻已經滿臉都是掩飾不住的怒意。

「不用擔心，她要找的人是柯慕謙。」姜炎溪淡淡擋開她視線，目送孟冰雨走向柯慕謙，「現在是我們得做個了結，要和妳談的是我。」

整間店裡只有兩個私人包廂，他領她走進其中一間，桌上已經擺好簡單茶點，經紀人則坐在外頭等候。

孫霏霏慢慢坐下，伸手握住茶杯，用力得杯子都簌簌作響，「你們居然敢把影片直接放出來，眞有勇氣。」

「如果妳沒有拿影片威脅孟冰雨，或許我還不會發現。」姜炎溪往後靠上椅背，聲調冷漠，「發現妳仗著我的信任，背地裡做了多少事情。」

「對，從前你最信任我。」即使到這一刻孫霏霏也不肯低頭，「小時候你總說你會保護我一輩子，無論我們是不是被不同家庭收養，你都是我永遠的哥哥。」

姜炎溪語氣清晰而殘忍，「沒錯，所以我們只是朋友而已，是因爲小時候一起長大的情誼讓我一直容忍妳的越線，導致現在的處境，並不是我對妳有其他的感覺。」

「我就是不甘心，憑什麼國中時才出現的孟冰雨就可以讓你把所有視線都放在她身上？是你親手害了她，高中的時候如果你沒有整天提到她，讓我意識到她對你有多重要，我也不會那樣對她。」

「因爲不甘心，所以妳帶著同學不斷欺負她？甚至還拍了我打人的影片。那時妳就想過，有朝一日要用這支影片毀掉我的事業嗎？」

孫霏霏語氣變得激動，「我沒有！我只是想嚇嚇你們，讓你們分開而已！我知道當偶像對你有多重要，我不會眞的把影片放出來。」

姜炎溪定定望著她，小時候的孫霏霏臉龐和此刻重疊在一起，彷彿還能聽見她稚嫩的聲音。

「你要成爲所有人都能仰望的光，這樣不管我走到哪裡，都可以看見你。」

久遠以前成爲偶像的初衷歷歷在目，時光輪轉，僅僅是「不甘心」這三個字，就把她變成如今面目可憎的模樣。

「我不會任人威脅，在妳拿我們的情分當作欺負孟冰雨的擋箭牌時，妳就該想到後果。」

孫霏霏死死咬住唇，不肯說出任何求情的話。

「雖然我知道妳不在乎那點錢，但是妳的網紅事業，如果被指出是霸凌者，大概也會毀掉吧。」

孫霏霏不可置信地皺起眉，表情終於破碎，「你在威脅我嗎，姜炎溪？」

「我只是讓妳知道，當妳威脅別人時，被妳傷害的人是什麼感覺而已。」姜炎溪挑起嘴角，「我不隨便把刀拿出來揮，不代表我不懂怎麼用刀。孟冰雨或許太善良，想不到反擊的方法，可我不會再容許妳傷害我們。」

孫霏霏的眼角終於紅了起來。

「一百萬我會先借給孟冰雨，讓她還給妳。妳要是真的爲做過的事情後悔，真的希望我可以像小時候承諾妳的一樣，變成妳到哪裡都可以看見的光芒，就主動發文證實我說的話都是眞的，或許我的偶像生涯還有一點繼續的機會。」姜炎溪站起身，居高臨下望著孫霏霏哭紅的眼睛，放緩語氣，「等妳準備好，重新踩好我們之間的定位時，再來聯繫我吧。」

他走出茶館，秋初的豔陽天空氣舒爽清新，仰頭望向天際閒散漂浮的雲朵，眼角餘光瞥見孟冰雨走過來，轉過身面向她，「都處理好了？」

孟冰雨鬆一口氣微笑道：「柯慕謙已經答應幫忙澄清和安排道歉會面了。」

方才他們就在隔壁包廂，她和柯慕謙面對面坐著。柯慕謙從容地啜飲起茶水，而後主動開口：「我就說，妳是眞的喜歡他。」

孟冰雨看不透這個人，柯慕謙總是這麼優雅，然而威脅利誘的手段也是一個不少，只是不像孫霏霏那樣直白逼迫而已。

她還沒想到回應的台詞，柯慕謙逕自先說：「我大概猜得到妳找我的目的。我會想辦法讓當初那群同學和姜炎溪談談，也會出面發聲，讓大眾知道眞相確實是我們欺負妳在先，那場架我們也並非單方面挨打，是和姜炎溪的雙方衝突。」

孟冰雨錯愕地看著他，「你要怎麼做到？」

「威脅利誘或是動之以情都可以，畢竟他們，不，應該說是『我們』，當初確確實實霸凌了妳。」柯慕謙玩弄著茶杯，「只是因為我們不是名人，不需要承受這些輿論壓力，不代表我們沒有錯。」

孟冰雨遲疑片刻，還是問出了口：「那你為什麼要和孫霏霏說我們的事情呢？」

柯慕謙往後靠上椅背，向來從容的眼神難得多了一絲不自信，垂下來避開孟冰雨的視線，「妳是我的……意外。我本來以爲自己只是想找個可以接受的女生，趕快完成家裡要求的婚事。但是從第一次接妳上班那天，我就發現事情不像我想像得那麼簡單。」

孟冰雨愣在原地，覺得有些不可思議。

柯慕謙深深吸一口氣，重新直視她，彎起的笑容依然從容溫和，「我說過，我喜歡妳的直率和天眞，也是眞的想要保護妳不受傷害。我一直覺得姜炎溪遠在韓國，不可能成爲我的競爭對手。直到那天我們一起去海邊，妳拒絕我的那一刻，我才發現我不可能比得過姜炎溪在你心裡的位置，也才發現，撇除家裡的要求，我是眞的希望妳能夠考慮我。我一時情急，告訴孫霏霏妳和姜炎溪來往的事情，希望妳和姜炎溪在一起的機率變得更小，好讓我有機可趁……如果我早知道孫霏霏會用這個當把柄來傷害妳，我是絕對不會告訴她的。」

孟冰雨睜大眼睛，「所以你這次願意幫我，眞的是因爲……」像高中時回來救她一樣，不忍她受傷嗎？

「我不是很早就說過了嗎？追妳這件事情我是認眞的，然而妳似乎從頭到尾都沒有相信過我呢。現在既然我已經不可能追到妳，我也要及時止損。接下來我不會再主動聯絡妳，不過妳媽媽那邊，就要由妳自己面對了。」他俐落說完後，起身準備離開，「既然我還有這麼多人要聯繫，就先走一步了。」

「等等！」孟冰雨叫住轉身的他，「……謝謝你。」

柯慕謙望著她有些困惑卻依然真誠的神情，秀氣眉目上神情淡淡，看不出情緒。

高中時他對孟冰雨唯有憐憫，但第一次在餐廳見到久別的她時，他眼睛一亮，暗暗在心裡驚嘆，原來她已經出落得這麼好、這麼耀眼，只是她本人似乎完全沒有察覺。

在那之後的每一次互動，孟冰雨都堅持本心，堅持對姜炎溪的感情，柯慕謙深深受她的單純吸引，這是在他利益至上的世界裡做不到的。

撇除覺得孟冰雨是適合交往的對象，他或許真的有那麼一點點喜歡她吧……幸好，也只是一點點而已。

「不用謝，希望……妳能夠幸福。」

他和她說過很多半真半假的話，不過這一句，他是真的發自肺腑。

柯慕謙深深看孟冰雨最後一眼，微微一笑，轉身離開。

孟冰雨一邊轉述事情經過，一邊和姜炎溪並肩走向停車場。

聽完整個故事的姜炎溪忍不住逗她，「妳的魅力果然連柯慕謙都不能抵抗。」

「彼此彼此，孫霏霏也答應你的要求了吧。」

他環顧四周，確定偌大停車場除了走在前面的經紀人外，沒有一點人跡，他撈起她晃在半空的手扣緊，而後停下腳步，將她一把攬進懷裡。

他們可以牽著手、擁抱彼此的時間是這麼少、這麼珍貴。

孟冰雨嚇了一大跳，姜炎溪的聲音沉沉響在耳際，「只是想再跟妳說一次對不起，妳受到的那些傷害，是我沒有保護好妳。」

經紀人善解人意地停在稍遠處，留給他們兩人獨處的空間。

孟冰雨僵硬的身體終於慢慢放鬆，靠進他懷裡，「錯的是她，不是我們。」

這句話說出來的瞬間，她似乎也終於和自己和解了。

乍然湧現的陌生愛意太過洶湧，姜炎溪有些暈頭轉向，只能本能地把懷裡的人抱得更緊，一手依舊緊緊與她十指交扣。

孟冰雨忽然一笑，姜炎溪低頭望向她，「幹麼？」

她沒有回答，她其實只是想起國中時去打耳洞的那一幕——握緊她的手的姜炎溪，手掌的溫度和此時此刻一模一樣。

聲明公布後，姜炎溪的活動全面暫停，公司只給了他三天在台灣處理道歉的事宜。爲了保密孟冰雨的身分，避免橫生枝節，她並不被允許跟著。

從茶館回到都市，分別之前姜炎溪和孟冰雨用新手機重新交換了聯繫方式，然而在這段時間，姜炎溪忙得只能傳來寥寥幾句訊息，內容都是一樣的，「好好保重，我會處理好。」

孟冰雨什麼也無法做。她只請了去韓國的假期，回台灣後又得重新回去上班，只能在晚上時照公司的指示，開始準備用自己的頻道發布投票訊息。

第三天是週六，姜炎溪終於傳來長一些的簡訊，「我要回韓國了。已經和當時和我打架的同學取得和解和錄影，有幾個也答應會幫忙澄清，妳可以放心。」

孟冰雨手指在按鍵上猶豫許久，打了又刪，只留下一句，「一路順飛，我不擔心，你會沒事的。」

當晚，姜炎溪釋出影像，他素面朝天、一身黑衣，對鏡頭深深一鞠躬，致歉這一起風波確實是基於錯誤的暴力行爲。

「這樣的行爲不僅是身爲一個偶像，也是身爲一個公民不應該有的。我會付出我需要付出的代價，一一向與我打架的人取得道歉。未來，無論我還能不能待在奇蹟裡，我都會更加嚴謹地管理好自己，成爲可以讓團體與粉絲都不會感到丟臉的炎。」姜炎溪直視鏡頭，目光眞誠乾淨，「剩下的，就交由命運們來決定。我們委請粉絲群裡有一定聲望的月近頻道爲我們主持這次的投票。」

同一時間，孟冰雨將準備好的投票說明在頻道上釋出，同時公關部也在官方社群帳號裡發出訊息，告知簡單架設好的網站頁面已經可以開始投票了。

這次破格的票選活動果然引起極大討論，在韓國演藝圈裡，從來沒有發生過把生殺大權直接交在粉絲手上的冒險舉動。

一切都發生得很快，同一天，柯慕謙帶頭發文，和幾個藝校同學發出聯合聲明，道歉昔日的霸凌舉動，並且承認那是雙方面的爭執與衝突。聲明被翻成韓語放在韓網論壇上，又引來粉絲們的熱烈迴響。

能做的準備都已做盡，投票開始了，為時一個禮拜。

孟冰雨沒有網站後台權限，和其他粉絲一樣不到最後一刻，不會知道投票結果。她忐忑不安地投下自己的一票，心裡的煎熬無止無盡，完全不敢細看韓網上的評論。

投票最後一天，孫霏霏也終於發出聲明，匿名承認她就是影片拍攝者，高中時也真的有對孟冰雨做出霸凌行為。

儘管沒有多做呼籲或解釋，但對於許多還在觀望中、等候進一步證據的粉絲來說，已是很大的突破了。

投票在半夜截止後，孟冰雨像往常一樣，接受姜炎溪的視訊邀約。

深夜裡，用耳機聽著姜炎溪的聲音，總會有股錯覺他似乎就在她身邊。

「幹麼這種表情，很害怕明天開票？」

孟冰雨低著頭，終於不再掩藏情緒，「對，我很怕，畢竟你是因為我才去打架的，也是我提出了讓粉絲決定的投票方式。」

萬一她的建議是錯的，反而害了姜炎溪怎麼辦？她永遠無法原諒自己。

姜炎溪對她一笑，伸指彈了下鏡頭，「我們已經盡了人事，剩下的只能聽天命了。更何況妳已經陪我度過好多難關了，月近對我們的意義，就是最後等到的奇蹟。」

他們一直都在用自己的方式守護彼此。

跨越一年又一年，不管是奇蹟的低谷還是充滿榮耀的時刻，孟冰雨都用這個頻道、用一支支費盡心血的影片，悄無聲息陪他走過。

孟冰雨表達情感的方式從不是宣之於口，也從不誇張表達，那些點滴的細節是一天一天融進每一個舉動裡，一點一點熬出來的愛意在歲月裡沉澱。在姜炎溪眼中，沒有什麼比這種細水長流的陪伴，更能確定孟冰雨的喜歡。

姜炎溪望著螢幕彼端，笑容爬上眼角眉梢。

那一刻，孟冰雨似乎又看見舞台上那個耀眼灑脫的他。

「孟冰雨，謝謝妳一直喜歡我。」

開票那天，孟冰雨和馮千羽約在家裡一起登入官方粉絲會員網站，看直播開票。

大部分偶像團體都會有自己的會員系統，需要在開放申請的時間內完成特定步驟，才能成為會員。這次票選，為了確認投票者都是粉絲，投票介面設定了只有奇蹟的官方會員能夠參與。

一開始，直播畫面先顯示投票人數，一百萬的粉絲會員中有八十萬人投票，二十萬人棄權，投票率算很高了。

孟冰雨握緊馮千羽的手，兩人一個字都沒有說，直盯盯看著螢幕。

下一秒，投票結果出現在大螢幕上。

明確的數字沒有一絲懸念，在馮千羽的尖叫聲中，孟冰雨緊緊摀住臉。

同一時間，在韓國一起觀看直播的奇蹟默然無語，身邊的工作人員也都鴉雀無聲。

「我一直覺得，當初你們自己取的團名眞的很有意思。」代表把視線從螢幕上轉回來，「運氣這種東西，是沒辦法永遠都好的。」

他對上姜炎溪的眼，很輕地笑了下。

「但也許就是因爲你們的團名是『奇蹟』，才能有這麼多敗部復活的機會。」

他一一和已經呆愣的四人握過手，整一整衣領，轉身走出會議室。

回過神來的經紀人和工作人員們這才大聲歡呼起來，又哭又笑。

向來無所畏懼、張揚燦爛的姜炎溪此刻手抖得不成樣，被一旁的主唱緊緊握進手裡。

大螢幕上數字是百分之九十比百分之十，希望姜炎溪留下的人占了九成。

主唱和主舞擠過來，笑嘻嘻用手肘撞他，「月近出手果然不一樣。」

隊長轉過頭，不著痕跡抿去眼角淚光。

姜炎溪望著那數字，緩緩閉上眼。

當年奇蹟在最困頓的時候，因爲月近的一支影片谷底翻身，大家都說，那是最不可思議的運氣降臨在他們身上。

而今，月近的主人再次拯救了他們，如同國中時孟冰雨拯救了孤單的他，在無盡的可能性裡，在他墜落進黑夜之前。

奇蹟再次出現。

瘋狂運轉的偶像界容不得多餘的休息時間，投票結果一過，僅僅兩天後姜炎溪就重新出現在公眾面前，再次深深致歉與感謝粉絲支持後，便繼續參與活動、錄製節目和表演。

雖然仍有不滿的粉絲不時留言抵制，但負面聲浪終於慢慢平息下來了。

孟冰雨也沒有閒著，終於不用煩惱姜炎溪的事業後，她轉而專心處理自己的人生，要把蝕盡她生命的蛀蟲盡數去除。

她透過馮千羽介紹，找上一間由一對小夫妻經營的搬家公司，說明來意和特殊需求後，敲定搬家的時間。

當天來的搬家員工人高馬大，其中一個特別壯碩，還剃了眉毛、頂著平頭，裸露的手臂上刺著一隻張牙舞爪的龍。

孟冰雨正在和工作人員一起清點收拾好的紙箱，猛地聽到門鈴被粗暴按響。

她毫無遲疑打開門，不意外又看見夏日雪。

自從姜炎溪的影片風波止息後，知道無法再用這個理由威脅她的夏日雪天天找上門來，想用哀兵政策打動她，又不時威脅，只要她不給錢，就要曝光她和姜炎溪的關係，敲詐經紀公司一筆。

然而孟冰雨這次不再買帳，她知道夏日雪手上沒有證據，加上孫霏霏已經不再理會她，夏日雪手上並沒有實際可以恐嚇她的籌碼。

看清門內的景象後，夏日雪又急又怒，口不擇言，「妳這賤人打算搬家嗎？妳以爲我會這麼容易讓妳走？」

孟冰雨沒說話，那位刺著龍的工作人員逕自走到夏日雪身邊，光禿禿的眉骨下，下三白的眼睛一眨不眨地盯視。

夏日雪顫巍巍退後一步，忽然說不出話了。

「夏日雪。」孟冰雨微笑，終於不再掩飾眼裡的失望和憎惡，「我唯一能謝謝妳的，只有妳給了我這條生命。然後託妳的福，妳的家暴舉動和現在這種騷擾行爲，讓我的人生有一半時間都活得像在地獄。」

夏日雪厚重的妝容下，臉部肌肉不由自主抽搐著。

孟冰雨平靜地繞過她，把門拉開，「現在我終於可以離開妳。我唯一能祝福妳的，是希望妳之後的人生，即使在妳老公破產之後，也不需要嘗到這種在地獄的感覺。」

在搬家工人沉默的逼視下，夏日雪一步步走出門。

孟冰雨目送她緩緩離開，消失在樓道盡頭。

那是孟冰雨最後一次見到她。

搬完家後，她包了個紅包感謝這群工作人員。

馮千羽告訴她，那對經營公司的小夫妻，太太曾經遭受上一段婚姻的家暴，搬家時也受到前夫極大的威脅。於是他們創業，提供這類型的搬家服務給遭受家庭或同居人暴力、難以安心搬走的人，只要提出特殊需求，他們就會刻意派來看上去面目有威懾力的工作人員，讓那群只敢欺善怕惡的加害者不敢攔阻搬家的進程。

她終於逃離了糾纏她許久的夢魘，無論是孫霏霏，還是夏日雪。

不只私事，孟冰雨的職場也迎來一波整頓。

一早她一到公司，主管就把她叫過去，「孟冰雨，妳之前是不是有遇過前輩把工作硬塞給妳的狀況？」

她不知所以，下意識往前輩的座位上瞥了一眼，卻發現對方今天並沒有來辦公室。她的舉動沒逃過主管眼睛，「爲什麼都沒告訴我？上週她又把工作塞給馮千羽，馮千羽受不了才跟我說，這已經不是第一次了。」

馮千羽遙遙衝她眨眼，孟冰雨心下一鬆，「抱歉，因爲新人時期不想要得罪同事，但那時候幫她處理的工作大大小小加起來也有十件事情以上了。」

主管揉一揉額間，「我讓她不用再進辦公室了。今天大家下班後，她就會來收東西，我不容許這樣的員工繼續待在公司裡。」

馮千羽又在主管看不到的地方對孟冰雨比了個大姆指的手勢，她勉強忍住笑。

主管拍一拍她的肩膀，「前段時間委屈妳了，接下來好好做吧。」

她恭謹地應聲，回到座位後，馮千羽滑過來，單手用力抱了她一下。

孟冰雨還有些恍惚，轉頭再次確認前輩位子確實空蕩蕩的，才真意識到她在隧道的盡頭終於窺見了光。

孟冰雨曾經感覺，生活裡沒有太讓她焦慮煩心的事情，也沒有刻骨銘心的悲傷或挫折，起床了，仍只是迎接另一個重複而疲倦的白天，感受不到什麼期待。

現在不一樣了，除了茉莉，她生活裡有了眞正期待的事情了。

入住新家的那天，剛好茉莉久違地再次開了直播。

「哈囉，親愛的唯一！好久沒有這樣和大家說說話，抱歉，前陣子回歸實在太忙了。」

孟冰雨靠在書桌上，一邊鋪開素描本，一邊點開直播。

在公司代表的要求下，結束票選活動後，她以身體不適需要長期休養爲理由，宣布不再更新月近頻道。

粉絲們自然十分不捨，但都還是表達了對於她的深深感謝與喜愛，祝福她可以養好身體，或許有朝一日他們能夠再次相遇。

孟冰雨唯一能回應的，只有承諾他們自己會繼續喜歡著奇蹟。

少了熬夜剪影片的需要，孟冰雨的時間一下子多了起來，可以更加專心重拾畫畫的樂趣了。

她掛著耳機聽茱莉漫無目的和粉絲閒聊，在素描本上隨意塗抹，雖然茱莉的話題都十分平常，她還是不自覺地揚起嘴角。

不知哪一則留言提到茱莉前陣子的慶生活動，茱莉興致一起，「之前我上社群點開標註我的慶生貼文，看到一張很漂亮的圖，我找找給你們看呀——」

聞言，孟冰雨倏然抬頭。

茱莉捧著臉，笑得可愛，「啊，找到了，來，給你們看像不像——」

她屏住氣息，茱莉舉起的手機螢幕透過工作人員架設的直播鏡頭，傳到幾萬名上線的粉絲眼中——是她的畫！是她和姜炎溪在那些夜晚裡一筆一筆琢磨出來，送給茱莉當生日禮物的畫！

孟冰雨的淚水洶湧而出，茱莉笑咪咪對著鏡頭比畫，「不知道幫我畫出這幅人像的粉絲在不在線上？如果你有看到，我想跟你說謝謝。你祝福我走花路的這份心意，無論何時我都會記住。」

孟冰雨的淚水滴在素描本上，她手忙腳亂擦了下，又繼續看向螢幕。

茱莉又對鏡頭燦然一笑，「追星的意義是從我身上獲得快樂之外，你們也要過好自己的生活，所以，妳也要走花路唷！」

畫裡繁花似錦的背景即使透過螢幕看過去，也依然色彩斑斕，那是每一位粉絲都想給予偶像的心意。

把自己的光芒分給粉絲的偶像們，一定也會面臨姜炎溪那樣遇到黑夜的時刻。哪怕相隔萬里，哪怕粉絲們或許終其一生都未必能見上偶像一面，他們還是好希望偶像能長久平安、長久喜樂，她也不例外。

孟冰雨希望，照亮她前路的茉莉也能夠感受到這樣的幸福。即使未來有一天她不再站在舞台上，孟冰雨也不再守候在螢幕前，這種幸福的感覺仍能銘刻於心，陪伴她們走完一生。

茉莉結束直播後，大樓警衛按對講機告訴孟冰雨，她有個待簽收的快遞包裹。她下樓去拿，包裹來自韓國，看到箱子的尺寸時，隱隱猜到裡面可能是什麼。

回家準備拆開時，姜炎溪打來視訊電話——那就是她一天裡最期待的時刻。

孟冰雨接起後開了擴音，繼續跟包裝紙奮戰，一邊忍不住笑出來，「你也包太緊了吧。」

姜炎溪吐一吐舌，「買框的時候算錯尺寸，有點太大了。」

孟冰雨使勁一扯，膠帶終於鬆脫，滑出的物品果然一如她預想，是一幅已經裱框的畫。

「這是什麼？」

「送給妳的新居禮物，恭喜妳逃離妳媽的魔掌。」

她將它轉過來，畫的視角是從捷運車窗往外看，畫裡細膩地把車窗倒影也描摹出來，依稀可以看見兩個穿著高中制服的人並肩站著，俯瞰窗外風景。

漆黑的夜色中，已經逐漸被世人遺忘的遊樂園裡，摩天輪孤零零站著，彩色燈光依然在上面閃爍。

畫上面寫著一段文字，認出那是什麼後，孟冰雨眼底漸漸模糊。

「妳以前說過，妳覺得人們都忘了它，不喜歡這樣的結局。妳覺得世界上很多關係終究都會分崩離析，既然如此，爲什麼還要開始一段關係。」姜炎溪的聲音很平靜，「但是，在還記得它的人心裡，只要它還存在，就已經是快樂的結局了。我們的感情也是如此，和妳在一起的每個分秒，對我來說就是結局。」

孟冰雨厭倦透自己的眼淚，可又控制不住。姜炎溪暖意沉沉的聲音像一帖溫補的藥劑，慢慢補起她心底寒涼的空洞。

她深深呼吸，抬手擦乾眼睛，「即使我們可能很久很久都無法見到彼此？」

身爲偶像，不應該有的愛情絕不能被宣之於口，姜炎溪想要享有一般二十代年輕人不會有的舞台與掌聲，就必須忍受二十代承受不了的重擔與代價。

而孟冰雨如果想要擁有這樣的他，就也必須忍受一樣的痛苦。

她這些天不是沒有好好想過，如果要投入差距如此懸殊的感情，意味著直到姜炎溪退下舞台的那一天，他們都無法在陽光下肆意地牽手擁抱，也無法像一般情侶無所顧忌地陪伴彼此。

光是一人在台灣、一人在韓國的距離，就注定他們一年可能見不到幾次面。

「談戀愛要完全不被發現，是偶像必須做到的責任，我的確沒辦法常常待在妳身邊，也無法像一般男朋友那樣，讓妳可以介紹給閨密認識。但我會用和實現夢想一樣的力氣跟決心，用盡全力去愛妳。」

孟冰雨曾經一度以爲她的單戀會無疾而終，永遠葬在國中那片屋頂上，然而姜炎溪沒有放手，他等著她，直到她終於學會畫出那片黎明送給他。

現在，即使摩天輪的背後是黑夜，他們也不會再害怕了。

「我可能給不了妳很多的陪伴，我的生活九成都是工作，不過剩下那一成裡，妳永遠都是我最重要的唯一。孟冰雨，妳願意跟我在一起嗎？」

畫上寫著的那段文字，是姜炎溪爲粉絲取名時說過的話。

「我們可以在無盡宇宙洪流的此時此刻相遇，是一種奇蹟，而我們會愛上彼此，是命運。」

曾經蒼白的生命從此多了顏彩，他讓她每一天睜眼時都會感到期待，會忘記所有該在一起或不該在一起的理由，好像只要這個人過得好、這個人在她身邊，其他都不值得顧慮。

就像此刻，那些外在的紛擾都不值得再想，孟冰雨只想長久地注視著姜炎溪。

十四歲到二十二歲的跨度，他從沒沒無聞到萬眾景仰，她也從不斷逃跑的膽小鬼，變成有能力護在他身前的刀與盾。

前路依然可能荊棘遍布，但他們終於不須單槍匹馬去承受，這是奇蹟，也是命運。

孟冰雨沒有馬上回答，而是微微一笑，「你還記不記得，你第一次送給我的畫。」

姜炎溪揚唇，「不要轉移話題，先回答我。」

孟冰雨自顧自說下去，「那時候我們才十四歲吧，我和你在屋頂上，那天夕陽非常漂亮。你跟我說你不會消失，你會一直在我身邊，如果不能做到就讓上天罰你一輩子不幸福。」

屬於姜炎溪的陽光，從十四歲的天空，一路照耀過許多次四季，最後終於回到她身邊。

姜炎溪柔和地瞇起眼，笑意隨記憶的重溫攀上雙眼，襯得那向來銳利的俊美臉龐也變得溫柔起來。

孟冰雨的神情難得淘氣，「爲了讓你不會一輩子不幸福，我就勉爲其難，讓你繼續在我身邊吧。」

她回答的瞬間，姜炎溪臉上宛如有煙花綻放，飛揚的少年氣綴在眉間，幾乎比舞台上的他還要耀眼。

孟冰雨凝視著姜炎溪的眼底，放任自己墜進那片星空，聽他輕輕接著說：「不是有個傳說嗎？情侶如果在摩天輪升到最頂端時接吻，會永遠在一起，所以我送妳的這一幅畫是摩天輪。」

姜炎溪的聲音持續在耳邊，沉沉地灌進聽覺，淌進孟冰雨的全身血脈，帶走所有曾經的不安與恐懼。

「我們的摩天輪，永遠會在最高峰，不會落地。」

只要摩天輪永不落地，他們隱密而盛大的愛就會持續到永遠。

姜炎溪傾身，輕輕把吻落在鏡頭上。

全文完

番外

一起練習發光

姜炎溪和共同出演偶像劇的女演員爆出緋聞的這件事，孟冰雨是從新聞上看到的。證據是一張兩人剛從餐廳走出，彼此相視而笑的照片。新聞繪聲繪影描述他們的戀情如何萌芽，還挖出了新劇剛上映時的記者發布會片段。姜炎溪和同爲偶像出身的女演員並肩而立，女方的手緊緊挽著姜炎溪，二人對鏡頭露出燦爛笑容——看上去很般配。

孟冰雨望著螢幕上的兩人，心底泛起一股冰涼的酸楚，先是生氣，而後是擔心。氣她是從新聞上看到，而不是從姜炎溪那裡知道；擔心的則是其他粉絲知道這則訊息，會有什麼樣的反應。

然而她還在辦公室，手邊的工作尚未完成，還來不及處理情緒，就繼續投入忙碌中。

好不容易忙完後，孟冰雨才發現自己錯過了姜炎溪的視訊來電。

她躲到洗手間，好好整理心情，確保自己的聲音聽不出異樣，才回撥給姜炎溪。

但就如這幾週常常發生的狀況一樣，姜炎溪沒有接。

隨著奇蹟進入爆發式的事業上升期，過去他們幾乎可以天天通話的場景越來越罕見。加上姜炎溪又因為出色的外貌拿到許多個人資源，忙碌的程度簡直可以挑戰人體極限，常常連續幾晚只能睡一兩小時，甚至通宵。

孟冰雨也從初入社會的小白晉升成需要帶領新人做事的前輩。在雙方都如此緊湊的日程裡，常常遇到一方難得有空可以打電話，另一方卻沒有時間接，回撥時又錯過對方能接電話的時段。

孟冰雨還在發呆，姜炎溪卻在此時回電了。

她猛地一驚，迅速滑開接聽鍵。

姜炎溪神色疲倦，眼睛裡似乎都是血絲，不過勾起笑容的樣子依然帥氣，「還在加班？」

「你怎麼知道？」

「妳一定是加班才會沒接到電話呀。」姜炎溪沒有提到緋聞的事情，「今天過得還好嗎？」

孟冰雨搜索枯腸，腦中不斷閃現出剛剛的新聞畫面，她該怎麼問才不會顯得不夠相信姜炎溪呢？

沒等到她開口，姜炎溪的背景音裡傳來遙遠而模糊的叫聲，似乎在喊他的藝名。

姜炎溪匆匆回頭應了一聲，又轉過頭，聲音壓得更低，幾乎是耳語般的呢喃，「孟冰雨，我很想妳。」

孟冰雨本來還想問緋聞的事，但聽到那邊催促的聲音越來越急，話語在舌尖轉了一圈，還是說不出口，「你先趕快去忙吧。」

「我除夕會回來，妳等我。」

「嗯，我知道。」

姜炎溪似乎對她的回應不太滿意，聲音有些委屈，「還有，妳最近都沒有跟我說晚安。」

孟冰雨忍不住笑出來，不過也只有短短幾秒，臉上的笑意又淡了，「別撒嬌，快點去努力工作吧。」

在姜炎溪失落的目光裡，孟冰雨很快掛斷通話。

並不是不能理解姜炎溪的忙碌，正是因爲理解，她總希望自己不要因爲私欲成爲他的負擔。所以當姜炎溪還在行程中時，孟冰雨在電話裡總是長話短說，不想多占據他的時間。

然而方才看到姜炎溪的表情，孟冰雨覺得她好像做錯了……

她重新點開剛剛的新聞，仔細地從頭讀一遍，又到粉絲論壇翻了下留言，心裡重重一沉。

「我眞的受不了偶像在團體上升期談戀愛的行爲耶，是把粉絲當傻子嗎？」

「不要說什麼偶像也有權利談戀愛，他們賺那麼多錢，維持戀愛感就是他們工作的一部分。想談戀愛的話就別當偶像、別賺粉絲的錢啊。」

「失望至極，我要賣掉姜炎溪的小卡，有誰願意收？我打一折賣。」

孟冰雨不想再看，回到座位，正準備收拾東西趕最後一班捷運時，辦公室裡也還沒有走的新人同事晃了過來，對她搖搖車鑰匙，笑得像某種友善的大型犬，「很晚了，我載妳回去吧？」

孟冰雨拘謹地微笑，「沒關係，我自己回去就好。」

「幹麼客氣，姐每次都說有男友了要保持距離，可是我從來沒有看過有男朋友來接姐，該不會只是爲了拒絕我才這麼說的吧？」

孟冰雨被這一聲聲姐叫得竄起一片雞皮疙瘩，「就算是男朋友也不一定得來接我，我自己會回家。」

「好吧，那至少可以讓我看看照片嘛，我好好奇妳的男朋友是什麼樣的人。」

孟冰雨靈機一動，將手機桌布遞上去，「好啊，給你看。」

同事湊近一看，照片裡四個男人並肩站在白牆前，一起對鏡頭比出勝利手勢，即使臉上都汗涔涔的，衣著也十分簡單，依舊無損耀眼的美貌——那是他們在台北的演唱會結束後，回到後台拍下的照片。

同事撇下唇，「妳騙我，這根本是偶像的照片嘛。」

孟冰雨在心裡暗暗笑他，一把拿回手機，「不信就算了。」

不等同事回應，孟冰雨快步離開辦公室，趕往捷運站。

少了工作分散注意，心緒慢慢浮動，孟冰雨後知後覺地感受到心底悶痛的酸楚像顏料滴入水中，開始是極細小的一滴，隨著水波盪漾，顏料慢慢延展，逐漸渲染整池水。

距離她和姜炎溪決定在一起已經過了快半年。老實說，除了姜炎溪說話變得更會撒嬌以外，不管是交往前後，他們一直都是只能從螢幕上看見彼此的關係，孟冰雨沒有太多正在談戀愛的實感。

決定開啓這段感情時，孟冰雨自以爲做好了準備，然而現實來臨時，她才發現，所謂的心理準備，在每晚錯過的電話、每一則遲遲未回的訊息、長久無法碰面的思念裡，飄渺得不堪一擊。

離農曆除夕還有三天。

孟冰雨嘆口氣，仰頭把今晚細細彎彎的月亮拍下來，傳給姜炎溪，順帶和他說晚安。

至少他們還能共享同一片月光和一句晚安，這就足夠了。

孟冰雨沒想到新聞越演越烈，公司卻仍沒有出面澄清。

這讓她不免開始胡思亂想，該不會其實緋聞是眞的？姜炎溪移情別戀了？

那位女演員確實美豔，孟冰雨每次點開她的照片，都覺得自慚形穢，和如此美好的女生演出對手戲，會心動似乎也不是件奇怪的事情。

一直到除夕前天放假，孟冰雨都還沒有時間和姜炎溪說上話，她也不想用訊息來討論這個敏感的話題，決定等待姜炎溪回來再親自問他。

「今年也辛苦了，新年快樂喔。」

辦公室裡的人互相道別，孟冰雨留得晚了些，剛把工作收尾，眼角餘光瞥見新人同事似乎又要湊過來，連忙先一步轉過身出去，卻還是在等電梯的時候碰面了。

「姐年假有要去哪裡玩嗎？」

「沒有，只想待在家裡。」

同事一路努力地找話題聊，孟冰雨尷尬不已，好不容易走到捷運站口，她如獲大赦，向他揮手，「我先走囉。」

「今天又有寒流耶，確定不用我載？我可以直接送妳到家門口喔。」

「不用了。」孟冰雨轉頭，忽然定在原地。

他們站在往下通往捷運站的漫長樓梯邊，有人正一階一階慢慢走上來，黑色大衣衣襬晃出瀟灑的弧度，頭上垂落的雪白圍巾也隨步履晃動，一下下搔在孟冰雨心尖。

尖頭皮靴停留在樓梯邊，他沒有踏上最後一階樓梯，就站在那裡伸出手，神情藏在口罩和墨鏡底下，看不出情緒，「走吧，回家了。」

孟冰雨夢遊般伸出手搭上他的，沒有管身後同事的反應，跟著他一起走下樓梯。

深夜的捷運站裡沒有什麼人跡，大家都趕著回家準備過節了，姜炎溪拉著她快步走到最後一節頗空蕩的車廂，倏然回身。

捷運正好在此刻開動，車廂一晃，孟冰雨失去平衡，姜炎溪順勢俯身將她緊緊摟進懷裡。

孟冰雨貼著羊毛大衣粗糙的織料表面深深呼吸，把屬於姜炎溪的氣息全都收進肺裡，「你怎麼提早回來了？」

「因為想見妳，拚命壓縮工作進度趕回來了。」

半年沒有感受過的體溫將孟冰雨籠罩其中，她貪婪地緊緊揪著姜炎溪衣角，忍住想掉淚的衝動。

他們什麼也沒說，所有想念都融進了擁抱，再多的語言都是多餘。

車窗外掠過摩天輪的景色，孟冰雨指給他看，姜炎溪順著指尖望去，手也一併抬起，與她十指交扣，把她舉起的手順勢收進掌中。

她靠在姜炎溪懷裡，小心翼翼環視四周，確認沒有人注意他們，踮起腳尖，在姜炎溪縱容的低頭下，把吻落在他額頭。

「難得看妳主動。」姜炎溪小聲逗她，孟冰雨也有些不好意思，很快轉過頭。

捷運上畢竟還是有零星乘客，他們不再多說話引人注意，直到到站後，姜炎溪解下圍巾，仔仔細細地為孟冰雨裹上，「吃晚飯了嗎？要不要買點宵夜回去？」

「你想吃什麼？這麼久沒回台灣，點你想吃的吧。」

「妳這麼久沒吃宵夜，點妳想吃的吧。」他用一模一樣的句式回應。

即使隔著口罩，孟冰雨也能想像姜炎溪勾著嘴角笑的樣子。

他自然知道，常態性加班的孟冰雨回家後少有能吃宵夜的時間和心情。兩人在夜色掩護下手牽著手買了鹽酥雞和啤酒，附帶其他幾樣小吃。拎著塑膠袋一起回孟冰雨的家時，他們故意把手晃得高高的，像剛放學的小學生。

孟冰雨悄悄偏頭看姜炎溪的側臉，又很快移開視線。和他在一起的每一秒，都像是含著一顆檸檬糖，微微的酸過去後，剩下就是繾綣的甜。

才剛回到公寓，門一關上，姜炎溪把手裡的袋子草草放下，扯掉口罩，扣著孟冰雨的後頸把人拉近吻了上去。

這個吻很急也很短，姜炎溪放開她，又慢慢重複了一遍視訊裡說過的話，「我好想妳。」

這次孟冰雨終於不像在視訊裡那樣冷淡地回應。此時此刻，她忘了那則尚未澄清的緋聞，忘了他們之間只有這兩三天的假期可以相處，忘了紛擾的過去或未來，眼前目光炙熱的姜炎溪，就是她唯一能感受到的。

孟冰雨摘下姜炎溪的墨鏡，又用雙手環住姜炎溪脖子，從螢幕裡走出的人依然好看得炫目，對視的眼睛裡都是亮亮的光。

「我也好想你。」

在眼淚掉下來的前一秒，姜炎溪即時俯身，輕輕吻掉了她的淚水。

他們過了好一會才想起買回來的小吃，孟冰雨紅著臉放開姜炎溪，撿起塑膠袋檢視，發現食物扛不過寒流低溫，早就冷掉了。

「我去熱一下，妳先去洗澡，換個舒服點的衣服。」

姜炎溪一把把袋子搶過去，推著孟冰雨進浴室。

孟冰雨洗完澡換好睡衣出來時，姜炎溪已經把折疊式的小矮桌拉出來架好，用烤箱加熱過的鹽酥雞被端上來，香氣四溢。他叉了一個，輕輕吹了幾下，把雞塊送進孟冰雨口中。

孟冰雨正要咬下，動作忽然停頓……她想起姜炎溪出演的那齣偶像劇。

韓劇有個第八集就會接吻的定律，那齣戲也不例外，劇情中姜炎溪飾演的廚師做了一桌菜，而身爲學徒的女主角因爲手受傷不方便用刀叉，只能由姜炎溪一口一口餵。

現在姜炎溪餵她的手勢，和餵女主角時幾乎一模一樣。

「嗯，怎麼了？」

孟冰雨小聲地說：「那齣戲。」

姜炎溪還沒反應過來，「什麼戲？」

心裡的大壩被鑿開一個口後，所有壓抑的委屈忽然不可自抑地洶湧而出，孟冰雨深吸一口氣，「戲裡你也是這樣餵那個女生，而且餵完後，你就吻了她。」

方才還溫馨的氛圍突然冷卻下來，姜炎溪挑眉，聲音有點冷，「說這個幹麼？那是演戲，妳看起來很浪漫，但拍攝現場有好幾十人，實際上根本浪漫不起來。」

「你和她私下有來往嗎？」

是嗎？」

「孟冰雨，」姜炎溪有些危險地瞇起眼睛，「妳在懷疑我？妳相信新聞上的報導，

孟冰雨咬著唇，很想掉頭就走。

然而姜炎溪似乎提前看出她的意圖，一把抓住她的手，扣在桌上，「把話說清楚，妳在不高興什麼？拍吻戲是我的工作，我和對手演員一點私交都沒有。」

「我當然知道那是你的工作！」孟冰雨終於忍不住回嘴，「可是我討厭只能從新聞上看到你的訊息，尤其是你的緋聞！」

姜炎溪第一次見到她發脾氣，驚愕地睜大眼。

孟冰雨意識到自己提高了音量，半晌，低下頭輕輕地繼續說：「我可以忍受我永遠不能在陽光下擁抱你，也可以忍受只能在螢幕裡看見你，甚至可以忍受你和別的女生拍吻戲，但我忍不了應該由你告訴我的事情，我卻是從新聞上得知。」

姜炎溪繃緊的肩線慢慢軟了下來，「我明白了。我和她沒有關係，那是劇組一起去聚餐時被拍的照片，公司不讓我發聲，說報導可以讓新戲獲得更多關注。我不想和妳多說是因爲我很討厭這些炒作手段，也不想因爲這種事影響妳的心情。對不起，是我忽略了妳會在新聞上看到，以後我一定會親口和妳解釋。」

孟冰雨良久才開口：「我也很抱歉，我明明知道你和我在一起的時間這麼、這麼少，不該花在吵架上。」

姜炎溪伸手越過桌面，撫上她頰側，讓她把頭抬起，「冰雨，妳永遠不要覺得把自

己的需求說出來是該道歉的事情。我很高興妳讓我知道妳生氣的原因是什麼。」

孟冰雨用力吸了下鼻子，姜炎溪把桌上被冷落的叉子重新拿起，把上面的鹽酥雞咬下來叼在嘴裡，傾身就著嘴餵給孟冰雨。

望著孟冰雨震驚又窘迫的神情，姜炎溪促狹地笑瞇了眼，「這樣總和戲裡不一樣了吧。」

他作勢要再餵一口，孟冰雨遠遠地逃了開，忍不住笑出聲。

消滅宵夜後，白天工作勞累整天的兩人都有些疲倦了，姜炎溪看著客廳沙發，對孟冰雨挑眉，「我睡客廳？」

孟冰雨失笑，「我家是單人床，你不嫌擠可以和我睡。」

話才剛說完，姜炎溪已經唯恐她反悔般，率先到臥室躺下，掀開被角，從容地對她拍拍床鋪。

直到熄燈後，孟冰雨才發現他的遊刃有餘都是裝的。

姜炎溪的心跳快到讓靠著他胸口的孟冰雨失笑，「你上台也會這麼緊張嗎？」

姜炎溪掖了掖被角，「會，因爲都是面對重要的人，粉絲，或者妳。」

「油腔滑調。」

她冰涼的手指被他緊緊握著，房裡太過安靜，可以聽見呼嘯的北風被擋在窗外，他們之間的被窩似乎是全世界最安全溫暖的地方。

孟冰雨本來已經意識模糊，忽然想起什麼，用氣音說：「姜炎溪。」

「嗯？」

孟冰雨抽出指尖，一點點滑過他的額角、眼睛、鼻尖，停駐在薄唇上。

這張近在咫尺的臉龐，即使卸下妝容，他的五官依然一如國中初見，渾然天成、俊美華麗，像一顆耀眼的明珠，在夜晚收斂光芒，墜落到她被窩裡，美好得宛如夢境。

她對他微笑，「謝謝你在這裡。」

姜炎溪看了她很久，久到孟冰雨已經朦朦朧朧閉上眼，他才收緊手臂，輕輕吻在她髮際。

隔天是難得的休假日，兩個工作狂卻都一早就醒了，面面相覷之間，姜炎溪先笑出來，「既然我的假期這麼短，乾脆我們就都起床了吧，白天還能多相處一些時間。」

孟冰雨迷迷糊糊應了一聲，緩緩爬起來梳洗。

姜炎溪縮回手，看到上面被髮絲印出長條的細痕，又摸摸還留有餘溫的床鋪。

原來是真的，不是做夢，他昨晚真的和孟冰雨一起入睡了。

孟冰雨洗完臉出來，看到姜炎溪還坐在床上傻笑，嚇得差點要轉身走回去，被他一把拉住，「今天想做什麼？」

孟冰雨早就想好了，「你陪我看奇蹟的演唱會錄影，我陪你打遊戲，怎麼樣？」

姜炎溪表情忽然凝重起來，指尖勾著孟冰雨的髮尾，一下一下摩娑，「對不起，不能帶妳出去玩。」

「不要道歉，你好不容易有假期可以回台灣，我想要整天和你窩在家裡。」孟冰雨輕輕把頭枕在姜炎溪腿上，「我們來不及過的那些日常，我想和你都補回來。」

那些在黑夜裡咬牙撐過的日子都是生存，而此刻毫無目的的相依相偎才是生活。

姜炎溪低頭望她，眼神很溫和。

看演唱會錄影時，姜炎溪總是拖拖拉拉不肯和孟冰雨一起坐下來，等到播放之後，更是看沒多久就把孟冰雨的眼睛遮住。

孟冰雨嚇了一跳，扒著他的手，「爲什麼不讓我看？」

「我人就在你面前，你幹麼要看錄影？」

「你在跟自己吃醋？」孟冰雨笑出來，用力把姜炎溪的手從眼前抓下來握在手裡，「那你跳給我看啊。」

姜炎溪一愣，孟冰雨好整以暇揮起應援的手燈，「快，你還要像在台上那樣，對我拋媚眼喔。」

她低估了姜炎溪的臉皮厚度，他哼笑一聲，撐著手臂翻身站起，捋起袖子，打了個響指，「來，音樂。」

當強烈的歌曲前奏響起時，姜炎溪沒有任何預備動作，俐落地跳起舞，節拍精準到好像鼓點是跟隨他的動作而落下。用力動作時他習慣抿唇來維持表情管理，肌肉繃緊出流暢的線條，凝望孟冰雨的眼神自信而誘惑。

姜炎溪臉上沒有妝容，衣服也只是最簡單的素色毛衣，背景還是孟冰雨雜亂的小窩，但孟冰雨依然覺得眼前的姜炎溪和螢幕裡在萬人演唱會上的炎一樣，無比耀眼。

一曲跳完，姜炎溪壞笑著逗她，「跳完了，客人，該賞點小費吧。」

不等孟冰雨回答，他俯下身，在她唇上偷走了一個吻。

三天的時間太過珍貴，一眨眼就流逝大半，在假期的尾端，兩人一起回到國中校園。

寒假期間學校沒有開放，姜炎溪熟練地拉著孟冰雨翻牆進去，驚喜地發現那棟原應拆除的舊樓，不曉得因爲什麼原因導致工程延宕，居然還矗立在原地。

這是姜炎溪畢業之後，第一次回到這裡。

他們來到頂樓，孟冰雨靠著圍牆，回頭看姜炎溪，陽光淌過他的側臉，回憶如流水般刷過她的腦海，把今昔時光溫柔地串起。

那時，孟冰雨對他的喜歡還埋在心底，不曾眞切地意識到。就好像她種下了一顆種子，原本以爲種子會永遠沉眠不能發芽，然而十年後，她驚喜地發現種下種子的地方無聲無息開出一朵濃彩重墨的玫瑰——他們都是幸運的人。

姜炎溪沒有注意到她的深思，低頭看到當年留下的顏料痕跡，笑了起來，「孟冰雨，妳以前的畫技眞的不怎麼樣。」

孟冰雨笑著回嘴，「你以前的脾氣也很不怎麼樣，教我畫畫還凶得要命。」

姜炎溪沒反駁，把她拉到欄杆前，兩人的目光遠遠飄開，望向遠處那片碧藍的海。

傍晚姜炎溪就要回韓國，稍後便得直接去搭飛機，兩人能夠相處的時間已經所剩無幾。

孟冰雨眷戀地把玩著姜炎溪的手指，「眞的不要我陪你去機場？」

「不要，我們越晚分開……」姜炎溪表情壓抑，淡淡回應：「我就會越難走。」

孟冰雨鼻頭一酸，想說些什麼沖淡離情，卻想不到任何可以寬慰的話。

半年的分別，三天的重逢，而後下一次再見又會是什麼時候呢？

不過她已經不是從前只能待在陰影，等候茉莉或姜炎溪拯救的人了。

「姜炎溪，在我心裡，你一直都閃閃發光。」孟冰雨轉過頭，仰望著姜炎溪，「我也想變得很閃耀很閃耀，像你一樣，照亮身邊的人。」

姜炎溪伸手幫她擋住陽光，「可是妳不需要這麼做，在我眼裡，妳已經是最獨一無二的了。」

孟冰雨把哽咽小心翼翼藏好，彎著嘴角，「那不一樣。我會努力練習發光，然後我就不會再害怕那些擋在我們前面的陰影了。」比如那些莫須有的緋聞，比如即將迎來的漫長離別。

陽光一點一點西斜，孟冰雨看一眼手機上顯示的時間，無論他們多麼不情願，該離開的時間還是到了。

姜炎溪一點一點放開她的手，在孟冰雨凝望的視線裡，緩緩走下樓梯。

她從樓上往下望，看姜炎溪從一樓走出，心底冰涼的酸楚濃得她眼圈發紅，但是這一次，她不會再哭了。

「路上小心，我等你回來，我會努力練習發光的！」

姜炎溪抬頭看她，雙眼曾經的銳芒全部軟成蕩漾的水波，把孟冰雨一點一點浸透。

他慢慢勾起微笑，往樓上喊回去：「好，我們一起慢慢練習發光。」

番外
欲戴王冠

「我現在正前往公司，今天要練習演唱會的曲目——」

「炎，先停下來不要錄。」

姜炎溪正對著自拍鏡頭錄製vlog，不時把畫面轉到車窗外的風景，聞言還來不及確認狀況，手指已經自動反應按下停止鍵，「怎麼了？」

經紀人嘆息，示意他往外看，車子正從公司大門前經過，「我怕會拍到卡車示威的畫面，是粉絲在抗議你師弟談戀愛的緋聞。他都已經發出手寫信道歉了，看起來還是沒有平息粉絲的怒火。」

卡車示威是近年流行起來的，粉絲會派出跑馬燈寫著抗議字句的卡車停在公司前面，表達他們的訴求。

「公司就不能做點什麼嗎？」

「公司的意思是要低調，藝人已經道歉了，這件事情會漸漸平息的。」經紀人微微遲疑，「不過以公司的立場，當然還是會希望他早點分手。」

姜炎溪抿唇，車子駛進地下室，暗影攀上他的側臉，把所有不該有的情緒都湮沒在黑暗裡。那位師弟的團體近期處於聲勢上升期，突然被著名的媒體爆出戀愛傳聞，對他們無疑是不小的打擊。

他沒有資格置喙什麼，他能夠擁有孟冰雨，並且隱瞞大眾至今，是他的幸運，而不是他應得的幸福。

人們總說，身為藝人想要獲得常人無法企及的掌聲與名利，就必須承擔相對應的重量，欲戴王冠，必承其重。他相信這條交換法則，卻也不免反思，需要付出的重量和代價是否眞的值得。

搭電梯到練習室的路上，遇到的藝人紛紛向他鞠躬打招呼。姜炎溪一路回應，來到專屬的練習室門前時，才鬆了口氣。

他打開自拍鏡頭，重新按下錄製，「大家，我現在越來越覺得自己年紀大了，要不要猜猜看我一路進來，多少人叫我前輩呢？」

因為是錄影而非直播，自然不會有粉絲回應他，但姜炎溪熟練地又和鏡頭互動了一會，確定留下足夠剪輯的份量後，才燦笑著揮手，「我要去練習啦，晚點見！」

鏡頭關閉後，他臉上的營業性笑容也微微黯淡下來。

練習室裡的成員都到齊了，他看見角落的主舞低頭揉著腰際，臉色更加沉重。

他走過去，關切的話還未說出，主舞已經對他一笑，安慰地拍拍他肩膀……明明痛的人是他自己呀。

姜炎溪垂下眼，走去旁邊熱身，視線還是忍不住注意主舞明顯不適的樣子。

即使被稱作韓團中的奇蹟，姜炎溪每一次上台表演，都依然抱著不知道會不會有下一次的心情。

剛剛和他打招呼的藝人都恭敬地喚他前輩，無形中又提醒了他，他們已經出道這麼久了。除了戲劇性地翻紅之外，團體能夠活躍這麼多年已經是另一個小小奇蹟，其他同時期出道的團體，還有多少人能活躍於舞台？

每年出道的團體多如繁星，無數偶像在台上耗盡最美好的年華，最後能被大眾記住、長久進行活動的機率卻低得殘酷。更糟糕的是那些看得見的或看不見的職業傷害，在這個圈子裡，偶像們一身傷病從來不是什麼祕密。

姜炎溪他們也逃不過這些職業傷害。主唱的聲帶前陣子才開過刀，醫生囑咐他從此不能像往日那樣大量練唱，主舞則是遇上椎間盤突出的噩夢，這種疾患無法治癒，只能藉著一次次復健來緩解。

而他們最可靠的隊長，在三個月前，也就是即將迎來合約到期的時間點，把團員們全部找來，宣布他不想再續約，且想要退出演藝圈，脫離藝人身分。

「我想休息了，對不起。」

他們都知道，把團體看得比什麼都重要的隊長說出這句話，下了多大的決心。

看到隊長出示的各種用藥紀錄時，向來活潑樂觀的主唱第一個哭起來。

隊長藏得太好，他們從來不知道隊長的身體和心理狀況都已經千瘡百孔，一路以來從不喊痛，默默撐過了多年。

姜炎溪腦中一片雜亂轟鳴，只記得他緊緊握住隊長寬厚的手，就像隊長從前支撐著團員一樣，一遍遍重複道：「永遠不要和我們道歉。」

隊長哭得哽咽難言，最後三個人都站了起來，把低著頭的隊長緊緊抱住。

主唱摸著隊長的頭髮，輕輕告訴他：「謝謝你撐到了現在。」

那天之後，隊長又收起了所有軟弱，有條不紊地安排給粉絲的公告和告別演唱會事宜。儘管其他三人再三表達想要分擔這些工作，都還是被隊長笑著擋了回去，「你們已經夠辛苦了，我不想再造成你們的負擔。」

舞蹈老師的拍手聲喚回姜炎溪飄遠的思緒，「熱身都做完了，那我們就開始吧！」

直到開始排練演唱會的表演，姜炎溪才恍惚地意識到，這眞的是最後一次四個人一起練習了。

他想過很多次四人形式的奇蹟會以什麼樣的方式結束，但他從來沒有想過結局會來得如此猝不及防。

他看著鏡子一遍遍練習動作，熟慣的舞步跳起來應該不難才對，然而姜炎溪卻覺得身體沉重不少。他自然知道原因，和當年正值青春的時候相比，那些複雜、耗費體力的動作，他已經不能這麼輕鬆地跳出來了。

時光不動聲色累積在逐漸痠痛的關節和流逝的體力，哪怕他們的臉蛋在醫學美容的威力下依然漂亮，膠原蛋白還是悄無聲息變成需要刻意補充的存在。

其中，體力衰退是最明顯的，他們已經難以勝任那首以高難度舞蹈著稱、讓奇蹟翻紅的曲目。

「不行，我們得改動作。」

在主舞又一次跌倒時，隊長當機立斷喊停，揮手示意舞蹈老師修改那段近乎雜技的複雜編舞動作。

主舞還想抗議，「隊長，可是這個動作是這支舞的精髓啊！」

隊長嘆息著，指一指他的腰，「如果你的腰再惡化下去，別說這支舞，以後你都再也不能跳了。」

時光在他們身上刻出了榮耀，卻也帶走了更多更多，但他不後悔，他相信其他成員也是。

他們生來屬於舞台，這份熱情是上天賜予的祝福，有時又像某種詛咒。

姜炎溪永遠記得上台時的感覺，用力跳舞到脫力，喉嚨沙啞得快要發不出聲音，被灼熱的舞台燈照得全身汗流浹背，腎上腺素刺痛血管，磅礡的歡呼聲從四面八方湧上，怎麼聽都聽不夠。那種感覺好像自己就是世界上最耀眼、最被愛包圍的人。

這是他們踏上舞台前的嚮往，也是他們即將離開舞台時，最不捨的惦念。

姜炎溪從鏡子裡看著成員，緩慢地眨眨眼，想把這些片段再一次用力記下來。

以前姜炎溪總覺得練習的時間過得特別漫長，唯獨這一次，無論他再怎麼希望，時間依然飛快來到告別演唱會當天。

平常充滿成員打鬧聲的休息室難得如此安靜，工作人員也都十分不捨，在幫他們梳化時，已經有好幾人紅了眼眶。

等到他們上台的服裝造型都已完成，隊長招手讓成員聚集過來。很久很久以前，他們的出道舞台開始前，幾人都緊張得面色發青，唯有隊長依然冷靜，緊緊握住成員的手，給予他們上台的力量。

從第一次到最後一次，隊長依然支撐著所有人，溫聲叮嚀：「就算是最後一次四個人一起開演唱會，我們還是要開心享受舞台喔。」

他們像以前一樣，在上台前為彼此打氣輕輕碰拳，又緊緊擁抱一下。

姜炎溪看到不只一個成員在鬆手轉身之後，悄悄眨掉眼裡的淚光。

四人和工作人員確認準備上台，後台的機關開始運作，打開通往前台的通道，舞台光芒和粉絲手燈聚集成的光海撕裂黑暗，如此耀眼。

姜炎溪閉了閉眼，臉上已經自動切換成演唱會專用的笑容。

背對著黑暗，他們最後一次一起並肩走向光之所在。

後記

你們也是我的奇蹟

先謝謝看到這裡的你！無論你是隨手在書店翻到、跟別人借來看，還是已經把這本書寶寶帶回家了，都謝謝你打開它。

書寶寶的誕生要感謝辛苦的出版社、專業細心的編輯、給予機會的評審老師、爲書寶寶增添魅力的封面設計師，還有各位陪伴著我的文友和親友，最後，是最親愛的讀者小伙伴們。因爲你們溫暖的支持與協助，我才有機會再次在書寶寶裡與大家見面。

愛你們也謝謝你們！（跳起來比心）

這個故事最一開始的靈感，是想到偶像們雖然是百萬粉絲眼裡的星光，但他們也很可能是某個女主角眼中獨一無二的少年。

小時候學英文有個片語是百萬分之一——one in a million，意思是獨一無二、百裡挑一。當時我非常喜歡這個含義，長大後我又學到了另一個片語叫1 of 1，一分之一，也就是絕無僅有的特別。

這兩個看似意思相近的片語，最大的差別是，百萬分之一是脫穎而出，一分之一卻是從一開始就不必被比較。

這個概念像一顆種在心裡的種子，默默發芽成這個故事的主題。

我心目中理想的愛，無論是親情、愛情、友情，甚至是對於偶像的欽慕，都是「我」愛「你」。不是因爲你是從百萬星光中脫穎而出的光芒，也不是因爲你比別人優秀美好，僅僅因爲「你」是「你」。

你的存在本身，就是我愛你的唯一理由，沒有其他選項可以與你相比，從頭到尾你都是唯一可能的選擇。

所以故事裡孟冰雨不可能喜歡柯慕謙，撇除高中時的往事，柯慕謙選上她是經過挑選和比較後的結果。姜炎溪對孟冰雨，甚至孫霏霏對姜炎溪，才是毫不動搖的堅定。

相比孫霏霏的決絕，孟冰雨是我寫過最膽小的女主角，她有許許多多的小缺點，對於追求感情也總是猶豫不定。然而也因爲這樣，最後她慢慢學會練習勇敢的歷程，讓我在寫故事的同時也獲得了不少療癒。

不用馬上變得勇敢也沒關係，所謂的勇氣本來就是在一次次的嘗試裡，逐漸明白自己想要什麼，知道自己可以怎麼追求目標，然後一點一點累積起來。

除了戀愛，書裡也有很多篇幅是關於追星，靈感大多來自我與友人追星的親身經歷。有趣的是，偶像團體因爲飯拍影片而翻紅也是眞實事件。

我把這些瑣碎的追星日常和偶像的故事們改編融合進來，一樣喜歡追星的讀者看了應該也會想到自己的經驗。本身沒有追星的讀者，也歡迎你來了解這個美好卻也有點殘酷（？）的世界。

最後，真的非常非常謝謝看到現在的你，我以前常覺得奇蹟只會發生在故事裡，但這部作品能獲得首獎、和打開書的你相遇，本身也是宇宙無限可能裡的奇蹟呢。

希望這樣的奇蹟能讓你我多一個小小的、期待明天的理由。

我也會繼續努力寫下去，讓這些奇蹟有延續的可能，也邀請打開這本書的你，有空可以到IG找我玩，如果看到你來的話我會非常非常開心！

最後的最後，謝謝我閃閃發亮的偶像SHINee，我為了一圓把偶像的團名寫在書上，還有和偶像一樣成為作家的夢想，不知不覺也走到了這裡。

擁有著和你相同夢想的我很幸福。

祈禱這些文字能夠傳達給在遠方旅行的你，想讓你知道，你的存在，本身也是個奇蹟。

漠星

國家圖書館出版品預行編目資料

和月光最近的距離／漠星著. -- 初版. -- 臺北市：POPO原創出版，城邦原創股份有限公司出版：英屬蓋曼群島商家庭傳媒股份有限公司城邦分公司發行, 2024.05
面；　公分. --
ISBN 978-626-7455-09-8（平裝）

863.57　　113005859

和月光最近的距離

作　　者／漠星
責任編輯／林辰柔　行銷業務／林政杰　版　　權／李婷雯

內容運營組長／李曉芳
副總經理／陳靜芬
總　經　理／黃淑貞
發　行　人／何飛鵬
法律顧問／元禾法律事務所　王子文律師
出　　版／POPO原創出版
城邦原創股份有限公司
台北市南港區昆陽街 16 號 4 樓
電話：(02) 2509-5506　傳真：(02) 2500-1933
email：service@popo.tw
發　　行／英屬蓋曼群島商家庭傳媒股份有限公司城邦分公司
聯絡地址：台北市南港區昆陽街 16 號 8 樓
書虫客服服務專線：(02) 25007718・(02) 25007719
24小時傳眞服務：(02) 25001990・(02) 25001991
服務時間：週一至週五09:30-12:00・13:30-17:00
郵撥帳號：19863813　戶名：書虫股份有限公司
讀者服務信箱 email：service@readingclub.com.tw
城邦讀書花園網址：www.cite.com.tw
香港發行所／城邦（香港）出版集團有限公司
地址：香港九龍九龍城土瓜灣道86號順聯工業大廈6樓A室
email：hkcite@biznetvigator.com
電話：(852) 25086231　傳眞：(852) 25789337
馬新發行所／城邦（馬新）出版集團 Cité(M)Sdn. Bhd.
41, Jalan Radin Anum, Bandar Baru Sri Petaling,
57000 Kuala Lumpur, Malaysia.
電話：(603) 90563833　傳眞：(603) 90576622
email：services@cite.my

封面設計／也津
電腦排版／游淑萍
印　　刷／漾格科技股份有限公司
經　銷　商／聯合發行股份有限公司
電話：(02)2917-8022　傳眞：(02)2911-0053

■ 2024 年5月初版　　Printed in Taiwan

定價／330元

ISBN　978-626-7455-09-8

本書如有缺頁、倒裝，請來信至service@popo.tw，會有專人協助換書事宜，謝謝！